白鱼阵

百年江南·范小青中短篇小说集

范小青 著

四川文艺出版社

图书在版编目（CIP）数据

白鱼阵/范小青著.—成都：四川文艺出版社，2020.1

（百年江南·范小青中短篇小说集）

ISBN 978-7-5411-5530-7

Ⅰ.①白… Ⅱ.①范… Ⅲ.①中篇小说—小说集—中国—当代②短篇小说—小说集—中国—当代 Ⅳ.①I247.7

中国版本图书馆CIP数据核字（2019）第214834号

BAINIANJIANGNAN FANXIAOQINGZHONGDUANPIANXIAOSHUOJI
百年江南·范小青中短篇小说集

BAIYUZHEN
白鱼阵

范小青 著

出 品 人	张庆宁
策划统筹	崔付建 陈 武
责任编辑	彭 炜
特约编辑	罗路晗
责任校对	汪 平
封面设计	叶 茂

出版发行	四川文艺出版社（成都市槐树街2号）
网　　址	www.scwys.com
电　　话	028-86259285（发行部） 028-86259303（编辑部）
传　　真	028-86259306
邮购地址	成都市槐树街2号四川文艺出版社邮购部　610031
印　　刷	山东泰安新华印务有限责任公司
成品尺寸	149mm×215mm　开　本　16开
印　　张	18.5　字　数　206千
版　　次	2020年1月第一版　印　次　2020年1月第一次印刷
书　　号	ISBN 978-7-5411-5530-7
定　　价	38.00元

版权所有·侵权必究。如有质量问题，请与出版社联系更换。028-86259301

目　录

白鱼阵 …………………………………… 001
茶　客 …………………………………… 011
冬　闲 …………………………………… 031
身　份 …………………………………… 048
在那片土地上 …………………………… 063
灰堆园 …………………………………… 118
白手绢 …………………………………… 133
门堂间 …………………………………… 151
药　王 …………………………………… 167
冬至夜 …………………………………… 181
可过桥 …………………………………… 195
过　界 …………………………………… 202
你越过那片沼泽 ………………………… 217

桑葚儿红了桑葚儿紫了 …………………… 234
小巷静悄悄 ……………………………… 253
临街的窗 ………………………………… 268

白鱼阵

麻皮金荣的侄子祥龙从部队复员回来，安排在乡里的工业公司开小汽车。大家说，麻皮金荣，你有脚了，麻皮金荣笑笑，他是很开心。

其实麻皮金荣本来就是有脚的，他守了好多年的鱼籪，多少也认识了一些人，早几年鱼比较紧张的时候，村里乡里甚至再上面一点的人，也是有人要求到麻皮金荣这里来的，麻皮金荣不是干部，不好做主，但是他在队里说几句话，队长什么还是要卖他一点面子。虽然现在的鱼不像早几年那样宝贝，但是麻皮金荣的关系却早已经打下去了，所以大家说起祥龙这一次的工作安排，也有认为麻皮金荣帮他找过什么人的，去问麻皮金荣，麻皮金荣只是笑着说，你听他们瞎说，弄得有些神秘似的。

祥龙的工作安排定当，就在家里摆一桌酒，请的都是乡里的头面人物，乡长什么的，还有工业公司的经理，村里的干部也请了些主要的来，临开桌时，祥龙到簖上把麻皮金荣也叫过来。

麻皮金荣说："都是些做干部的，我去算什么。"

祥龙说："你是长辈，你要去的。"

这倒是的，祥龙总共就麻皮金荣这么一个同姓的叔叔，娘面上倒是有不少的人，可惜都是不大能上台面的。

麻皮金荣就到祥龙家去喝酒。一桌子上果然只有麻皮金荣一个平头百姓。麻皮金荣开始有些拘束，后来大家和他说说笑笑，说从前我们这些人都吃过你麻皮金荣的鱼，也有承认自己偷过鱼的，也有揭发别人做什么手脚的，说得高兴，都哈哈笑。

麻皮金荣多喝了几杯酒，也兴奋起来，大家就乘兴劝他的酒，一劝就劝过了些头，麻皮金荣喝得有点过量了，不过也没有醉，只是在一种他自己觉得最妙最舒服的状态，话多一点，这算不了什么。

麻皮金荣指着乡长说："小毛头，你记得不记得，那一年你跟我作对，叫了几个人，把我的鱼簖放了，缺德的，你还记得？"

大家看乡长的脸，乡长笑着点头，说："记得，记得。"

麻皮金荣又说："我守了这么多年的簖，见过多少干部，这一个怎么样，那一个怎么样，都在我的心里。"

乡长笑，说："那是，那是。"

大家就不再让麻皮金荣多说，只是劝他吃菜喝酒。

乡长他们就说起别的话题，把麻皮金荣放在一边了。他们说了许多工业公司的情况，主要是给祥龙介绍的，好像祥龙到工业公司不是去开汽车，而是去做总经理。

这一天他们到很晚才散去，祥龙一一把客人送走，回进来，他看到麻皮金荣昏昏欲睡的样子,说:"叔叔,回去睡吧。"

麻皮金荣说:"我不想睡,我刚才是不是说了不应该说的话,是不是把乡长他们得罪了?"

祥龙说:"没有啊。"

麻皮金荣说:"你不知道,这些人,会记仇的,不小心说话说错了,他们要记恨的。"

祥龙笑起来,说:"你想到哪里,喝多了些酒,说几句玩笑话,这是常有的么,谁还往心上去,现在不比从前了。"

麻皮金荣说:"你怎么知道他们不会往心上去。"

祥龙笑着说:"他们,这几个,我们都是战友,有交情的。"

麻皮金荣说:"你们都在一起当过兵啊?"

祥龙说:"那当然,要不然我能进什么工业公司呀。"

麻皮金荣点了点头,他好像是明白了。

祥龙在送麻皮金荣回去的路上,不知怎么就提起了白鱼阵,他说他在部队时,几次做梦梦见家乡的河里过白鱼阵,好大的阵势,好威风的气派。

祥龙家的老房子是在河港边的,从前在春天上潮时,过白鱼阵,在家里就能听见白鱼阵的声响。祥龙从小就对白鱼阵有一种特殊的感觉,是恐惧还是崇拜,他自己也说不清楚,过白鱼阵的时候,那成千上万的白鱼,在带头鱼的领导下,顺流而来,浩浩荡荡,势不可当,每一群白鱼阵总有两条带头鱼,这两条鱼,力大无比,碰到挡路的鱼簖,它们破簖而过,所以大家又叫这两条鱼为断簖白鱼。在祥龙的记忆中,白鱼阵过的时候,村里的人都是恭恭敬敬地站在河港边看着,没有人去阻拦,也没有人想去抓白鱼,直要等到白鱼阵基本过完,才有人拿了竹篮在白鱼阵的尾上捞一些后面的小鱼,所以一次白鱼阵到底有多少鱼,那两条带头的白鱼到底有多大,祥龙他们是不知道的,不仅是祥龙这一辈的人不知道,即使是祥龙的父辈甚至祖父辈也不一定清楚。

现在祥龙从部队回来,他是不是很想再看一看从前那样的白鱼阵,祥龙确实是有这样的想法,但是这种的想法也只不过是很随意。能看到固然是好,看不到也无所谓,而且现在祥龙的家已经不在河港边,造的新房子离河港很远了。

麻皮金荣听祥龙提到白鱼阵,他叹息了一声,说:"现在是少得多了,很少见了。"

祥龙说:"怎么,不过白鱼阵了?"

麻皮金荣说:"过倒是要过的,可惜阵势和从前不能比了,也不知道许多白鱼都到哪里去了?"

祥龙笑了,说:"当然都是人吃去了,现在外面的宴席上,也都开始吃白鱼。"

麻皮金荣说:"真是的,白鱼有什么好吃,刺很多。"

祥龙说:"可是白鱼肉很鲜,说是能抵上鳜鱼了。"

麻皮金荣说:"所以。"

祥龙又问:"现在是不是每年还有白鱼阵过?"

麻皮金荣说:"不是每年有了,要隔几年才能见到一次的。"

祥龙说:"我倒是想看一看。"

麻皮金荣说:"到时候你来看看,总在上潮时候。"

祥龙说:"好的。"

过几日麻皮金荣到镇上办点事情,其实像麻皮金荣这些人要说事情也不见得有什么很重要的事情，最多不过是买些扎箬的绳子什么，或者是自己家老太婆差他出来，基本上也都是些可有可无的事情，所以麻皮金荣出来，总是先要往镇上的茶馆去坐，和一些老相识聊天，要到喝足了，聊够了，才去办事情。麻皮金荣到镇上的茶馆，虽然不如镇上那些老人去得多，但是麻皮金荣和别人比较谈得来，他待人又是比较真心，所以在镇上的茶馆，麻皮金荣也能算是一个人物。老板看到麻皮金荣来，总是很开心，因为麻皮金荣来了，大家就会活跃起来，好像麻皮金荣是一种兴奋剂似的。其实麻皮金荣自己并不是很会说话，很会调节气氛，但是只要麻皮金荣一到，大家就有了话题，那话题多半是拿麻皮金荣作为中心，麻皮金荣很乐意大家拿他来做话题，他觉得那是大家看得起他，不像另外的一些人，谁要是拿他们作了话题，说不上几句话就要生气的。

这一天麻皮金荣到茶馆来，大家就说说祥龙的事，麻皮金荣很愿意听，说得过了头，豁了边，麻皮金荣也不会恼，最多只是笑笑说，你们听他们瞎说，别人也不清楚他所说的"他们"到底指的是谁，也可能麻皮金荣只是随便说说罢。

后来有人就说起乡里工业公司最近在跟外国人谈什么生意，说是要办一个罐头加工厂什么的，这几年的鱼越养越多，越养越兴，市场上已经供大于求了，乡里要想办法解决这个矛盾，可能要帮外国人做鱼罐头了。当然帮外国人做鱼罐头，做了并不是给外国人吃的，因为外国人的吃食标准与中国人不一样，卫生标准啦，营养成分啦什么的，中国人做的吃食并不一定能达到外国人的要求，所以虽然是帮外国人做鱼罐头，但做出来了还是给中国人自己吃，这样钱就给外国人赚去。这其实也无所谓，中国人在中间也不是没有一点好处的,要是没有一点好处,乡长经理他们也不会去跟外国人谈这样的生意,既然多少能有一点好处,就是互利,这样的生意是可以做做的。

老茶客们的消息多半也是道听途说,没有人能够证实这消息可靠与否,排来排去,这里好像只有麻皮金荣最有发言权,大家说:"麻皮金荣,不要保守,内部消息也说给我们听听。"

麻皮金荣只是笑,说:"我哪里知道什么内部消息。"

大家说:"你们祥龙那里总会有点风声的,不会不告诉你。"

麻皮金荣说:"没有,真的没有告诉我。"

大家就说:"麻皮金荣,现在是干部家属了,也和我们隔一层肚皮了。"

麻皮金荣说:"哪里呀。"

这样大家就更有话说说麻皮金荣了。

说了半天,麻皮金荣问大家:"你们这么关心那个什么罐头,做什么,是不是想进厂呀?"

大家笑了,说:"我们进什么厂呀,都是七老八十的。"

麻皮金荣说:"那你们做什么盯住了问。"

大家说:"没有事做随便问问。"

麻皮金荣说:"我还以为你们谁要到厂里做做呢。"

麻皮金荣喝足了茶,和大家道过再见,出去办事。他走过乡工业公司,念头一闪,就跨了进去。

祥龙不在,这大白天的,祥龙的车子一般是不会空在家里的,麻皮金荣转了一圈。正要走开,听见有人喊他,回头一看,是公司的经理,上次在祥龙家吃饭时见过的。

麻皮金荣笑起来，说："经理记性真好，见过一面就能记住我了。"

经理也笑起来，说："我这个人其实记性是最不好的，不过，你么，好记呀。"

麻皮金荣说："这倒是的，我这一脸的东西，谁见了也不会忘记的。"

他们一起笑了一会儿，经理问麻皮金荣是不是来找祥龙，有没有事情。

麻皮金荣想了想，说："不找祥龙也不要紧，我只是想问问，是不是说办罐头厂。"

经理的脸上就有一种警惕的祥子，他说："消息真是灵通，还只是意向呢，八字还没有一撇，倒是有不少人来问了。"

麻皮金荣听经理这么说，倒有点不好意思。连忙说："我没有什么事情，只是随便问问的。"

经理说："我知道你的。"

麻皮金荣说："我没有事，你去忙吧，我走了。"

经理说："好的。"经理说着就走开了。

麻皮金荣在那里站了一会，竟有点不知如何是好的感觉，他本来根本是不要进这里来的，现在进来，又不知自己要做什么，他站在那里想了一会，后来终于想到，他确实是要来找祥龙的，他要告诉祥龙，想看白鱼阵的话，这几天是时候了。

麻皮金荣到公司的传达室，请传达室的同志转告祥龙。传达室的传达员，大概是个镇上人，不知道什么是白鱼阵，问起来，麻皮金荣详详细细跟他说，传达听了，很有兴趣，说："还有这样的事，乡下真是很有趣的么。白鱼阵，我是听也没有听说过的。"

麻皮金荣说："就是，你们镇上人，不知道乡下许多事情呢，那白鱼阵，看起来真是很威风的。"

传达说："听你说了，我倒是很想见识见识。"

麻皮金荣说："你真的想看看？"

传达说："我是想看看。"

麻皮金荣很兴奋，说："你要是来看白鱼阵，可以住到我家里，什么时候过鱼阵，我是最清楚最有数的，包你误不了。"

传达朝麻皮金荣看看，说："你说什么，你说我到乡下去住，就为了看鱼阵从河里流过，我是不高兴的。"

麻皮金荣说："很好看的。"

传达说："好看的东西多着呢，现在有彩电，什么好看的看不到呀。"

麻皮金荣说："这倒也是的，电视上是什么都有的，白鱼阵肯定也是有的。"

传达说："白鱼阵有没有倒不敢说，但是比白鱼阵更好看的东西是肯定有的。"

麻皮金荣点了点头。

临走的时候，麻皮金荣说："你帮我告诉一声祥龙，叫他回来。"

传达说："你就是叫他回去看白鱼阵呀。"

麻皮金荣说："祥龙我知道他，他是要看的。"

过一天祥龙果然回来了，这一日已经是农历初二，一般的鱼阵总在这一两天了，可能性最大的是在初三。这一天祥龙就在麻皮金荣的守簖屋里过夜，临睡下的时候祥龙问麻皮金荣，要是夜里过阵，他能不能听见。麻皮金荣说一定能听见的,祥龙就放心地睡了。

到第二天早上,一切还是那样,太阳暖暖的,河面上静静的,什么也没有,祥龙说:"今天不知道会不会过,我只有半天时间空的,到下昼还要出车,送台湾老板走,这一会儿正在乡里谈判,就是做鱼罐头的事情。"

麻皮金荣说:"今天肯定要过的,一般过了初三就不再有阵了,今天一定会过的,你等。"

祥龙就在簖上等着,一边和麻皮金荣说说话,说的多半是从前小时候的事情,麻皮金荣很有些感慨,说:"祥龙,还是你呢,有些人,根本早就忘记从前了。"

祥龙说:"从前怎么能够忘记呢,叫我忘记,我也忘记不了的呀。"

麻皮金荣说:"是呀,正是这话。"

这样很快就过了半天,还是没有白鱼阵过。

祥龙说:"怎么还没有过。"

麻皮金荣也有些急了,一直在说,怎么搞的,怎么搞的,真是的,真是的,听他的口气,好像一切都是他的过错,好像是他叫白鱼阵不要来似的,十分地懊悔,十分地不安。

祥龙见他这样,倒笑起来,说:"你急什么。"

麻皮金荣说:"我没有急。"其实他是很急,好像有一种对不住祥龙的意思,在祥龙想来这真是大可不必。

祥龙看叔叔这样,就说:"我再等一等。"

麻皮金荣说:"你不要误了事啊。"

祥龙说:"不要紧,有事情他们会过来叫我的,我告诉他们我在这里。"

麻皮金荣松了一口气,看他的样子,好像祥龙等着要看的不是河里过的白鱼阵,而是他麻皮金荣的一件什么宝贝似的。

白鱼阵终于还是没有来,公司派了人过来告诉祥龙,要用车了,把那位台湾老板送走,祥龙问谈判的结果如何,来人说大概没有谈成。

祥龙听说没有谈成叹了一口气,说:"早知这样,我也不要来看什么白鱼阵了。"

麻皮金荣说:"你说什么?"

祥龙说:"叫我来看看今年的白鱼阵的情况,根据鱼阵,可以估计预测今年整个的渔业情况,如果谈判成功,对鱼的需求量是要有一个大体的预算的,既然没有谈成,也不必要再看什么白鱼阵了。"

麻皮金荣听了祥龙的话,愣了半天,后来他说:"这倒也是的。"

茶 客

一

开春以后,镇上的小茶馆里多了一个茶客老忠庆。

其实对一个茶馆茶室来说,哪一天多来一个人哪一天少来一个人这本来算不得什么,茶馆本来就是一种流动性比较大的场所,有的人也许本来并没有上茶馆的愿望,只是在经过茶馆的时候因为走得累了或者是口渴了或者不为什么就突然想进茶馆去坐一坐,喝杯茶,这种情况一般来说还是比较多的,因而也就是平常时候,也有的人这一天家里不备早饭就到茶馆来坐,弄杯茶再来一个小笼,也就解决问题了。再或者有两三个人要谈谈说说什么,一时找不到合适的地点,说到茶馆去吧,大家就去了,这也没有什么特别的。总的来说，茶馆对你，永远是一处相当随便相当自由的去处，你今天去过一次茶馆，可以在一年以后再去也是无所谓的。

但是对茶客来说要求也许就不一样。一般来说茶客是要每天到茶馆去喝茶的，这似乎是一条约定俗成，谁做不到这一点，谁就算不得是一位茶客。

其实老忠庆到茶馆也不过才两三天的事情，可是大家就认定老忠庆也是一个茶客了。大家这样想，总是有一定道理的，老忠庆他现在不到茶馆来坐他能到哪里去呢。

正是这样。

老忠庆做了那些年的村民事调解主任，这工作实在很烦人，是吃力不讨好的工作，老忠庆做了好些年真是做得很怨很怨了，老忠庆一直把民事方面的工作称作是钝刀子割肉，或者说是丝线缠麻线什么，反正总是说这工作千头万绪很难做。当然，老忠庆说虽是这么说，但是他的工作一直是做得很出色的，在整个乡里来看，他们这个村的民事工作一直是能争到先进的，这多半是老忠庆的功劳。老忠庆虽然文化水平不很高，但是他到底做过多年的干部，对工作非常负责任，所以他的工作比一般的人更要忙更要辛苦些。他常常在领导面前或是在别的随便什么人面前说自己老了，做不动了，要换换人了，开始大家都觉得这是老忠庆的客气话，听听也就过去了。可是后来老忠庆一直还是重复这样的话题，大家就想也可能老忠庆确实是有点老了，就积极地物色人选，物色好了，就把老忠庆换下来了。

老忠庆直到换了下来，还不知道是为了什么。他问村里的书记，是不是他做错了什么事情，是不是在哪一个问题上处理得不公正，有营私舞弊的嫌疑等等，他认为即使他有哪些不对的地方哪怕是错误，领导上也应该先跟他本人说清楚再撤换也不迟。村里的书记看了他半天，说："不是你自己说要换人的么，你一再地说，说得我们都不好意思了，才……"

老忠庆说不出话来，他确实是常常说，但是只不过是随便说说，也只是想要领导知道他的工作是怎么一回事，知道他的辛苦和困难罢了。

现在再说什么也已经迟了，新的民事调解主任已经到位，老忠庆是不能再做下去了。老忠庆回到家里歇下来，开始确实是很不适应，每天一大早就醒了，再要睡怎么也睡不着，这也是多年的习惯了，一时两时要改是比较难的。

老忠庆的老太婆看老忠庆在家里唉声叹气，对他说："这么坐在家里，真是没有什么意思，你又不肯帮我做点事情，你还不如到镇上茶馆坐坐，我看那里好多老人。"

老忠庆说："我怎么去孵茶馆，那是闲人孵的，那些人在那里，一天到晚还不是瞎嚼舌头。"

老太婆说："你这么说，好像你现在还是从前那么个大忙人呢。"

老忠庆听了老太婆的话，心里很气，他朝老太婆看看，却不好说她什么，她并没有说错什么。

这样过了好些天，老忠庆真是越来越无聊，一天他起了个早，就往镇上的茶馆去了。

茶馆果真开得早。老忠庆去的时候，里面已经坐了不少人，多半是熟人，一个村的，也有些是外村的，外村的老忠庆也都能叫出名字来。大家看老忠庆来，都说："好了，又多了个老茶客。"

在老忠庆第一天到茶馆去的时候大家就这么说，这说明大家还是很了解老忠庆的。老忠庆平时也很喜欢喝茶，只是因为工作比较忙，没有时间孵茶馆，最多只是在手里捧一把紫砂壶，走到东走到西处理问题，调解矛盾，一些老茶客看了都是要为老忠庆可惜的，不过那时候老忠庆并没有别的什么想法，他觉得自己虽然不能坐在茶馆里定心地喝茶，但是他把时间用在工作上也是心甘情愿的。

现在老忠庆已经有了时间，他完全不用再捧着茶到处走，他每天都可以也是应该到茶馆来坐坐、歇歇，做了许多年的工作，老忠庆对别人对自己也都是无愧的了。

大家这样说说，老忠庆倒也慢慢地想通了，人总是要老的，老了总是要让位给年轻人的，不是今天就是明天，一旦老忠庆想明白了，他也许就觉得茶馆确实是一个好去处。

现在老忠庆和别的老茶客一样，每天起早来孵茶馆。

早早起来孵茶馆的这叫作吃早茶，早茶的时间一般有两种：一种是像老忠庆这样，天刚亮就来的；还有一种是早上做了一些事情再来的，那时间就要在七八点钟的样子，这时候第一批茶客已经喝得差不多，也有的开始要走了，但是多半还没有动身，第二批茶客接上来，又一起聊一会儿，如果说得投机，第一批的茶客也就会自动延长吃茶的时间再继续坐下去，一直到说得实在没有什么话说了再走。

迟一批的茶客里有一个叫老四的老人，家住在镇边上，是个菜农，每天早上起来割了地里的菜到镇上的市场卖，卖了菜，再到茶馆来，也是个常客，可以说是风雨无阻的。这老四是个独身的老人，也没有兄弟什么，叫他老四，是因为从前他告诉别人他当过新四军，也不知是真的还是假的，大家就叫他老四了。以后出来的年轻的人恐怕是不知道这里面的因为所以。老四来的时候，基本上已经是下市的时间，老四来总是先说说今天菜价怎么样，菜是不是好卖等等。这些话大家都听得厌了，而且孵茶馆的人多半是不买菜的，菜价如何跟他们没有什么大的关系，听也无所谓，不听也无所谓，如果有好听的话题大家就不会把老四的话放在心里，如果这一天实在没有什么说的，那么老四的话也是有人听的，也会有一点场面了。

早春的一天，老四来了，可他的菜筐里还留着些菜没有卖完，这倒是不多的，一般老四的菜都是很好卖的，他的菜新鲜，又肥嫩，老四种菜还是老路子，很少用化肥什么，基本还是用的粪肥，所以老四的菜，在小镇上是比较好卖的。老四的菜筐里留下一些菜来大家觉得有点奇怪，问老四，老四抓起一把菜给大家看看，大家看那菜，像是被什么东西咬过的，样子有些可怕，难怪不好卖了。

老四说："我们那边的阿兴你们知道的吧。"

大家说，知道的，就是那个蛮皮阿兴。

老四说："真是不像人，昨天把鸭子放到我地里吃了我的菜，我跟他说几句。他怎么说？"

大家看着老四等他说。

老四叹了口气，说："他说你怎么跟畜生一般见识，鸭子是畜生，你跟它们一般见识你自己变成什么了。你们说说，哪有这样的人。"

大家说，真是不讲理的，所以叫他蛮皮阿兴。

老忠庆听了，想了想，说："你们那边的调解主任呢，你去找他呀，像你这样的情况，经济受了损失，是可以叫阿兴赔偿的。"

老四苦笑笑，说："哪里什么调解主任，告诉他他也拿阿兴没有办法的，说又说不过他，打又是不能打的。"

另外一个老茶客说："有些人，不讲理的，就要用不讲理的办法来对付，我们那里也有一个，我们就是用他的办法对付他，后来倒也服帖了，比如说你这个阿兴什么的，叫鸭子吃你的菜，你也把鸭子放过去吃他的菜，他要是来找你，你就把他的话再跟他说一遍，看他怎么办。"

好几个人都笑起来，说这个办法好。

老忠庆却摇摇头，说："哪能这样调解，这是不对的，对这样的人还是要耐心要做思想工作，功夫做到家，总是能做通的，我们村里也是有这样的人的，我都一个个弄他们服帖。"

老四说："那是啦，可是哪有很多像你这样的调解主任呢，水平又是很高，人心也好，真是不多的。"

老忠庆听了，叹口气说："我是不来事了，我要是来事，也不会叫我下来了。"

大家说，老忠庆话不能这么说，你下来不是因为你不来事。

老忠庆说："不管因为什么，反正已经下来，话也不要多说了。"

大家说，这倒是的，少说少心烦。

后来又喝了会儿茶，老四说："其实这点菜我也不放在心上的，我不开心不是为这一点点菜的损失，我是想不通的。"

老忠庆说："什么想不通？"

老四说："你们还不晓得呀，这后面的河，要填了，填了河，我种菜到哪里去挑水浇，走老远的路，我也走不动了。"

老忠庆他们几个都没有听说要填什么河，问起来，老四说是乡里办合资厂，台湾老板看风水，厂房后面是不能有河的，厂后面要是有河，财源就会流走，所以要填河了。

大家说，不会吧，台湾怎么也讲迷信呢，台湾不是很先进么。

老四说："台湾人是最相信这一套的。"他一边说一边朝茶馆后面看，这河就在茶馆后面，坐在茶馆就能看到，河水很清，镇上的人都是用的这河里的水，当然是经过消毒的自来水。要是填了河，虽然不至于造成吃水困难，这里本来是水乡，填一条两条河这算不了什么，但老忠庆他们这些人对眼下这条河却是别有一种感情，这条河是人工开凿的，现在在茶馆里喝茶的这些老人当年都参加过那样的劳动，非常辛苦非常劳累，但也是很有意思的，一直到今天许多事情还记得一清二楚。

他们正说着填河不填河的事情，也有的人不相信，觉得老四说话没有根据，这时候就看现乡里的一位领导走过，大家说，问问。

这位乡领导老忠庆是很熟悉的，不仅熟悉而且关系还相当好，也可以说是老忠庆当年把他带出来培养出来的，所以他对老忠庆一直很尊敬。老忠庆站起来，走到门口说："哎，张书记，你等一等，我有话问一问。"

张书记停下来，朝茶馆里看看，说："哎呀，我这阵子没有时间，等我有空儿了再找你说话。"

老忠庆说："没有很多的话，就问一件事，就是……"

张书记说："真的，真的没有时间，那边都在等我呢，对不起了。"

张书记很快走远了，老四说："人啊。"

别人也说，真是的。

老忠庆看着张书记的背影，他想张书记不至于不把他放在眼里，他肯定是有要紧的事情,所以老忠庆对大家说:"你们看他走得急急忙忙,也可能他是没有空闲的,不像我们没有事情做,孵茶馆。"

大家听老忠庆这样说,想想也是,都笑了。

二

老四的家就在镇边上,老忠庆喝过早茶回家去是要经过老四家门口的,有时候老四就邀老忠庆过去坐坐,老忠庆也不客气,他反正回去也没有什么要紧的事。

老忠庆到老四家,看到老四的隔壁邻居门前坐着一个年纪轻轻的人,常常像守门似的,放一张凳子坐着,手里也像老人似的捧一壶茶,对着太阳打瞌睡。

老忠庆问老四那是谁,老四朝那人看看,说:"是根荣。"

老忠庆说:"根荣,是不是那个判了刑的根荣?"

老四说:"就是。"

老忠庆说:"真是很快,已经回来了。"

老四说:"说是表现好,减了刑提前回来的。"

老忠庆说:"噢。"

根荣老忠庆是知道他的,几年前他和别人打架,把人家打伤打残,吃了官司,现在回来了,老忠庆从老四这边朝他看,看不出根荣有什么变化。

老忠庆走过去,朝根荣点点头:"根荣,你回来啦。"

根荣说:"回来了。"

老忠庆说:"根荣你好吧。"

根荣说:"好的。"

老忠庆觉得根荣是有些变了,从前根荣的火气很大,跟别人说话没有好好的口气的,现在毕竟是不一样了。

老忠庆说:"你回来,在哪里做事?"

根荣说:"没有在哪里做事,就弄弄几亩责任田。"

老忠庆想怪不得每天像老人似的捧一壶茶。

老忠庆问根荣:"你娘好吧。"

根荣说:"好的。"

再也没有话了。

根荣的娘雪婶婶从前也是在村里做干部的,虽然和老忠庆不在一个村里,但常常开开会什么能碰在一起,也是比较熟悉。以前雪婶婶倒是经常到处走走,哪里也能见到她的影子,自从根荣出了事,就不大见得着她了,这一晃老忠庆也有好多年不知道雪婶婶的情况,他很想问问根荣,可是根荣看上去并不想跟他多说什么。

停了一会儿,老忠庆说:"根荣你到底还年轻,还是要想办法弄点事情做。"

根荣笑笑,说:"弄点什么事情做做?"

老忠庆说:"你是不是想进厂进不去?"

根荣又笑笑,不说是也不说不是。

老忠庆也就没有再说下去,他回到老四这边,老四说:"你跟他多说什么。"

老忠庆说:"我看他年纪轻轻捧一壶茶真是有点可惜的。"

老四说:"他们这一家的事情你是弄不懂的。"

老忠庆不明白老四这说的是什么意思,想问问明白,老四说:

"有什么好说的,慢慢你就会明白。"

老忠庆说:"我也不想去明白他们,他们跟我也没有什么关系。"

老四笑了,说:"那是最好。"

他们一起到老四的蔬菜地看看,菜地就靠着河,浇水什么的很方便,老四突然叹了口气,说:"要是真填了河,我这生意恐怕也是做不起来了。"

老忠庆说:"只是说说罢了,谁知道是真是假呢。"

老四说:"无风不起浪。"

老忠庆朝老四看看发现老四脸上有一种失落的神态,老忠庆说:"要是真填了河,你以后做什么呢?"

老四摇摇头,说:"我也不知道。"

老忠庆说:"不过这也不是你一家的事情,好多人家都有这样的问题,根荣他们不也是,大家总会提出来的,总会有一个解决的办法。"

老四说:"那是,我也不愁。"

可是填河的事情却是越说越像真的了,这一阵在茶馆里,每天都要说到这个话题,好像已经逼得很紧了,乡里的领导已经陪着台湾老板过来看过这条河,台湾老板一边看一边摇头,也不知到底是什么意思,想起来总是不满意,总是不喜欢这条河的意思,这一点大家是明白的。

台湾老板要投资的是一家日用化工厂,也就是生产化妆品的,现在化妆品已经是满天满地,还要开辟新的生产,也不知算不算是冒险,不过话说回来反正台湾老板有的是钱,冒一点风险他们也不怕,只是乡里这边,最好是做把握大一点的事情,每年的产值利润什么，总是一步一步往上加码的，一着不慎就会落下来，还有更重要的是大家的实际收入，也是只能增不能减，一减下来，事情就多了。

当然所有这些，对茶客来说，基本上是无关痛痒，只是当着闲话说说罢了，即使是像老忠庆这样从来都是对乡里的事情很关注的，现在既然已经退下来，也只能是做一个说客，主是做不了半点的。

一日老忠庆在街上碰见日用化工厂的吴厂长，吴厂长原来和老忠庆是很熟悉的，老忠庆拦住吴厂长问了问填河的事情，吴厂长说正在谈判，如果谈成了，那确实是要填河的，不能因为一条小小的河，影响了投资这样的大事。吴厂长还告诉老忠庆如果谈成了，那么日用化工厂将要扩大，要招收更多工人，扩大生产规模，以后的发展那是很有前途的，所以吴厂长他们现在正在尽全力促成这件事情。

老忠庆听吴厂长说要扩大生产再招工人，他心里一动，说："你们要是再招人，我有一个人你要帮帮忙。"

吴厂长说："你老忠庆介绍的人，我也不敢不要呢，是什么人？"

老忠庆说："是根荣，你知道吧，就是那个吃了官司的根荣，现在人家已经改了。"

吴厂长的脸上露出一种迷惑的神色，想了想说："根荣，是那个根荣吗，你有没有弄错呀？"

老忠庆说："我怎么会弄错，前天我还和他谈了呢，他回来后没有事情做，老人似的捧个茶壶，其实你也知道根荣本来是很有点本事的。"

吴厂长听老忠庆这样说，更是迷惑不解，他说："根荣想进我们厂,是他跟你说的?"

老忠庆说:"他虽然没有跟我说想进哪一家厂,但是现在他没有事情做,想进厂这是真的。"

吴厂长张着嘴,不知要说什么,却没有说出来。

隔一日老忠庆又跟了老四回去,见到根荣还是捧一把茶壶在门口,老忠庆过去说:"根荣,告诉你个好消息,你可以进厂了。"

根荣开始愣了一下,没有说话。

老忠庆说:"真的,是我帮你说的,开始人家还有些想法,我说通的。"

根荣笑了,说:"你说得出。"

老忠庆说:"真的根荣,其实根荣你也不要太悲观,虽然有人对你有些看法,但是大部分的人还是很诚心的,我找的吴厂长就很开通。"

根荣说:"吴厂长?"

老忠庆说:"就是日用化工厂的吴厂长,我找的就是他,他现在答应你进厂。"

根荣不由"哈"地一笑,说:"你真是,怎么可能。"

老忠庆说:"根荣你对自己太没有信心了,你还年轻,犯了一次错并不是说一辈子就没有希望了,你应该振作起来。"

根荣越发笑得厉害。

老忠庆也不明白根荣到底有什么可笑的,他说:"根荣你如果不相信你可以自己找一下吴厂长,看我说的是不是真话。"

根荣说:"好的,我会找吴厂长的,我不找他他也会来找我的。"

老忠庆想这样你也太自信了,吴厂长很忙,未必会为了一个普通工人找上门来，老忠庆希望根荣把握好自己，既不要太悲观也不要盲目自信。

老忠庆和根荣说的这些，老四都听到的，他不知道老忠庆为什么这样关心根荣，人家又没有求他这样做，就是求了，也不一定要这样。老四在茶馆喝茶的时候跟大家说这事情，大家也觉得奇怪，想来想去，想不出个理由，就拿老忠庆寻开心，说老忠庆是不是早年和雪婶婶有过一手什么的，又说雪婶婶说不定真是有这样的心思，看她一把年纪，还涂脂抹粉，总是心里有事情才会这样的。

大家这样说说，老忠庆也不生气，反正都是闲话，说得急了，老忠庆就说你们这些人真是，看着人家年纪轻轻地泡在家里，我是心里过不去的，你们过得去？

大家听听也明白了，说这是职业病。

老忠庆说："大概是吧。"

三

一早上老忠庆踏进茶馆，大家都说，来了，来了。

老忠庆不知他们说的什么，大家又说，今天老忠庆怎么迟了，吴厂长等了你好一会儿了。

老忠庆一看，果然吴厂长坐在茶馆里，正在朝他笑。

老忠庆说："迟了迟了，今天也不知怎么的困得很。"

吴厂长说："哪里说得上迟，一般的人还都没有起来呢，我是为了找你才早起的，要不然也还在床上呢。"

老忠庆说："那不一样，你们这样的，白天要工作，很辛苦，当然是要晚一点起来，哪像我们，没有事情做，一天闲到晚。"

吴厂长说："这倒也是的，就像我们有时候多放了几天假，也会弄得睡不着觉，不像现在，头一沾枕头就着了。"

大家笑笑，都说是。

老忠庆看着吴厂长，吴厂长说："今天是有事情来麻烦你的。"

老忠庆说："吴厂长客气，你有什么尽管说就是。"

吴厂长说："上次你跟我说起根荣的事情，不知根荣他自己是什么态度。"

老忠庆没有想到吴厂长一大早过来找他是说根荣的事情，觉得有点意外，他看着吴厂长，说："我跟他说过的，看上去根荣简直是有点不敢相信的样子，他当然是很高兴的。"

吴厂长说："那你是说他愿意来。"

老忠庆说："那还用问，你们厂他不去他要到什么厂，我叫他自己再去找你一下的，也可能他不大好意思，我说吴厂长很忙的，不可能为你一个人怎么样，还是你自己去一下，说定了，就可以上班。"

吴厂长说："我就是找不到他呀，问来问去，大家说也只有你知道他，说你和他们家的关系是很好的。"

老忠庆笑笑说："哪里，也不过一般关系。"

吴厂长走后，老忠庆就往根荣那边去，到那边看，根荣不在家，倒见着了雪婶婶。

雪婶婶还是和从前差不多的样子，也不怎么见老，衣着什么也还是要比一般的乡下女人亮眼得多，走近去可以闻到一股香粉味，这也是雪婶婶的老习惯。

雪婶婶见了老忠庆，笑着说："哟，老忠庆怎么有空儿跑到我们这里来。"

老忠庆和雪婶婶说笑了几句，就说到了正题，雪婶婶说："你还说呢，上次根荣跟我说，说你管他的事，我还正要去找你说说呢。"

老忠庆说："这是我应该做的，我看着根荣这样，心里总觉得过不去。"

雪婶婶奇怪地看看老忠庆，问："你看着根荣怎么样？"

老忠庆说："还能怎么样，回来也没个事情做做，这么捧个茶壶算什么呀。"

雪婶婶先是一愣，后来就笑起来，说："你这人真是，根荣又没有拜托你是不是。"

老忠庆说："根荣可能不好意思说，但是他不说我也是能看出来的，他在家里这样肯定是很闷的，所以我帮他找了吴厂长，吴厂长你知道吧，他们那厂，很有前途的。"

雪婶婶笑得就厉害起来，一边笑一边说："老忠庆你做什么……"

正在说着，有人进来，说是负责给这一带的人家装自来水管子，先来登记一下，问雪婶婶家要不要装，雪婶婶说不装，那人看看雪婶婶，说："这里恐怕就要填河了，你们现在不装，下次再装很麻烦的，不如一手就装了。"

雪婶婶摇摇头。

那人就走了。

老忠庆在说："你们为什么不装水龙头，填了河用水不方便的。"

雪婶婶说："根荣关照过的，说不用装。"

老忠庆说："根荣人呢，我要找他说说，吴厂长看上去很器重他，要叫他去上班。"

雪婶婶听了又笑了，说："我也做不了他的主，等会儿他回来你自己跟他说吧。"

老忠庆说："那也好，我就等一会儿。"

雪婶婶要给老忠庆泡茶，老忠庆说不用了，他的茶还在茶馆里放着呢，一会儿还要过去喝的。

这样等了一会儿，也不见根荣回来，老忠庆忍不住又对雪婶婶说了些话，他告诉雪婶婶吴厂长那个日用化工厂基本算是乡里最好的厂了，这不仅是自己乡里这么看法，就连县里的人也是这样看的，而且不仅现在好，日后发展又是怎么的有前途等等说了一大堆那厂的好。雪婶婶听了只是笑，也不表态。老忠庆想雪婶婶到底笑的什么呢，是不是因为她现在真的做不了根荣的主，所以才觉得老忠庆在这里白费口舌，可是从前不是这样的，从前大家都知道根荣是很服雪婶婶的，根荣的爹死得早，雪婶婶把根荣带大，根荣也晓得要报答母亲，说起来那一次根荣把人家打伤打残，事情如果从头说也还是雪婶婶引起的，所以大家总觉得根荣虽然吃了官司，但是他是一个孝子，这是一致公认的，至于雪婶婶因自己和别人的矛盾而害得儿子吃了官司，雪婶婶到底是怎样的后悔怎样的伤心，那只有雪婶婶自己最清楚了。

老忠庆想了一会儿，又问雪婶婶："从前根荣不是很听你的话么。"

雪婶婶说："现在不是从前了。"

老忠庆说不出雪婶婶的话有什么不对。

再等一会儿，根荣回来了，进门的时候，手里仍然是捧着一把茶壶,老忠庆说:"根荣你到哪里去了,我等了你半天。"

根荣说:"我喝茶。"

老忠庆看根荣悠悠的样子,倒有些替他急,说:"根荣你以后打算怎么办?"

根荣说:"不怎么办,就这样喝喝茶,过两天我要去孵茶馆,跟你们一样。"

老忠庆说:"那不行的,我们是老了,做了一辈子了,你还早呢,再说我今天来找你就是跟你说吴厂长那里要你去,你千万不要错过这个机会。"

根荣看看雪婶婶,雪婶婶也朝根荣看看,母子俩一起又笑了。

老忠庆看他们这样对待他的一片诚心,也有些不高兴了,说:"根荣你当真是不想进吴厂长那里去?"

根荣说:"当真。"

老忠庆想不到根荣回答得这么干脆,一时竟没有话好说了。

根荣回头对雪婶婶说:"你去烧一壶茶起来,等会儿有茶客来。"

雪婶婶说,好的,就到厨房去烧水。

根荣看老忠庆还没有走的意思,就说:"好了,谢谢你,你忙你的去吧,不要搅了。"

根荣叫老忠庆不要搅,老忠庆一时也没有听出是个什么意思,因为他从来没有搅什么,所以他想是不是根荣说的搅是别的什么意思,他还想问一问清楚。

这时候根荣听到外面有声音,就迎了出去,一会儿接了几个客人进来,老忠庆在一边看那几个客人都是西装革履样子,也不知是做什么的,想根荣会不会引见一下,可是根荣好像不知道老忠庆还站在他家里，直接就把客人领到里屋去，老忠庆听里屋很热闹，叫起来都是什么老板什么先生的，老忠庆站着发了一会儿愣，就走出去了。

雪婶婶从厨房追出来，说："老忠庆你慢走。"

老忠庆叹了口气，说："我答应了吴厂长的，叫我怎么去跟人家交代。"

雪婶婶说："谁叫你随便去答应人家什么。"

老忠庆说："我原来想这么好的事情，根荣肯定要去的，谁知道……"

雪婶婶说："现在的许多事情我们这样的人是弄不清了，你以后还是少管吧。"

老忠庆说："我以后是要少管了，可是这一次，叫我怎么去跟吴厂长说。"

雪婶婶又笑了，说："看你上心思的，人家厂长说不定早不放在心上，说不定也是随便说说的，你这么当真做什么呀。"

老忠庆想了想，说："也有可能。"

以后一直好几天，老忠庆在茶馆喝茶总是有点提心吊胆，生怕吴厂长找来问他根荣的事情，可是吴厂长一直没有来，也不知是因为忙，还是出了差。

又过了些时候，老忠庆喝茶时候总还是觉得哪里不对劲，想来想去，他知道是因为没有向吴厂长作一个交代所以定不下心来，老忠庆就到日用化工厂去找吴厂长，也好了却一桩心思。

吴厂长见了老忠庆，说："你找我？"

老忠庆说："你上次托我的事情没有办好，真是对不起。"

吴厂长想了一下，说："是不是根荣那事情？"

老忠庆说，"就是。"

吴厂长说；"早过去了，你还记着，真是的。"

老忠庆说："可是我一直没有向你说明一下，我找根——"

吴厂长连忙摇摇手，说："不用再说了，这也不好怪你的，要怪也只好怪我自己没有本事。"

老忠庆从吴厂长那里出来，时间还早，那一班茶客还没有散去，老忠庆完全可以再过去坐一坐，把茶喝点味出来，可是他没有再去。

老忠庆一个人沿着小镇的街慢慢地走，小镇的街是沿着河的，就是说要填的河，老忠庆走着，看着河里清清的水，不由叹了口气。

后来老忠庆就被老四拦住了，老四说："今天怎么，这么早走做什么，我还没有开始呢。"

老忠庆说："今天没兴趣。"

老四说："你今天没兴趣，我今天倒是很高兴。你听说了吧，这河，不填了。"

老忠庆说："怎么的？"

老四说："大概和台湾老板没有谈成吧。"

老忠庆说："那也没有什么开心的，河虽是不填了，可是经济上的损失肯定是很大的。"

老四说："又不是为了填不填河才谈不成的，总是为了其他什么要紧的事情。"

老忠庆说："那倒是的，光是为了填河不填河也不至于谈崩了，唉，不管怎么说，总是放跑了一个台湾老板，总是放跑了一些钱的。"

老四说:"其实也等于没有放跑,日用化工厂虽是没有谈成,可是跟别人谈成了呀。"

老忠庆说:"也是我们这里的?是谁?"

老四说:"你怎么又不临市面了,就是根荣呀。"

老忠庆说:"哪个根荣?"

老四朝他看看,说:"还有哪个根荣,放出来的那个根荣,根荣的路子你还不知道呢,听说现在那农场里也都搞得呱呱叫的,根荣回来,就把许多路子带了回来,台湾老板很中意。"

老忠庆听了老四的话,他是不相信的,他想对老四说这不可能,你不要听他们瞎说,可是话已经到了嘴边,老忠庆却没有说出来,因为老忠庆突然觉得这些事情好像已经没有多说的必要,他只是到茶馆去喝喝茶罢了。

于是老忠庆和老四一起重新又回到了茶馆,他叫老板重新给他泡了一壶好茶,他又从头细细地再品一品这茶的滋味。

冬　闲

初冬的时候,天气多半很好,太阳温温的,叫人也不觉得冷,精神也是抖抖的,不像春天那样懒懒的不想动,在冬天这时候,大家都想做些什么,不知是因为就要过年,还是因为别的什么原因。

田里的事情都在秋里做完了,该收的收了,该种的种了,一切停停当当,好像再也找不出事情来做。

现在就是冬闲的时候。

可是像菊珍这样的农村妇女她们一般是闲不下来的,做惯了的人,闲下来会很不适应,菊珍不在乡办厂或者村办厂做活,如果在厂里做,也就没有什么闲不闲,一年到头总是要上班的。菊珍没有进厂,倒不是菊珍他们家在这里没有什么路子,现在乡下的厂实在是很多,要进厂并不是很难的,只是因为厂多了,总的效益就不如从前,当然效益好的厂也还是有的,但是那样的厂要进去的人很多,竞争就比较激烈，菊珍自己的男人是在村里做干部的，现在菊珍也晓得做一个干部不容易，也晓得做一个干部家属不能靠男人的牌头，菊珍是有自觉性的，她没有向男人提出要进好厂的要求，至于一般的厂，收入并不是很高，菊珍也没有把它们放在心上，进也好，不进也好，都是无所谓。在菊珍看起来，不进厂也有不进厂的好处，家里的许多事情她可以从从容容地做起来，田里的活她可以包下来了，还有养猪养别的什么，还有副业什么以及小孩子老人的生活，她都有足够的时间来一一应付了，要是进了厂，这一切就没有现在这样从容。再说家里反正三楼三底的新房子已经造好，虽然不比别人家的更好，但至少也不比别人家的差，一个孩子，多少年以后的事情也都已经给他想周全了，菊珍想来想去，至少在短时间内家里好像没有什么大的动作了。所以菊珍只是在家里田里做做，没有到厂里去上班。

在农忙的时候，菊珍是很累的，但是她早已经适应了这样的情况，也不觉得很辛苦，倒是闲下来就不大适应了。现在的农民也和城里的人一样谁都知道时间的宝贵和时间的价值，即使像菊珍这样的文化水平不高的农村妇女也很明白这一点。菊珍在农闲的时候总要出去找一些事情做做，小孩子上学，老人看着家门，菊珍守在家里实在也没有什么意思。菊珍到妹妹菊香那边去，她要约了妹妹一起出去，两个人一搭一档，做起事情也有个商量。

菊香嫁的地方离菊珍这里不远，菊珍过去，看菊香正在家门口晒太阳。菊香家里的情况和菊珍基本上是一样的，也是小孩子上学，老人看家，菊香在冬闲的时候也是没有什么事情做。

菊珍说："菊香，你倒是很乐惠，晒晒太阳。"

菊香被太阳晒得睁不开眼睛,她笑笑说:"不晒太阳做什么呢?"

菊珍说:"你就是这样,不会想点事情做做?"

菊香说:"什么事情?"

菊珍说:"你还是这样,自己什么也不管,专门靠我。"

菊香又笑,说:"你是姐姐呀。"

菊珍也只好笑笑,说:"走吧,老规矩,去卖橘子。"

菊香说:"哎呀,算了吧,辛苦死了,又赚不到几个钱。"

菊珍说:"懒死了,出去做做,总比闷在家里好一点,多少能赚一点的,去年你又没有比我少赚。"

菊香说:"我实在是不想动。"

菊珍不再让菊香说下去,就去拉她,菊香慢慢地站起来,说:"去就去吧。"

每年冬天,菊珍和菊香都要出去找一些事情做,比如到批发站批点水果什么卖卖,这对菊珍菊香来说,算不上什么新鲜事情,说走就走,一人拿了两只空筐就上路。

菊香她们这地方,从前说起来,离城市还是蛮远的,但是这几年城里的房子越造越下来,把原来属于郊区的地方都造了去,菊珍她们这里就算是近郊了,她们上城里去也比从前方便很多了,城里的公共汽车已经通下来,坐几站路,乡下人就能进城了。

菊珍和菊香带了空筐进城去做小贩子,村里的人即使碰见了,也不会觉得奇怪,这很正常,他们这一带,做做小生意的人多的是,没有什么值得大惊小怪的,尤其是像菊珍这样的女人家,大家常常说她们是做煞坏,不知道享福,只知道做,冬闲下来,总是要找点苦来吃吃的。

菊珍和菊香在村口遇见队长麻皮金荣，麻皮金荣其实不是姓金，也不叫金荣，脸上也没有一颗麻子，只是因为他的性格中有些哥们义气的东西，常常还会做一些赖皮事情，大家说他像上海滩的黄金荣，所以就叫他金荣。麻皮金荣在村口遇见菊珍和菊香，他停下来，说："姐妹又要出去啦，看看你们，真是两朵花呢。"

菊珍说："我们什么花？你们彩凤——"

麻皮金荣并不在意菊珍的话，他只是看着菊香，说："彩凤有什么？"

菊珍说："彩凤有什么？彩凤有福气呀。"

麻皮金荣说："你们是不是去批橘子？今年橘子大年，生意好做的。"

菊珍说："你说瞎话，越是大年，越是不好做。"

麻皮金荣说："总归批发价很低的。"

菊珍说："批发价低也要卖得出去，卖不出去，再低也是没有用的。"

麻皮金荣一笑，又朝菊香看看，说："凭你们，怎么会卖不出去？要是我，第一个就要来买你们的橘子。"

菊珍说："你少来花野迷。"

菊香在边上只是笑。

麻皮金荣走开后，菊珍一路对菊香说："麻皮个小子，老是盯牢你看，你怎么木知木觉？"

菊香笑："让他去看好了，反正看不掉一块肉的。"

菊珍"哼"一声，说："我是最不要人家男人来看我。"

菊香还是笑。

菊珍又说:"不过也没有什么男人来看我,我们是不会去跟人家做眉眼的。"

菊香说:"你是说我跟麻皮金荣做眉眼了?"

菊珍说:"我没有说,你做贼心虚。"

菊香说:"你说的。"

两人一起笑起来,路上走过的人说:"这两个痴婆子。"

批发站其实也算不上什么站,只是沿河的地方,有一大间空房子,里面有些工作人员,有几台磅秤。货都是从河里的船上来的,大部分的货并不运上岸来,只是在船上就成了交,批货的人直接上船装货。在冬天水果的品种不多,地产的橘子是主要的,这一年确实又是橘子的大年,站在河岸上一眼望去,简直是满河的橘子,红红的,很是惹眼。

菊珍和菊香到了批发站,先打听过行情,知道地产橘子批发价在四角左右,然后就去和批发站的人打交道,无非就是想在一般的价格上再往下降一些,这样的讨价还价,多半能够成功的,但即使成功了,也不过是每斤一两分钱的出入,批发站的人看到像菊珍这样的乡下出来的妇女,是最头痛的,很难缠,为了一两分钱,她们也是要争个分明的,所以常常批发站的人就让了她们,省得多磨嘴皮。

菊珍和菊香照老规矩批了一百五十斤橘子,分作两半,一人挑七十五斤,如果她们这一天把橘子卖完,每人大约可得十多元钱,这基本是可以抵上一个高级知识分子的收入。当然,菊珍菊香她们付出的辛苦也是比较大的。她们挑担子,穿大街走小巷,沿路叫卖,还要斤斤计较，这在知识分子来说，他们是绝对不肯做的。

在年底的日子，水果还是比较好销的，一般的人在这时候买水果总不是一斤两斤的买了，大都是要多买一些的，五斤十斤，按理以这样的情况，菊珍她们一人一天卖六七十斤橘子并不困难，但是今年是橘子的大年，橘子实在是太多了，不光大街小巷大大小小的国营的集体的个体的水果店竞相让利，小贩子们沿街叫卖，就是像菊珍她们这样的临时出来做做小生意的农民也比往年多了不少。

菊珍对菊香说："今年要想想办法。"

菊香说："什么办法？"

菊珍看看她，说："你记得去年有一次我们瞎跑跑到那边一家小医院。有住院的人，要买水果的也不少，不如我们过去看看。"

菊香说："好的。"

她们挑着很重的担子往那一个小医院去，那个医院的住院部和别的大医院不一样，一座二层楼房，就在马路边上，正对着大街，所以菊珍她们在下面一叫，果真就有人探出头来问橘子几钱一斤。

菊珍赶紧报了价，说："下来尝尝，不甜不要钱。"

过了一会儿，就有几个人慢吞吞地下楼来，慢吞吞地走过来，其中一个中年男人病歪歪的样子，伸手抓了一个橘子。

菊珍连忙挡住他。

那人说："咦，你不是说可以尝尝吗？"

菊珍说："尝是可以尝的，不过尝了要是甜的你一定要买的。"

中年人和另外几个都笑起来，说："乡下人，真是的。"

菊珍说："乡下人怎么？"

他们也不说乡下人怎么，只顾尝橘子，吃过后，说："嗯，还真好。"

这样一说，另外几个人也跟着买了一些，菊珍鼓励他们多买一些，他们说："都是买给病人吃的，买多了吃不了，浪费。"

菊珍和菊香她们做生意的时候，就有一个人站在一边看着她们，菊珍和菊香谁也没有注意到这个人，一直到她们把这一批生意做好了，那人才走过前来，是一位六十多岁的老人，一脸的愁苦样子，他过来朝菊珍看看，说："你们，是乡下的？"

菊珍也朝他看看，说："是的，有什么事？"

老人说："你们住得离城里远不远？"

菊珍说："怎么啦？要攀亲呀！"

老人叹了一口气，不说什么了，只是朝她们又看。

菊珍看没有什么人来买橘子了，就对菊香说："走吧。"

两个人挑了担子要走，那位老人"哎"了一声，菊珍回头说："你是不是有什么事情？有事情就说，你们城里人，就是这样，死样活气的。"

老人说："你们两个，有没有哪一个愿意，愿意，做几天帮工？"

菊珍看了菊香一眼，说："什么帮工？"

老人告诉她们，他的老伴偏瘫，刚刚住进这里的医院，因为子女都不在身边，一时又没有人相帮，想找个人服侍一阵，他问菊珍和菊香愿意不愿意。

菊珍说："你自己为什么不服侍老太婆？"

老人说："我是教书的，临时请几天假还可以。时间长了不行的，课掉下来没有人代替。"

菊珍又朝菊香看看，菊香说："你看我做什么？"

菊珍笑，说："怎么，看也看不得啦？"

老人大概觉得菊珍也像有点动心的样子，就盯住菊珍说："工钱我们好商量的，其实也没有很多的事情，只要你跟卖橘子一样，早出晚归就可以，早上八点钟你过来，下晚五点来钟我下班回来，你就可以走了。"

菊珍说："那么你肯给多少钱？"

老人说："我也打听过了，一般这样，一天给七八块钱吧。"

菊珍说："哟哟，还不如我卖橘子的多呢。"

老人苦巴巴地说："我还管你一顿中饭，你要是实在嫌少，再加两块，十块是不能再多了，我一天的工资才六块呀。"

菊珍说："你一天才六块钱，那你哪里来的钱付我的工钱呀？"

老人一时好像有点尴尬。

菊香说："你管他哪里来的钱，现在外面，人人有路子的，城里靠两个死工资是不够过的，人人会寻活钱的。"

菊珍问菊香："你高兴不高兴做？"

菊香说："我是不高兴的，你要是高兴你做好了。"

菊珍说："我要是在这里做，你一个人去卖橘子？"

菊香说："我是要回去了，我本来就不想出来的，你硬拉我出来，现在你有了事情，我正好回去。"

菊珍说："那怎么行？把你丢开不行的，要做一起做，要不做一起不做。"

菊香笑起来，朝那老人说："你们总不会要请两个人吧？"

老人不知怎么说好。

菊珍想了想，说："对了，你可以去叫彩凤一起出来，她上次跟我说的，要我出来时带上她的，我跟你一起出来就没有喊她，你明天可以跟她一起出来。"

菊香说："我才不高兴叫她呢，跟她一起出来，没有劲的。"

菊珍说："倒也是的，嘴又是碎得要死，本事又是没有的。"

老人在一边听她们说得没完没了，有点发急，说："你们两位，到底怎么样？"

菊珍说："我想想也不高兴做了，服侍病人，不做。"

老人说："比你们这样走街串巷要轻松一点的，只是喂两顿饭，再洗洗衣服什么，别的也没有什么事情好做的，我们都在医院住着，也没有别的什么家务了。"

菊珍又想了想，下决心说："不了，我要是来你这里做，我妹妹就要回去的，我还是和她一起贩贩橘子，蛮自在蛮轻松的。"

老人也没有什么好说的了，只是感到很惋惜，他说他看得出菊珍是个能干而且很热心的人。

菊珍和菊香挑着担子离开了医院，一路走，菊珍说："他们城里人，就是这样，子女都放他们到外地工作，家里有什么事情一时也帮不上手的。"

菊香说："你听他的，说不定子女就在身边，不肯来呢，要面子的人不好意思说出来。"

走出一段路，菊珍的心思好像有点不定，她走几步就朝后面看看，菊香说："你是不是看那老人有没有追上来？"

菊珍说："想想，做几天那个也蛮好的，到底不要这样挑得气吼吼地在大街上走。"

菊香说："你又反悔了，你现在回去跟他说又不是来不及，你去呀。"

菊珍说:"你这个人,阴阳怪气的,你知道我不会去的。"

她们又一起笑起来,觉得很有意思。

这一天菊珍和菊香回去的时候在村口又碰见麻皮金荣,菊珍说:"真是大头鬼,出门见你,进门又见你。"

麻皮金荣笑着说:"你以为真有这么巧啊,你没有想到是我在这里候着你们啊。"

菊珍斜眼看了一下菊香,她看到菊香脸有点红,菊珍说:"你嘴巴放干净点,你候着谁,说说清楚,要不然你们彩凤听见了,又要乱咬人。"

麻皮金荣只是笑,说:"彩凤又不是疯狗,怎么会乱咬人?再说我又不是想做什么坏事,彩凤为什么要咬人呢?"

菊珍说:"谁知道你?坏事不坏事,你自己心里有数。"

麻皮金荣说:"我不跟你缠,我是要跟菊香说几句话,我认为菊香其实不要去贩什么橘子,做这种小生意,有什么意思!"

菊香不说话,只是抿着嘴笑,麻皮金荣就看着她笑,看得很开心。

菊珍在一边说:"我跟你说,你不要挑拨离间,我们两个,做做小生意,蛮有意思的,菊香,是不是?"

菊香还是笑。

麻皮金荣说:"你觉得有意思,是因为你没有别的本事,菊香跟你不一样的。菊香,真的,我今天来找你,是彩凤叫我来的,荡口那边的刺绣厂,这几天赶一批任务,要在年前拿出来的,正找人加班,加班费给得很高的,你会做这个,为什么不去做做?"

菊珍朝菊香看，说："菊香，你愿意跟彩凤一起去做，不跟我去做？"

菊香还是笑，不说话，也不表态。

麻皮金荣看着菊香，说："菊香你真是个滑头。"

菊香就笑得弯了腰。

后来麻皮金荣走的时候说："菊香你再想想，要是愿意，等会你过来告诉我一声，明天就可以去的。"

麻皮金荣走后，菊珍和菊香也要在这里分手各人回自己的家，菊珍说："你怎么样？其实，你要是想到麻皮金荣那里去做，你去好了，我不会挡你的，我一个人卖橘子也行的。"

菊香说："你以为我会去吗？"

菊珍说："我不知道你。"

菊香笑着说："我要是丢下你去做别的，你还不把我骂死呀。"

菊珍也笑了，说："我有那么凶啊？"

菊珍和菊香一起卖了好些天的橘子，没有什么大的特别的困难，基本上是很顺利的。有一天菊珍在吃晚饭时，觉得没有什么新鲜的话题，就把医院里老人要请她做的事情说了一下，家里人听了也没有什么反应，只是过了一会儿，菊珍的婆婆突然"哎"了一声，说："很可情的，其实到那种人家帮帮还是很好的。"

菊珍说："不是到他们家里，是在医院里。"

婆婆说："这还不是一样？反正是帮他们做事。城里的人，有的是很热心很善的，前村的大妹，前几年就是在医院里碰上一个好人，帮他们做了几天，就交了好运，现在一个儿子一个女儿都转了户口。"

菊珍说:"哪有这样的好事能轮到我们?"

婆婆说:"那不一定的,你要是那天答应下来,说不定以后会有用处的。"

菊珍说:"算了吧,他们,一个做老师的,一天的工资只有六块钱。"

婆婆说:"你听他说,六块钱,他拿什么钱来请人服侍老婆?你不知道城里人,越是有门路的,越是不肯说出来,一般都说自己是教师什么,乡下人是吃他们不透的。"

菊珍听婆婆这样说,想想也有一定的道理,她说:"哎呀,我是错过了机会。"

菊珍的男人听她们当回事情似的,笑了起来,说:"你还当真呢。"

菊珍说:"我主要是觉得工钱少了一点,你想想,十块钱,我卖橘子,也要这些,有时候还多一些呢。"

婆婆说:"你不想想,你卖橘子,自己在外面还要开销一顿饭,现在人家还管你一顿饭,这钱不是出来了么?"

菊珍听婆婆说了,心里有点乱,事情已经过去,再说也是多余,所以菊珍虽然心里有点后悔,但说说也就过去了,也不再去想它了。

越是到了近年,水果的销路越是好,水果的销路越是好,做水果生意的人就越是多,做水果生意的人多了,水果生意就难做。菊珍和菊香过几天又转到医院这边来了,现在快要过年,住院的人也不会很多,菊珍她们也只是来碰碰运气。

下楼来买橘子的人果然不多,菊珍对菊香说:"我们上去卖,说不定有的人走不下来。"

菊香说:"人家恐怕不许的,要去你上去,我在这里看着。"

菊珍就一个人到医院楼上去,菊珍其实是想看看那个做老师的老人,看看他的偏瘫的老婆,这是很明白的,至于看他们做什么,菊珍自己也不大清楚,只是想过来看一看罢了。

那位老人果然在,他看菊珍,一眼就把她认出来了,说:"是你啊,又来卖橘子?"

菊珍点点头,这时她看到有一个六十来岁的老太过来问老人什么话,菊珍说:"你找到人了?"

老人说:"找到了。"

菊珍四处看看,老人的老婆躺在病床上,朝菊珍看着,老人也没有向她说明菊珍是什么人,没有这个必要。

过一会儿帮佣的老太出去后,老人对菊珍说:"不大会来事,到底年纪大了,不大灵轻了。"

菊珍说:"你怎么不找个年纪轻一点的?"

老人说:"哪里找得到呀,这一个也是好不容易才找到的,托了不少人情。"

菊珍说:"你好像不是做教师的吧?"

老人奇怪地说:"你怎么会有这样的想法?"

菊珍说:"你要是真的做老师,这样的开销,你从哪里来呢?"

老人朝菊珍看看,说:"不瞒你说,是几个子女的,他们宁可出一点钱,也不肯来服侍老娘,有什么办法?说起来是工作忙,其实他们几个,有的是时间,跳舞麻将什么,都有空玩的,就是没有空来看看老娘。"

菊珍也跟着叹了一口气,说:"你真是做老师的?"

老人不明白菊珍为什么对他是不是做老师这么感兴趣,老人问她:"你是不是有什么事情?"

菊珍连忙摇头,说:"没有事情,没有事情。"

菊珍下了楼,菊香说:"好了,了却了心思,可以走了。"

菊珍说:"你说什么?"

菊香说:"你就是要来看一看嘛,不来看一看,你的心放不下的,是吧?现在可以放下了。"

菊珍笑骂:"你最精。"

过了一会儿,菊珍说:"唉,真是个做老师的,看看他们真是有点可怜。城里人的子女,真是不好的。"

菊香说:"你可怜他们,你做做好事,帮帮他们。"

菊珍"呸"一口,说:"我才不高兴呢,我还想最好有人帮帮我呢。"

她们从医院那边出来,菊珍就觉得担子很重,她把担子换个肩。可是正在这时候,有一个七老八十的老太太要进医院的门,菊珍没有注意到这个老太太,她那副沉重的担子一下子就撞在了老太太身上,老太太站立不稳,摔倒了。旁边的人叫起来,老太太倒在地上哼哼,菊珍一看闯了祸,连忙说:"不关我的事,是她自己撞上来的。"

别的人说:"明明是你的担子打着了老太,你想赖。"

菊香去把老太太搀起来,可是老太起不来了,说是跌断了哪里的骨头。

菊珍慌了,说:"菊香,我们走吧。"

菊香看看围着的人,说:"还是帮她去看一下医生,现在要走哪里还走得掉。"

菊珍只好和菊香一起把老太太抬进医院去,看热闹的人跟了一大群,菊珍说:"有什么好看的,老太太跌了,你们当戏看啊。"

别人就跟她们寻开心,说:"我们不是看老太太的戏,我们是要看你的戏,等会老太太家里人来了,看你怎么收场!"

菊珍看着菊香说:"怎么办?"

菊香说:"已经这样了,反正你也不是有意要撞她的。"

老太太看了医生,果然说是撞坏了什么骨头,拍了片子,在等结果的时候,老太太的家里人来了,闹了半天,等片子出来,又等医生下了结论,最后经大家一起说定,叫菊珍赔出二百块钱。

菊珍在掏钱的时候突然哭了起来,她听见有人在说:"也可怜的,乡下人赚几个钱不容易。"

另一个说:"是呀,千省万省的,省了来赔人家的医药费,算倒霉。"

菊珍的眼泪流得满脸都是,后来她又听人说:"哪里呀,你们不知道呢,现在乡下人,发得很呢,这几个钱,他们根本不放在眼里的。"

别人又说:"那是你说的,钱总是辛苦来的,要是不放在眼里,她哭什么?"

菊珍交了钱,和菊香一起出来,菊香一时也不知怎么劝她,两个人只是默默地走了一段,谁也没有先说话。

过一会儿菊珍突然骂了一句:"老×!"

菊香朝她看看,说:"你骂谁呀?"

菊珍说:"骂老×,都是她,叫我到这里来,说帮城里人做有好处的,不是她说得好,我也不会再到这个死人地方来找死。"

菊香知道她骂的是婆婆,她忍不住要笑,但是看看菊珍的脸,她没有敢笑。

菊珍把担子停在路边,抓了橘子就吃,说:"真是的省吃省用,省了做什么,我要吃了。"

菊香又想笑,她说:"就是,吃。"她也抓了两个橘子来吃。

菊珍说:"等一会儿我们上馆子吃炒菜去。"

菊香朝菊珍看。

菊珍说:"怎么?你舍不得?你舍不得,我请客。"

菊香终于笑了出来,说:"我几时说过舍不得?我一直是叫你上馆子吃的,是你自己舍不得。"

菊珍说:"我也想穿了,人有千算,天有一算。"

菊香说:"不要再懊悔了,就当这几天没有出来做。"

菊珍说:"想想也是的,要是不出来,这几个钱也是没有的,就当没有出来做。"

她们走了一段,又卖出一些橘子,菊珍说:"我们有福同享,有难同当。"

菊香说:"是的,我们是姐妹嘛。"

菊香说了这话,菊珍就朝她看,菊香好像不知道菊珍在看她,自顾朝前走。

菊珍跟在后面走了一会儿,支支吾吾地说:"其实,出来是两个人一起出来的,有事情什么,也应该两个人一起承担的。"

菊香说:"那是的。"

菊珍眼睛一亮,她等着菊香的下文,可是菊香并没有什么下文,其实她们两个人都知道对方,菊珍的心思是要叫菊香帮她承担一些损失,菊香明白菊珍的心思,可是她只作不知。

　　这样走了一会儿,菊珍忍不住说:"菊香你滑头,我们既然一起出来,有事情就要一起承担,你要帮我出一点钱的。"

　　菊香笑起来,说:"你说的,哪有这样的事情?你自己闯的祸,怎么叫我出钱?"

　　菊珍摇了摇头,说:"你这个人。"

　　菊香只是笑。

　　她们这一天在村子里分手时,菊香问:"明天还去不去?"

　　菊珍说:"去的。"

　　菊香说:"还是你来叫我。"

　　菊珍说:"好的。"

　　她们各自回自己的家。

身　份

　　老隔年是什么时候到三多巷来的,现在三多巷里的人,都不晓得。

　　现在三多巷里,岁数最大的大概是憨卵的阿爹,好像是活了九十岁。憨卵的阿爹也讲不清楚老隔年是什么时候到三多巷来的。不过他倒是记得起来,他小的时候,他的好婆叫老隔年帮他看过相。他记得老隔年看出来他是福相,老隔年看相是很准的。

　　这样算起来,老隔年的岁数就要比憨卵的阿爹大得多。三多巷里的人说,老隔年恐怕有一百岁了。

　　可是看老隔年的面孔,总归看不出他的年纪,好像六七十,又好像八九十,一百岁倒是一点也不像。三多巷的人从来没有活到一百岁的先例,所以大家也不晓得人活到一百岁应该是什么样子。反正老隔年是不像一百岁的。

老隔年养出来的时候,就什么也看不见,那时候大人都叫他小虫,恐怕是看他长得没有人的样子,也恐怕是大人可怜他。

小虫小的时候什么也不会做,就是会讨饭。小虫讨饭的本事是很精的。大概小虫的爹娘养出一个盲小人,想想这个小人长大了也是个废人,别样事情教会他也没有用,后来就专门教小虫怎么样讨饭。所以小虫是很会讨饭的。

有一天小虫讨饭讨到三多巷里来了。三多巷里的人心肠好,平常日脚有亮眼叫花子上门,也总归要盛一碗粥给人家吃,看见小虫作孽兮兮,就大方得不得了:你送一只团子,我给一块糕,你盛一碗白米饭,我落一碗阳春面。小虫从下午吃到夜里,小肚皮吃得滴溜圆。

三多巷的人就很开心了。他们对小虫说:"天要黑了,你回转去吧。"

小虫就摇摇头说:"天黑了,看不见回家了。"

三多巷里的人很好笑:盲人还讲什么天黑天白。

小虫说:"我不回去了,我是没有屋里的,我就在这里住了。"

三多巷里的人就告诉小虫:三多巷中段河滩头上是有一间空房子的,原先也是一个外来人住的,后来那个外来人死掉了,房间就没有人住了。

小虫就靠三多巷里的人指点,摸到河滩头那间空屋子去住。

三多巷里的人,夜里是不到河滩头去的,也不到那间房子边上去的。

小虫就在那间房子里住下来了。夜里就有一个白胡子老头走进来,对小虫说:"你就住在这里吧,不要再游荡了。"

小虫说:"我住在这里是没有饭吃的。三多巷里的人,不会天天给我吃的。我是讨饭坯,只会东走西荡讨饭吃,不然要饿煞的。"

白胡子老头说:"你不要急,我教你一样本事。你是很聪明的,你学了这样本事,一世人生就有得吃。"

白胡子老头就教了小虫一样本事。小虫后来就是靠这样本事,在三多巷里住下来了。

三多巷原来是没有什么名气的,后来靠了小虫,三多巷的名气就响起来了。寻到三多巷来的人多起来。三多巷里的人,起先是很开心的,可是后来小虫发迹了,很神气,三多巷里的人看见了小虫就有点惹眼、戳气。

小虫因为得过仙道或者鬼道,三多巷里大大小小的事体,逃不过他的眼睛,张三做贼,李四偷女人,小虫看得清清爽爽。虽说小虫那时候嘴巴是很紧的,看在三多巷的面子上,平常日脚不大去揭穿人家的,可是三多巷的人想想自己屁股上干屎烂屎小虫全看得见,所以见了小虫多多少少有点不适意。

看不过小虫的人,想想不服气,被一个小盲人捏在手心里,还做什么人?有人就去捉弄小虫,可是从来弄不成,每次总归反过来吃点小虫的苦头,大家心里对小虫就有了几分惧怕,以为小虫不是凡胎。

后来小虫的本事就越来越大了,不光三多巷里的事逃不脱他的眼睛,大千世界的事,也一样逃不脱他的眼睛。三多巷的人就服帖小虫了。小虫的眼睛是很凶的。

小虫后来就老起来了,可是总是老而不死。特别是三多巷里赵家的憨大儿子聪聪来同他做伴之后,他是越活越有滋味,一点也没有要死的样子。三多巷里的人背底里就叫他老隔年，说他是隔年不死的老蚊子。

不过，现在的三多巷，是没有什么名气的，所以，也没有什么热闹。早上老是落毛毛雨，落得三多巷总是湿漉漉的，所以也总归是阴森森的。

老隔年现在也没有什么名气了。现在的人，相信迷信的到底不多了，相信实惠，相信钞票。所以，现在三多巷里的小青年，敢当面叫他老隔年的，他们的上代敬畏老隔年，他们就不吃老隔年这一套。

其实，老隔年的那些事，不晓得是多少年以前的事情，也不晓得是真的还是假的，反正老隔年自己从来没有讲过他从前的事；所以，这种传说，可能是三多巷里的人自己想出来的，也可能是外面什么人来讲过的，也可能根本就没有什么传说，反正是不会有什么人去追究的。

可是现在陶桂英偏生要去追究。

陶桂英是三多巷里新上任的居民小组长，刚刚从纺织厂退休下来。她身体很好，有气力，两天不上班，浑身难过。她就跑到居民委员会，自己提出来要做居民委员会的主任，说是现在外面都行这一套，有本事的人都是要讨官做的，所以她也要讨一个居委会主任来做做。后来陶桂英没有做居委会主任，就叫她做了一个居民小组长。陶桂英很开心，她是一个老工人，思想是很好的，她晓得做什么工作都是为人民服务。

陶桂英是一个很积极的居民小组长。

陶桂英在纺织厂做工人的时候，也做过一个很积极而且是很能干的工会小组长,所以陶桂英晓得做小组长就要先弄熟人头。

陶桂英拿了居民委员会的介绍信到地段派出所去看户口簿的存根。陶桂英很开心很激动,她在厂里做一个工会小组长,总共三十三个组员;现在她做居委会小组长,可以管一百二十七个人头。况且从前她领导的不过是同她一样的纺织工人,现在她就要面对各等各式的人物,水平高的有大学里的老师,当官的有市里的干部,钞票多的有开服装店的老板,所以,陶桂英一边看户口簿的存根,心里就很激动。

陶桂英看得很认真很仔细。她看到一个人的名字,就把这个人的面孔连起来想一想。后来陶桂英就笑了,小组里的人她基本上都认识,再后来陶桂英就看见了一个人叫"贵生",她怎么也想不出"贵生"的面孔来。

陶桂英就去问地段派出所的警察。地段派出所的小警察看这一本正经的老太婆不入眼,就挖苦她:"你自己组里的人,你不认识,你这个组长怎么当的。"

陶桂英很难为很尴尬,不过后来还是有人告诉她:贵生么,就是那个盲人。

陶桂英心里想老隔年怎么叫贵生呢?从来没有听说过。世界上怎么会有人姓"贵"呢?从来没有听说过。陶桂英就想这个"贵"字会不会是错别字,户口簿上也会有错别字,这种人真是不负责任的。她再往下面看,就看见了老隔年的出生年月,上面写的是1860年生。陶桂英算出来老隔年已经一百二十多岁了。陶桂英就以为自己算错了,以为自己的脑筋不灵了,她又算了一次,还是一百二十多岁。

陶桂英很奇怪,她从来没有见过活到一百二十多岁的人,她想问问警察,是不是又写错了,可是警察都走掉了。

陶桂英心里有点气闷,肚皮有点胀。她看完户口簿回去的时候,在三多巷里看见三婶婶,就去问三婶婶老隔年到底有多少年纪。

三婶婶在三多巷里也是个人物,顶顶喜欢讨论别人的事体。在三多巷里三婶婶谁也不服帖,谁也不怕,可是偏生服帖老隔年,也有点怕老隔年。三婶婶心里不明白老隔年到底是人还是鬼,她是相信世界上有鬼的。所以,三婶婶从来不在背后讲老隔年的长短。陶桂英问她老隔年的年纪,她就算晓得也不会告诉陶桂英的。

陶桂英碰到大阿爹,大阿爹对陶桂英说:"老隔年的事体,你问他做啥?问清爽了有啥用?老隔年的事体,你问不清爽的。"

陶桂英的脾气是很犟的,她寻到憨卵屋里,去问憨卵的阿爹。憨卵的阿爹躺在藤椅上,看见陶桂英走进来,就对她讲:"戴保成来叫我去。"

陶桂英说:"阿爹你作啥,戴保成老早不在了。"

憨卵的阿爹很不开心地说:"你不要来这一套,你们大家全是这一套。戴保成不在了,戴保成不在了,我怎么会看见戴保成立在大门口?真正,你们这种人,说话不负责任的。"

陶桂英想不落,不过她总算晓得什么叫老糊涂。

陶桂英心想我是来问老隔年的,没有工夫同你讲戴保成。陶桂英就说:"阿爹,我请问你一桩事体,河滩头那个老隔年到底多少年纪?"

憨卵的阿爹亮眼睛对陶桂英的面孔看看,说:"你打听老隔年做什么?"

陶桂英倒讲不出要做什么，只好说："不做什么，问问罢了。"

憨卵的阿爹就很不满意地说："你们这种人，吃饱了饭没有事体做，活在世上的人，你们偏要讲人家不在了；不在世上的人，反倒来问长问短。你们这种人，真正，你又不是不晓得，老隔年老早就不在了。"

陶桂英问不出什么名堂，就回去了。第二天她又到憨卵屋里去，听憨卵的阿爹讲这种颠三倒四的话。她相信憨卵的阿爹肯定是晓得老隔年底细的，她想憨卵阿爹的糊涂也可能是假糊涂。

憨卵屋里的人不欢迎陶桂英，就拿不好听的话来讲给她听，陶桂英就当听不见，倒弄得人家不好意思了。

憨卵的阿爹看见陶桂英来，仍旧讲糊涂话。陶桂英也不去戳穿他，不去同他争辩，她很有耐心，所以，引得憨卵的阿爹有点开心了。

后来憨卵的阿爹就告诉陶桂英，老隔年是那一年余在河面上的。

陶桂英心想陪了你半天等了这么一句话，熬不牢说："阿爹你肯定弄错了，老隔年没有死，老隔年现在还天天坐在老地方。"

憨卵的阿爹说："你不要同我辩，我记得的，老隔年是不在了，你们记得的老隔年同我不搭界。"

陶桂英说："那么帮你看相的老隔年到底是什么人？"

憨卵的阿爹说："随便你，随便你，同我不搭界，反正我是晓得老隔年不在了，不相信你去问老孙头，派出所的那个老警察。老隔年余在河滩头，还是老孙头拉起来的，后来也是老孙头相帮办后事的。"

陶桂英就到地段派出所去寻老孙头。派出所里都是小警察，根本没有什么老警察,小警察叫陶桂英弄弄清爽再来问,后来小警察当中就有一个突然想起来,说是有一个老孙头的老警察,不过已经死掉了。

陶桂英坐在派出所的长凳上,越想越气,越想越火,就对小警察说:"你们这种人,太不负责任,我要到上面去告你们,一个居民的出生年月,一个居民的身份,你们都搞不清楚,你们还做什么人民的警察。"

小警察就笑起来,说:"陶组长不要火么,不要动气么,有什么事好商量,你要调查什么,我们相帮你查。"

小警察就去查了三十年的死亡记录,查出来在二十年前,是有一个盲人在三多巷的河滩头溺死的,因为一直查不到他的背景,后来就作无名尸处理了。

陶桂英很失望,她对小警察说:"怎么可以有这种事情呢?"

小警察说:"你问我们,我们问谁?听说那些年,这种事情是很多的。照理像你这把年纪看见过,你怎么来问我们?我们那时候只有五六岁呢。"

陶桂英想想这话倒不错。二十年前,她是在三多巷的,她怎么就不记得这桩事呢?不只她不记得,三多巷里这许多人怎么也不记得呢?她只记得那时候是很混乱的。

陶桂英从派出所回来就有点泄气了。可是陶桂英走过三多巷的河滩头,看见老隔年和聪聪坐在老地方,陶桂英心里就想,老隔年这个人,肯定是有点什么名堂的。

所以后来陶桂英想来想去还是要去调查,还是要去追究,把事弄弄清爽。她不相信世界上有弄不清爽的事体。她原本在工厂做工会小组长，也是不容易的，她照样做得很好，很出色。

陶桂英的老男人叫陶桂英在屋里歇歇，不要出去瞎搅，结果陶桂英就很严肃地批评了他，老男人就不作声了，他是讲不过陶桂英的。陶桂英的女儿说陶桂英多管闲事，陶桂英也很想批评女儿，可是女儿不听她的批评。

陶桂英是很讨厌老隔年的，她总归以为老隔年身上有一股邪气，陶桂英就是想去戳一戳这股邪气。

陶桂英去找老隔年，她要同老隔年谈谈。老隔年"咯咯咯咯"地笑，笑起来像一个年纪轻的女人。陶桂英有点恶心，不过还是很容易地叫了他一声"老伯伯"。

老隔年说："陶桂英，你的面色不好看，你生毛病了。"

陶桂英说："你怎么看得见我的面孔呢，我真是弄不明白。"

老隔年笑起来，笑得很奇怪。他说："你真的不相信一个盲人能看见别人的面孔呀！"

陶桂英说："我是不相信。"

老隔年说："有的事你不相信也要相信，我真的会看相的，陶桂英我给你看看相。你么，是个苦相。"

陶桂英皱皱眉头说："我不是来看相的。"

聪聪拖了很长的鼻涕，吸溜吸溜地说："你是来握空的。"

老隔年就"咯咯咯咯"地笑。

陶桂英压住火气说："我是来了解一下你的身份的。"

老隔年说："你真是握空。我这个人是没有身份的。"

陶桂英的嘴巴是很会讲话的，她就说："人人都有身份，你怎么会没有？"

老隔年气起来:"人人都有身份是不错的,不过,你看我像不像人呢?"

陶桂英不开心地说:"你不要打棚,我不是来同你寻开心的。"

老隔年说:"聪聪说你是来握空的。"

陶桂英心想恐怕老隔年是有点什么顾虑吧,她就很和气地对老隔年说:"我不是来敲你的饭碗头的,我只不过想问一问清爽,我弄不明白,为什么你这个人这么滑稽。"

聪聪吸溜吸溜鼻涕说:"你这个人滑稽,你这个人滑稽。"

陶桂英不去理睬这个小憨大,还是对老隔年说:"你告诉我吧。"

老隔年说:"我是不晓得,你去问我的娘吧。"

陶桂英的面孔就有点难看了,她说:"你不肯告诉我,派出所的警察也要来问你的。"

老隔年又"咯咯咯咯"地笑:"警察来顶好,警察来我要问问警察我几岁呢。"

陶桂英拿老隔年一点办法也没有,不过她的耐心总算是很好的,她下决心要把老隔年的事盘出来。

老隔年后来好像也被陶桂英缠得有点烦,就问了她:"陶桂英,你到底要我讲什么呢?"

陶桂英笑了,说:"你到底是不是老隔年呢?"

老隔年说:"你说我是我就是,你说我不是我就不是,不过三多巷里的人都说我是老隔年。"

陶桂英说:"那么你以前到底是做什么的呢?"

老隔年说:"你说我是做什么的,我就是做什么的,不过三多巷里的人都说我从前就是看相的。"

陶桂英叹了一口气,她很失望。她想走了,再也不来找老隔年,她再也不想弄清什么事了。

可是,老隔年却说:"你一定要弄清爽,你去问对过螺丝浜的张宝宝。"

陶桂英开心得跳起来,马上问老隔年:"寻张宝宝,真的?"

老隔年又"咯咯咯咯"笑起来:"看你看你,当真了,我骗你的呀,我不认得什么张宝宝。"

陶桂英心里很气闷,她就走了。

这一日中午陶桂英只吃了半碗饭,到下昼还没有消化掉,一直顶在胃里,胀得很难过。后来她一个人走出去,就不由自主地走到对过的螺丝浜去了,陶桂英一打听,真的有个叫张宝宝的人。

陶桂英就寻上张宝宝的门去。

张宝宝是一个四十多岁的女人,看上去是蛮凶的。

陶桂英问她:"贵生你认得吧,你和他是什么关系?"

张宝宝眼睛白翻白翻:"我和他什么关系,我是他的女儿。怎么样,你做啥,你查户口?"

陶桂英不计较这个女人的恶劣态度,心里却很快活,三多巷里的人从前都说老隔年是没有子孙的,现在总算弄明白了,老隔年有一个女儿。陶桂英激动起来,就开始调查:"你是他的女儿,你们怎么不住在一起,怎么从来不来往?"

张宝宝很凶地瞪瞪陶桂英:"他自己要走的,他用不着我来养活,他有本事寻找,只要他寻得到钞票。咦,你这个人,你管什么,你是什么?"

陶桂英晓得张宝宝搞错了,她大概以为她是来叫她付什么养老费的,陶桂英说:"我是居民小组长。"

张宝宝冷笑:"哟哦!居民小组长,吓煞人了,吓煞人了。"

陶桂英想只要这个张宝宝到三多巷去转一圈,让三多巷里的人看一看,三多巷里关于老隔年的那些神秘的说法就会消除掉了。陶桂英所以很严肃地说:"你跟我走一趟,到你父亲那里去一趟。"

张宝宝看看陶桂英的面孔,就问她:"做什么?"

陶桂英说:"你跟我走。"

张宝宝动了一阵脑筋,说:"走一趟就走一趟。"

陶桂英就领了这个张宝宝回三多巷。

张宝宝一路走一路问:你叫我去做什么?有什么大事体?是不是老头子到日脚了?是不是老头子不来事了?是不是老头子已经去了?是不是老头子有什么遗嘱?是不是老头子留了什么东西……

陶桂英心里讨厌这个女人,面孔上又不好表示出来,就说:"你不要问了,你跟我去就晓得了。"

陶桂英就把她一直领到河滩头。她们就看见老隔年和聪聪仍旧坐在老地方。

张宝宝问陶桂英:"你做什么,你领我到这地方来寻死啊?"

陶桂英指指老隔年说:"喏,我叫你来看看他。"

张宝宝眼睛翻翻:"他是什么人?他是什么人?"

三多巷里的人都来看热闹,三多巷里的人是顶喜欢看热闹的。

陶桂英说:"咦,你这个人,滑稽,你不是讲你是他的女儿么?"

三多巷里的人有劲了,围过来看。

张宝宝跳起来,指指陶桂英的鼻头尖叫:"我滑稽还是你滑稽,我倒要弄弄清爽,你寻什么开心,你吃错了什么药,我是他的女儿,我是这个盲人的女儿,你要触我霉头啊,你热大头昏啊!"

陶桂英被张宝宝吓得七荤八素,心里也有点糊涂了:"他不是你的爸爸?"

张宝宝"呸"她一口:"他是你的爸爸。"

陶桂英面孔血血红,三多巷里的人都笑起来,对她说:"陶家姆妈,你弄错了,老隔年是没有子孙后代的,老隔年一直是一个人过日脚的。"

张宝宝乘机又叫了几句,总归是说陶桂英触了她的霉头,还要陶桂英赔什么损失费。

三多巷里的人后来就七嘴八舌地把张宝宝劝走了,陶桂英想想又是难为,又是气闷胀。

老隔年就在河滩头"咯咯咯"地笑。聪聪就说:"你是来握空的,你是来握空的。"

三多巷里的人看陶桂英面皮拉不下来,就劝她:"陶家姆妈,老隔年的事体,你就不要再追究了,他的事体,弄明白了,也是没有什么意思的。"

陶桂英是很塌台的。不过,陶桂英毕竟是很有本事,很有能力的,陶桂英做事是很有办法的,虾有虾路,蟹有蟹路,陶桂英决心通过她自己的路,把老隔年的事弄清爽。

陶桂英吃夜饭的时候,就把自己的决心告诉自己屋里人。

陶桂英的女儿先就笑起来,嘴巴里的饭笑得喷出来,她说:"哦哟姆妈,你怎么这样起劲的,你假使是做警察破案子,就去弄一个有点名堂的案子。"

陶桂英的老男人说:"你不要再去想这桩事了,老隔年到底是真是假,同你又有什么关系呢?"

陶桂英想不到屋里人这样不理解她,她就到外面去告诉别人。

三多巷里的人听了陶桂英的话,也不以为有什么稀奇,也不觉得有什么了不起。陶桂英非常想问问他们是不是晓得老隔年的事体,可是,大家都不感趣味,没有一个人告诉她什么事。

陶桂英自己也觉得没有劲,就不再讲这桩事了。她也有点想通了,老隔年的事,本来是同她不搭界的。

后来,三多巷里的人就觉得陶桂英这个人不大识相,讲陶桂英这个人不大灵清,讲陶桂英这个人不大正常,讲陶桂英这个人不大对头。

不知从什么时候开始,陶桂英的身体就不舒服,心里气闷,胃里发胀,医生说她是生了胃病,胃里有炎了。陶桂英不舒服,一点精神也没有,人就老颜了,大家就说要重新选一个居民小组长。从前人家说陶桂英五十八岁像四十八岁,现在人家说她五十八岁像六十八岁。

有一天陶桂英到医院里去看胃病,走过河滩头,老隔年就叫住她。

陶桂英无精打采,懒洋洋地看着老隔年。

老隔年还是那副样子,也不见老,也不返青,仍旧和聪聪一搭一档坐在那地方。

老隔年说:"陶桂英,你到啥地方去?"

陶桂英说:"我肚皮不适意,到医院去。"

老隔年说:"陶桂英你没有毛病。"

陶桂英呆了一歇,觉得心里不再气闷,胃也不胀,后来她没有到医院去看胃病。陶桂英走的时候,浑身很轻松,心里也很畅通,她好长时间没有这样畅快地呼吸了。

陶桂英的身体又像从前一样好了,她继续做居民小组长,她是一个很积极的居民小组长,她是很有能力很有本事的,她的工作总归做得很好,每次居民里选积极分子,三多巷里的人总要选陶桂英的。

后来,地段派出所有一个小警察来找陶桂英,小警察很尊敬地对她说:"陶家姆妈,听说你上次调查过老隔年的事,我想问问清爽。"

陶桂英说:"你说老隔年,我不晓得,什么老隔年,你自己去问吧。"

小警察看看陶桂英,莫名其妙地走了。

在那片土地上

小六子

冬天的夜里,或者下雨的天气,大家都到知青屋里去,听小年讲鬼,听老文唱样板戏,比窝在自家有趣。小年讲的鬼,比乡下鬼更厉害,老文唱戏,那嗓门,比广播里的李玉和还李玉和。

村上的大娘子也到知青屋里来,倒未必有心要听什么鬼看什么戏。膝上横个小娃,手里只是"呼呼"地扯线,一家老小的鞋,全在这手里出来。知青屋里有煤油灯,夜夜点,凑了用,省了自己的油钱。

知青起先很开心,以为是受了恭敬,有好客的还派烟、烧了水泡茶。可时间长了,便也明白了其中的原委,便缠了队长,要队上出洋油钱,那屋子像是小队部。队长不认这个歪理。

知青便也不再客气,夜夜也不点灯,大娘子们先是泄了气,后是憋了气,见了面恨恨的,做活便不再关照什么。

小吴怯怯地说:"还是点了罢,这,这多黑呀……"

于是积蓄的气便全向他:"借花献佛充好人?谁要点灯谁出钱!"

小吴只不作声,他是最窘迫的一个,都照顾他,不叫他轮着打煤油,不打他小吴照旧紧巴,家里一个钱都不得贴,还来信巴望他寄点回去。老爹拖煤车,寻点钱全换了酒,两个妹妹合穿一条裤子,你出门我就得躲在家里。初来时见小吴哭丧的脸,老文们还仗义凑几个,不久便也泥菩萨过河自身难保了,肚子里越来越少油,有点钱就去买肉。小吴仍是哭丧了脸,大家便怪他那灌猫尿的老子。每每听到,小吴总怯怯地却又凶凶地竖眉瞪眼,说老爹是累了才喝酒的,别人便无话说。

油灯终究还是点了起来了。大娘子们不再来,男人们也不再来,都发现那里同自家也差不多,唯有胡根家娘子仍然来,抱一个小的,再拖一个小的,都说胡根家娘子肚皮有奇功,十年里生了七个儿子,小七子还在吃奶,小六子也不过两岁朝外。放在黑屋里不放心,便携了来。胡根家小子多,倒也都像模像样的,偏这小六子,奇丑,眼睛带点斗鸡,瞅着张三、李四心里怵,嘴唇厚,鼻孔翘,都不喜欢这么个丑东西,连胡根家娘子也不稀罕自己身上掉来的这块肉,推来搡去的。却偏有小吴子疼小六子,来了便抱去坐在膝上。这小六子脸丑,脾气也丑,任人哄任人骗,任是不睬,见了人便哭,生人抱了更是杀猪似的嚎,却偏是和小吴,小吴人很闷,不会唱也不会说,只抱了小六子看看那小丑脸笑。两岁的孩子并不懂人事,却会喃喃地学人话了，每每引得小吴开心地大笑。旁人并不觉得有什么好笑的，小孩子讲话哪能像大人那样咬得准，吐得清。可小吴偏偏要好笑。惹得女知青都笑他"十三点神经"。

胡根也常来坐，知青都知道这家人家太穷，并不是省了自家的油灯来沾光，那房子里根本就寻不着灯。胡根来了也不说话，找个小凳子拣暗处坐了，不抽烟，随手拣根稻草嚼。老文有时不忍，扔支烟过去，胡根总接不住，手抖得很，从地上拣起，衣裳上擦擦，往耳朵上一夹，并不立时拿来抽。

实在无聊，便死死盯住两个儿子，怨儿子把他拖苦了。胡根家娘子自然是最清爽自家男人的心思，夜饭没吃饱，让小的们抢了。看见小六子坐在小吴腿上乐，胡根家娘子咬咬牙，从牙缝里钻出"嘶嘶"的骂声："死东西，多头肉，讨债鬼，哪家要，白送了人，家里还少张口。"

那时候人家却是不少儿子，只少票子。

大家便寻开心："让小吴抱得去吧，小吴顶疼小六子呢……"

小吴脸红红的，不作声，只是盯了小六子的丑脸笑，小六子也盯了他笑，去掏小吴的口袋，总是空空的，小脸很失望，小吴似是很难受的样子。

小吴下乡来行李最少，却有一纸箱的书。很珍贵地藏了，旁人借了看，都用牛皮纸包了的。空闲的时候，小吴翻那纸箱，折了半天，挑出几本顶薄的靠近小年，怯怯地问："你买几本么？"

小年愣怔了一刻，摆摆头，很不明白："你卖你的书？"

小吴脸愈发红，眼睛也红："别，别，轻点！"可小年还是要说。隔壁女知青听说，都来看，很有些鄙夷的意思，小吴紧紧地盖住那纸箱。

后来有一阵子,知青里兴了互访风,你们一群上我们村子来,吃一顿,我们一批到你们队上去,闹一闹,你讲你的队长偷婆娘,我讲我的支书挖祖坟,倒也玩得畅快。小吴不常去串门,吃了人家的,却没得给人家吃。老文出门时,小吴又凑近他,怯怯地说:"你替我,问问,好么,我有书,我那书……"

老文比小年嘴紧,心也慈,看看小吴,应了。

小吴却又有些心疼的样子,吸吸地抽气。

其他地方果真有人买书,想必是闹久了饥荒,按老文的盼咐,立时上门来,来了同小吴讨价还价,争执一番,然后双方让一步,成交,不长时间,小吴那纸箱,便见了底。

互访风头淡下去,大家各自回去,夜里仍是守自己的小屋。胡根家娘子仍然抱了小七子、拖了小六子来。小六子再在掏小吴的口袋,便总有一两块水果糖,或是几片饼干,大家惊讶,随了小六子的手,盯了小吴的口袋,咽口水。唯有老文心里明白,很不忍心看。小吴只是看小六子吃,不时给擦去嘴里流出来的黏液。

有夜里胡根家娘子竟把小四子、小五子也携了来,前脚进屋,后面胡根赶来,一手揪一个,赶了回去,并以凶凶的眼神瞪娘子的脸。于是小六子才得以继续独自享受那一块水果糖的香甜。

这年冬里,在田里敲麦泥。渠道上常有黑衣黑裤黑帽的大汉子来去。说是山东那边来买孩子的,出很高的价,要男孩。大家便同胡根家娘子扯:"把小六子给了人,能有一大笔呢!"

胡根家娘子便顶真地问:"能有多少呢?"像是有卖小六子的

意思。

　　能有多少都讲不准。也许一百，也许二百，也许三百，也许五百。只是看见那些黑衣大汉在渠道上走，人家又不曾在问小孩的了。

　　胡家娘子便蹙了眉，像是在算什么账，大家又去逗胡根，说你娘子要卖小六子，你有得烟抽了。

　　胡根只是做活，并不吭声，逼急了才一句："白送了也少张嘴！"

　　小吴在一边紧紧地瞅胡根夫妻，活也不做，大家便又都去笑他，好生有趣。

　　鬼是一说就来。下工回到村口，果真见几个山东人守着。胡根娘子见了鬼似的溜。男人们就哄那山东人："跟上去，跟上去，她家有男孩子，多呢，一大堆，又养不活，跟上去，跟上去……"

　　山东人真的跟上去，直追到胡根家，见了屋里那一大堆的小男孩，眼睛都红了。门口看热闹的一下子围了一大圈，比场上放电影还热闹。

　　胡根七个小子团在一起，睁了眼睛看，胡根家娘子自管自拌猪食，忙夜饭，任凭山东人"他大嫂"长"他大嫂"短地唤，只不吭声。

　　山东人讲话胡根家娘子听不懂，胡根家娘子又不讲话，看的人全急呼呼的，小年几个知青便来做翻译，小吴抱了小六子，狠狠地瞪小年。小年并不以为然，说是山东人说的，他们那地方，风水邪，十几年尽是生女孩的，没有一个男的，再不出来想办法，便要断子绝孙了，求胡家娘子积积德，修修好，让一个给他们，大恩大德永不忘。

胡根家娘子仍然不吭声，山东人便开始出价。

有人在门外喊："小吴，有你的电报，在队长家里！"

小吴听见喊，脸有些白，放下小六子，挤出去。

这边山东人的价已经开到四百元，四百五十元。胡根家娘子眼皮没有动。山东人急了，说："我总共带了六百块，给你五百五，多五十块，作回去的盘缠。"

胡家娘子仍是呆呆的。

村里倒有人耐不住了："可以了，人家全给你了，你还要多少？"

胡家娘子终于开口："你给得再多，我也不卖！"

再多山东人也拿不出来。哭丧了脸，向旁人求援，有多管闲事的便来劝胡根家娘子："哟哟，胡根娘子，你也真是，小六子跟了你也是吃苦头，肚皮也填不饱，还不如让他跟人家走了享福去……"

"就是么就是么，五百五呢，你家做几年也做不起呢……"

"胡根么，也劝劝你娘子……"

有人动手动脚的，竟去抱了小六子起来，朝山东人过去。

胡根家娘子"啪"地扔下铲刀："你作死，你放下！"抱过小六子在怀里，一边亲，一边对了旁人破口大骂，"刀砍的，雷轰的，把你自己儿子给了人家享福罢！"

大家讪讪地散开了，挨了骂的恨恨的，不多嘴的心里也疙瘩，好像也连带被骂了。

山东人知道没有希望，不忍不舍地也走了。

胡根家娘子抱了小六子，哭了起来。胡根蹲在一边嚼稻草。

有心肠好的娘子，返回来提醒胡根家娘子："这几天要小心，山东人买不成，急了，还不下手偷？"

胡根家娘子抱紧小六子，勒得小六子哇哇哭。

小吴脸煞白地从人群中走过，看了一眼小六子，脸更白。一直回屋里去。

老文跟了去，见桌上有电报："父病重，要一百元住院费。"

小吴脸惨白："信也来了，说是酒精中毒，单位里不肯出钱，医院又不给进……"

老文下意识地摸摸口袋，一块钱也难凑成。

小吴死死地抱住脑袋。

山东人再也没有走过渠道，都以为走了。

白天胡根家娘子在地里做活，只是叫眼皮跳，不等收工，便急急地回家，开门看时，六子不在那一堆里。胡根家娘子呼天号地奔出来，全村子都不干活了，帮了找。

有气愤地说："该死的山东人，买不到竟偷了！"

有幸灾乐祸地说："给钱不要，白送了人家。"

问几个小的，都说不出来，并不见有外人来。

胡根家娘子只是哭。

小的们并不懂事有多大，仍是戏耍，便从枕下翻出钱来，一数竟有四百五十块，于是大人们一片惊呼，一片感叹，胡根家娘子见了钱，就扑了去，抱了钱又哭。后来，又把钱塞给胡根，要他换回小六子，胡根到公社报案，公社哪有山东人的影踪，说人家山东人来又不立档案，不报户口，上哪儿去找，照说人家也不错，抱你一个小孩，还给这么多钱，别太黑心了。胡根碰了钉子回来，又被娘子扇了个耳光，也没回手，也没吭声。

小六子终是被抱走了。胡根娘子再也没有到知青屋里来坐。每每在夜里大家睡了以后，听见她幽幽地呼喊："小……六……子……小……六……子……"唤得大家心里幽幽的。说她疯，她不疯，也不能疯，没了小六子，还有六个儿子要带。说她不疯，久久地这般叫，便有些疯的兆头。

小吴愈发沉闷，每天只是愣愣地坐了，想心思，问他父亲病怎样了，住院没有，总是惊吓似的跳起来，答非所问地说要还的，要还的，每每听到胡根家娘子那幽幽的叫喊，小吴便抖，那脸色煞是可怕，口袋里也摸了烟出来猛猛地抽。

村上老人说，小六子是小吴的魂，小六子没了，小吴便丧了魂。

不知从什么时候起，大家再也看不到小吴的人影了，也没有在意，那时知青们有的已经回城，没有回去的也不在田里做生活了，到处去打野鸡，小吴不见，并不曾有人提起过。

只是到了再后来，所有的知青都办回去了，也不见小吴来办户口，就有些奇怪。又过了一阵，来了个姑娘，说是小吴的妹妹，脸盘子一样的，来帮小吴办手续，取几件行李。问起小吴，说是在城里做临时工，没有空下来。村里人也不觉得有什么不合理，只是想到临走也不曾再见一见，有些遗憾。胡根和娘子尤是惦念，想起小吴对小六子的那情意，那缘分。

又过了若干年，村里出了件奇事，胡根家小六子回来了，长成个挺神气的小伙子，浑身新簌簌，帅得很，眼也不斜了。若不是有颗胎记为证，谁也不认得谁了。

说是山东那边父母叫他回来看看亲生娘的，都觉得奇。

胡根家娘子又是哭又是笑，哭了笑了嘴里就不清不爽的，骂山东人偷小人，绝种。

小六子不服："怎么叫偷？不是给你们钱的么，五百五十块！"原来他是一清二楚的。

胡根家娘子叫起来："是四百五十块！"

大家都证明是四百五十块，小六子讲不清。

于是又问山东父母什么时候告诉他是领养的，小六子不记得，只知道，早几年，这边村里有人去山东，带了五百五十块换回小六子，山东那边自然不肯，这边的人后来也不再坚持要回小六子，只是一定要山东人让小六子知道真相，等小六子大一些，让他回去看望亲生父母。那边同意了。那时，小六子还小，也没见着村里去的人。

胡根和娘子怎么也想不明白，村里人也想不明白，到底有谁到山东去的。那时候谁带得起五百五十块！反正事情已过去十几年，现在大家日子都好过了，小六子在那边很受宠，以后便再也没有人去追究这件事了。

鬼　话

夜里乔亮尿急，起来撒了，冰凉地又钻进被窝。那边床上小柯喊乔亮，声音抖抖的，在黑屋子里荡悠，说有人摇他的床。乔亮迷迷糊糊嘟嘟哝哝骂了一句"去你妈的！"又打呼，小柯便不再作声。另两个也不出声，像睡死了。

林根家的狗又叫，哀哀的像哭，又像笑。说这畜生见了那东西便这般嚎。

小柯紧紧帐门。据说那东西进不了帐子。妈妈给缝的朱罗纱的。当时雪白，现在已经很有点发黄发黑了。

乔亮"呼"地在床上蹦起，粗粗地骂："小柯，你摇我的床！你找死的？"

小柯抖抖地立时应了："我没有！也有人摇我的床……"

另两张床上亦有了声息。张文在笑，说前几日便有了摇床的了，李洪说也是，却没有笑意。

乔亮出来点了油灯。自然是什么也没有，都知道那东西是见不得亮的。

惊动了芦菲那边，叽叽喳喳，问什么事。乔亮恶狠狠地说："鬼摇床！"

那边尖叫，然后便无声息，许是在打抖。这边的几个想笑那边，却笑不起来，也有些抖。

"这，这屋子，原先，原先是什么，是仓库么……"小柯说。原先他们住的是知青点的新房子。那房子太次，才一年就裂了大缝。乡下人虽是不喜欢他们，嫌他们来抢饭碗，却毕竟怕出人命，让搬来这里住。说原先是仓库，后来有了新仓库，空闲着也是浪费。知青点的危险新房子，并不见去修，队里好堆些杂物。

"都说是仓库，谁知道……"张文古怪地笑，"反正不会是殡仪馆……"

芦菲那边又尖叫，掐着嗓子骂人。

看看表，才两点。都消了睡意。乔亮要灭油灯，小柯苦苦哀求，说多费的油钱他出，乔亮"呸"他，张文冷笑。

又熬了一阵，远远的有了一声鸡叫。油灯终于灭了，小柯也不再哀求,那东西和鸡是对头,鸡醒了它便走,那鸡醒得好早。希望鸡们轮流值夜班才好。

芦菲两边都又沉沉地睡去了。果真不再来摇床。

毛头们几个照例端了饭碗过来玩,吹牛。一律的稀粥,咸菜。知青们也有吃萝卜干和红乳腐的。毛头碗里总只见眼屎那么一点咸菜,两口吃了,便来揩油小柯的萝卜干。小柯忍痛牺牲,显得很大方。做活的时候,毛头就多关照些小柯,小柯也不客气地挨着毛头,就像毛头不客气地夹他的萝卜干一样。

小柯很主动地挟了一块萝卜干扔在毛头碗里。毛头便大模大样地嚼,嘎呼嘎呼,喷喷香的。

小柯吸溜着粥,半碗下肚,眼睛也不看萝卜干碗。毛头小眼睛却直溜着萝卜干。

"毛头,你们家,夜、夜里太平么?"小柯问。

"什么?"毛头反问,乘势自己动手又夹了一块。

小柯吸了一口气:"有,有东西,摇床么,有……"

毛头眨巴眼睛,轮个儿看小柯,看乔亮,看张文和李洪,看女知青,脸上露出了乡下人的狡猾:"有东西夜里摇你的床么?"

小柯点头,很紧张。大家都很紧张地看毛头。

毛头"呵,呵,呵"地叹气,说:"果真的,果真的,果真的……"

小柯脸煞白:"什么果真的?什么果真的?什么果真的?"

"唉唉,不可以告诉你们的,告诉你们,你们要怕的……"毛头不怀好意地说,又夹了小柯的萝卜干。

这边都发急,要毛头快讲,毛头装模作样:"这屋子,不好哩,不干净哩，那时搬进来，我家老爷子就说哩……"

"你放屁！"乔亮说，"你们家才不干净！"

毛头并不气恼"嘿嘿嘿"地笑，像是很憨厚："我放屁，还是你们放屁，你们自己说有东西摇床的么，嘿嘿……"

小柯的脸愈发的白，他相信毛头的："你说，你说，说了我们不怕的……"

"嘿嘿嘿。"毛头瞥了一眼乔亮，想了半天，说，"造这屋用的木料，这门，这窗，这橡子，全是用的棺材板呢！"

女知青们"哇哇"叫，牙齿缝里出风诅咒人，不知是咒哪个。

毛头见乔亮又要发火，便说："你别骂人，不信，都到远处去看，看这门上有什么！"

于是，一伙人便来到田里朝这屋子看，心呼呼跳。毛头在这边笑。

"看，看出来了么？"小柯问，声音又抖抖的，像夜里那样。

"看，看，像，像……"女知青尖叫，嚷嚷。

"像，像……人！一个人形！快看门板上，一个人形！"小柯大声嚷。

"人形个屁！"乔亮粗粗地骂："哼！狗东西，这种房子叫我们住！找他去！"

有乔亮领头，一伙人壮了胆，跟着哄。小柯回头看毛头，又看见毛头那不怀好意的笑和那乡下人的狡猾。他突然想到，毛头家和队长家有仇的。

队长不在家。队长的老爹在，听见知青们乱嚷乱骂，也不插嘴，也不生气。只"呱嗒呱嗒"抽老烟，只见进气不见出气。慢慢待大家气泄稀了，老头子喷了口烟说："你们别听毛头那小子瞎撺，他要你们呢，骗你们呢。"

小柯说："毛头说是棺材板的，你说不是，你有什么证据说不是棺材板的？"

老头子笑了："毛头浑小子，造这屋子时，他还没有爬出他娘肚子呢！这屋子我眼看它弄起来的，上好的杉木……"

"谁相信你！"

"我用我八十岁老头子的人格担保，不会骗人吧，假使我说谎，罚我死了没有棺材困！"一大口浓烟飞扬。

大家不作声，有人咳嗽。

"那么？"小柯依然板着脸，"为啥夜里摇床，真的！你问他，问他，问他……"

老头子脸上有晦气，迷了眼睛，很有心思的样子。烟也不吸，白点着。

乔亮红了脸："回去，回去，回去，算倒霉的，什么名堂，乡下人……"

女知青中的一个说："我是不敢睡那里了，我找菊芬挤铺去了……"

另两个要哭："我，我们……"

那一个想想说："阿珍家也好挤的，她姐出门了，还有……还有……"

知青们便都往回走。

背后却听见队长老爹闷闷的不很畅快的声音："其实，其实，那是野的……"

小柯耳尖，随即停了步子，回头问："什么野的，什么野的，野的什么，野的什么？"

看热闹的乡下人越来越多，都咧了嘴笑。什么野的，野的什么，野的那是什么东西！

队长老爹见都愣了眼盯着他看，却又不作声，只"呱嗒呱嗒"抽烟。

小柯便追问，牛屎追出马粪来。

队长老爹熄了烟，倒出烟灰，"唉唉"地叹气，莫名其妙地说："我原本是不许的，阿连个浑东西……"阿连是队长的小名，村上年纪比他大的全这么叫。

知青们听不明白，乡下人却会意地点头，咂嘴，脸上有惧色。

有个老太偏着嘴说："缺德呀，缺德呀……"

队长老爹见小柯们犯愁，便点明了："初秋里你们不该去干那勾当的……"

初秋里的勾当？乔亮先明白了："扒坟头？"

那次队长来找乔亮他们，说上头布置下来的，要有祖坟的人家半年之内把坟迁进地底下，到冬里农闲时要大动土木，平整土地，变废地为宝地，谁家自己不埋，到时候不管他祖宗尸骨是白是黑一律火烧。为了表示上头的决心，要求队里秋天就把各家祖坟的坟头扒掉，以示警告。说是扒坟头，其实只是扒一块形状像碗压在坟上的泥巴。知青们贪图这活轻松又记双工，便应承了。转日便昂昂地去，昂昂地回。这村上祖坟是家家有的，且又有不少野坟。知青们单独行动，便磨洋工，偷丝瓜。队长倒也不来验收，不催促，不嫌慢，着实轻闲了好些日子，只是挖出一条灰蝮蛇，两条火赤练吓了一下。都浑然不觉得村上人躲了他们好些日子，连毛头也不来吃小柯的萝卜干。

"是哩是哩……我说么，那屋子是干净的，那东西是野的，你们扒了他们的房，叫他们住哪里……"

乔亮笑骂："说得像真的一样！"

小柯却信，又疑惑："那，扒坟头已扒了几个月了，怎么到现在才来闹？"

"秋里还不很冷么，现时天冷了么，没地方住，不找你们找谁？"

小柯白脸转红，很恼："哼，好个队长，还说是挑我们的轻活……"

"呀呀呀，还挑你们，呀呀呀这勾当谁肯去干呀，骗你们，哄你们的呢！"

"是哩是哩，阿连个小子，刁着呢……"

"缺德呀，缺德呀，哄些不懂事的毛孩子去，缺德呀……"

全是怨队长的，队长家结怨不少。

队长老爹很有些难过，重又点了老烟，却不抽："我们那浑东西是缺德哩。可他也不好办哩，上头顶要弄，不弄饶不过，要查的哩，下面又都不肯弄，也犯愁呀，才想了你们，说他们城里人，不信那东西，不信便不会寻来的，再说你们早晚要走的，不会打万年桩的，不像村上的人，万不敢得罪了祖宗……双工分，也是他自己想出来的，上头不曾说给双工分的……"

"现，现在怎么办呢？"小柯问，盯着队长老爹。

谁也不知道该怎么办，那东西本是不讲人话的。

夜里却再也没有来摇床。不过夜里睡觉却依然心悸，很惊醒。

有天女知青突然很紧张地来说，那些坟头全修起来了，她们去挑野荠菜吃，偶尔发现的。

一伙人都去看，果真一律的新坟头，那碗形的泥巴很湿润。

不知道是谁弄起来的，也不便去问，功夫倒是不小的，不知道要开几个夜工。

很快冬天便来了，上头的命令也来了。平田整地，改旱为水，明年种双季稻。再不是扒坟头的轻闲活，再说也骗不了知青了。队长便向上面诉苦，赖死赖活说干不起来。于是为这事便撤了队长，换上了五年之内的第八位队长。新队长家也是有祖坟的，新队长也是信那东西的。公社的誓师大会让他表决心，抓了话筒，忽地喊肚子疼。于是工作组认定这个村阶级斗争之激烈非同一般，便进驻来了。于是老队长新队长都护不了祖坟了，且不再是扒坟头，而是挖祖坟，深挖。挖资本主义的新坟。全村男女老少全上阵，工作组天天在坟头点名，缺一个人便罚七个工，谁家也罚不起，只有愧对祖宗，倒是没有祖坟的小柯乔亮们可以做其他活，看晦着脸的乡下人挖祖坟。

冬夜里有没有那东西摇了乡下人的床，小柯他们谁也没有人去问。那样未免太显得幸灾乐祸了。

第二年那地上眼见着不好种水稻，灌上水便漏了，总也蓄不起水来，可工作组说要以粮为纲，怎么也要种水稻，后头总算栽下了，又长起来，到收的时候看，全是瘪谷，工作组便说瘪谷也是胜利，宁要社会主义的瘪谷什么的。惹得大家苦笑。

直到知青中的最后一个离开村子,也没见那地长出水稻来。

一张糖纸

到了穿棉衣的时候,妈妈就把带回去拆洗翻新的棉衣寄来了。

那其实还是件新棉衣,才穿了两个冬天,可在乡下干活穿衣服会脏会破。夏天家里让妹妹来看他,见了这棉衣,很是笑了他一阵,便带回去了。现在妈妈把它弄成新的一样又寄来了。

包裹是邮递员从公社邮政局代领了送来的。那天正好刮了西北风,连乡下人都套了棉袄。小孙接了包裹,回屋便拆,拆了拖出棉衣往身上一套,浑身立时暖和了。

棉衣口袋里鼓鼓的。他伸手一摸,摸到一个小包,拿出来看,是一包水果糖,足有半斤。小孙舔了一下嘴唇,好久没有吃糖了。屋里两个同伴不在,他飞快地剥了一颗,塞进嘴里,糖纸仍放回口袋。

他含着糖,很甜,身上很暖,心一下子好起来,哼着什么歌下河淘米洗菜。

起了北风,河水虽还没有冰冻,却已经很冷了,刺手。河滩上有个小姑娘,在刷鞋子。穿一件红棉袄,很旧很短,几乎盖不住屁股了。坤宝家的大女儿,只听见叫她大丫头,不知道有没有大名。也许没有,根本用不着。她不上学。姑娘手冻得很红,有十来双鞋,都快洗好了,小孙知道坤宝家,这个十来岁的姑娘下面,还有两个妹妹两个弟弟。

小孙蹲下来淘米。

小姑娘盯着他的嘴唇，凹下去的眼睛，很暗淡。半晌，忍不住地问："你嘴里是什么？"

小孙赶紧将那块水果糖换了位置，使它停留在舌尖，不再鼓起左颊或右颊。

"你嘴里是什么？"小姑娘又一次问，咽了一口唾沫。

小孙有点讨厌她，不理睬她。

小姑娘便不再作声，重新洗刷鞋子。鞋总算洗好了，小姑娘上台阶走了，忽然又回过来说话："我没有吃过糖。"

小孙心里一跳，看了她一眼。

"我没有吃过糖。"小姑娘暗淡的眼睛仍然紧紧地盯着他的嘴，"真的，我从来没有吃过糖。"

小孙避开了眼睛，仍然不理睬她。

小姑娘好像叹了口气，走了。

小孙赶紧掏出那张糖纸，扔进河里。揉皱了的糖纸，在河面上慢慢地舒展开来。

天阴沉沉的，发紫，有老人说，要下雪了。

晚上同屋三个知青都在，天冷了，怕出去，那两个无聊得很，早早地缩进冰冻的被窝，抽一毛四一包的"大铁桥"烟，小孙不抽烟，偶尔给逼了弄一支，也尝得出那烟的劣。

小孙几次把手伸进口袋，想摸几颗糖请客，却几次又空了手出口袋，那两个的馋劲，他害怕，两三颗水果糖是不会杀念的，非掏空了不可。

说着说着便开始骂人，诅咒，一肚子的怨气。后来又说是看见后湾的小卫，进城回来，一下车背了包就往书记家去。咒语里很有点羡慕，且怨自己娘老子无钱无势。

小孙心里一动，用劲按了按口袋。

早上起来果真有厚厚的雪，队长沿家喊：今天不做了。

小孙要到大队部打点煤油来，拎了油瓶，到门口，又看见坤宝家大丫头，仍是那件很旧很短的红棉袄，下河去洗尿布。看见小孙，小姑娘的眼睛很暗淡，仍然盯着他的嘴。

小孙下意识地按了按口袋，那包水果糖好好地在。

走出一段路，小孙回头看看，小姑娘还站在河滩上看他，他心里又是一紧。听见坤宝娘子骂："死丫头，快洗，发什么痴！"

路上不好走，雪积得很厚，走一步陷一步，走出一段，小孙便出汗了。他歇歇，抹抹汗，忽然看见坤宝家的大丫头，穿着那件红棉袄还背着个书包在前边站着，不时地回头看，像在等他。

小孙惊了一下，定神看，却是没有。雪白的一片，什么也没有，他嘘了一口气，继续往前走。

大队书记的家就在大队部边上，小孙顺路进去看看。在院门前的柴堆上，小孙又看见坤宝家穿红棉袄的小姑娘，坐在柴堆上等他，走近时却又不见。小孙心神很不宁。

书记不在家，他老婆和孩子都在。小孙知道书记也有一个十来岁的小女儿，这时看见，竟也穿了件红棉袄，不过并不短，和坤宝家的女儿极像。

并没有人招呼他，很没趣。他招手让书记的小女儿过来，从口袋里摸出一大把水果糖，塞进她的口袋，书记老婆脸色缓和了一些，让小女儿叫叔叔。

小女儿并不叫,掏出糖来看,又走过去,说:"硬糖,不要,硬糖,不要,奶油糖好吃……"把糖又还到小孙手里,"我有奶油糖……"

小孙脸上红一阵白一阵,捧了糖不知怎么办才好。

那小女儿从里屋捧了糖盒来,让他看,果真是奶油糖,那糖盒也极漂亮,不知道是不是小卫送的,还是别人送的。

小孙好尴尬,要走书记老婆也不留他,他便出来了,心中好憋气。到大队部打煤油见有几个熟人,便狠狠心发了些糖,自己也剥了两颗一齐吃。

远远地便听见有哭声。走近了见是河滩上围了不少人。哭声是那里面传出来的,在雪天雪地里愈发的凄惨。

小孙奔过去,心呼呼跳。

"什么事?"

"淹死了。"有人说。

"冻死的。"有人纠正。

"谁?谁?"小孙眼前有个红色的影子晃了一下。

"大丫头。坤宝家的大丫头……"似很平淡。

小孙心抖得厉害,拨开人群挤进去。

很旧很短的红棉袄,已经结了冰。小孙不敢看小姑娘的脸。坤宝娘子趴在小姑娘身上,嗓子已经哑了。坤宝闷声蹲在一边,另几个小的趴在他身上哭。

"坤宝也是作孽,前世作的孽,本来大丫头养大了点,好帮手了,又淹死了,唉唉,可怜……"

小孙愤怒地瞪了那个女人一眼。

"怎么会，怎么会……"他喃喃，身上一阵冷似一阵，直管瞪着那红色的小身体。

"唉唉，林生家丫头看见的，说是水面上有张糖纸漂，去捞那糖纸，便扑了前去，林生家的小丫头死货，吓呆了，待叫了人，已经沉了，捞上来，已经……"

坤宝娘子又是抢天呼地，坤宝仍是闷了头，半晌，才听坤宝嘟了一句："闷可怜的，连块糖都没尝过呢……"

小孙失了魂似的，忍不住去看小姑娘的脸，那脸竟是很平和，一点也不怕人，只是略有些紫。左手抓住块尿布，右手捏着那张糖纸。小孙认得那张糖纸。再看那脸，竟有些笑意。嘴微微地开着，好像说："我没有吃过糖，真的，我从来没有吃过糖。"

小孙想那盯着他的嘴看的眼睛，很暗淡的，凹下去的，渴求着什么……你嘴里是什么。我没有吃过糖，真的，我从来没有吃过糖。小孙心里在哭，心要炸开了，想撕什么东西，又想大叫，他终于什么也没有干。慢慢地蹲下去，从口袋里摸出一块水果糖，剥了纸，塞进小姑娘僵硬的嘴里，想拿下她手里那张已经浸坏浸烂的糖纸，换一张新的，却是怎么也取不下来，那手，将那糖纸紧紧地捏着。

坤宝自己钉了个小棺材。小姑娘只有那一件又短又旧的红棉袄，坤宝要剥下来给小的穿，娘子哭。小孙扑过去，说这棉袄让她穿了去吧。坤宝看了他一眼，不作声，也不再剥那红棉袄。

钉棺材盖的时候，小孙最后看了一眼那又短又旧的红棉袄，把所剩的水果糖全都装进红棉袄的小口袋。

雪天雪地里，坤宝娘子凄惨的哭声，很久很久不曾散去。

中和党

  插青下乡来第一件事便是向他们介绍队上的阶级成分,既是上头的吩咐,也是政治队长自己的意愿。

  政治队长穿黄军衣黄军裤,以为是退伍军人,问,说不是,军衣军裤由当兵人家送的。穿了倒合身,且神气像是自己的。

  摸包飞马香烟请抽,插青都红了脸嫩嫩地说不会,便自己点了悠悠地吸一口,悠悠地吐一口。脸孔却终是很严肃。

  于是挨家挨户说张家贫农李家富农,只一根烟工夫便听出三几个人中必有一个是什么中和党。插青觉得奇怪便问什么是中和党。

  政治队长似很鄙夷地轮个看插青,心想中和党都不懂觉悟真低。

  中和党么和四类分子五类分子一般可恶。哦,不比四类分子五类分子更可恶,但是顶危险的敌人。

  插青想原来你也说不清什么中和党。心下却对中和党有了几分戒备,几分警惕,几分讨厌和几分恨。

  政治队长一抬手指了一汉子说:"喏,那个中和党。"又指一女人说:"喏,那个中和党(插青想原来还有女人呢)。"又指一孩子说:"喏,那个中和党(插青想怎么还有小孩呢)。"又指一驼子说:"喏,那个——哦,不那个,不是嗯,也不一定今天不是或许明天是呢,你们不能放松警惕呢。"

  都点头心里却以为滑稽什么今天不是明天是呢,那几分戒备几分警惕几分讨厌和几分仇恨便减了半。

  驼子是个半老头却有张狼外婆的脸,又有一份羊妈妈的心,背个大锅很沉似的却有力气，小孩并不怕他并老缠他，天热了便脱下衣衫给看背上那块多头肉，恶心得极，小孩却以为好玩去摸去啃，混熟了插青便说："喂，驼子，政治队长说你是中和党呢。你是不，坦白出来是不是吧？"

驼子啐口痰咧嘴嘎嘎笑说日鬼呢，日他娘的中和党呢，狗日的吃人饭说鬼话呢，狗日的说鬼话混人饭吃呢。

插青想此话却有些道理，政治队长总不见劳动只翻嘴皮子，说你是中和党他是反革命，家里并有奖状几张，镶了大镜框表扬觉悟高斗争强呢。

驼子继续日他娘日他奶奶日他外祖奶奶日他祖宗十八代，说你看那模样只会弄卵会困中和党的婆娘们。

插青于是和驼子一起笑，笑个天昏地暗。

政治队长走过来皱了眉板了脸又挺了胸说："你们笑什么笑什么？要警惕呢，说说笑笑里有阶级斗争呢。"

驼子啐口痰咧嘴嘎嘎笑说："笑什么笑什么笑你娘裤裆里少长双眼屙出你个臭鸭蛋呢。"

插青大笑却即刻屏了气，见队长涨红脸指驼子的鼻子说："你你你你，好好好好，你等着你等着你等着。"

驼子咧嘴嘎嘎笑说："等什么呢？等中和党么？等分配中和党的名头么？下一个便轮到我么？我可没老婆请你困。说我中和党你没好处捞呢。只一个驼背肉疙瘩你要么？不嫌弃你就拿了去吧。"

插青在肚子里放死劲笑。政治队长铁青脸复指驼子鼻子说："你你你你，好好好好，你等着你等着你等着。"且走且回头眼睛甚凶恶且愚蠢像狼嗥像猪什么什么，只是不像人。

插青便有些胆怯问驼子他真会编你中和党么？

驼子啐口痰咧嘴嘎嘎笑说："中和党便中和党，谁怕他娘的中和党么。我独个儿饱了全家不饿，独个儿暖了全家不冷，独个儿死了全家不哭呢。"

很敬仰地看驼子，背上那肉瘤像座高峰不可撼动呢。于是乘便追问中和党究竟怎么怎么。

驼子咧嘴嘎嘎笑说怎么也不怎么，不关你们事打听了做甚？都觉得驼子是油头滑脑，却甚亲切，那队长甚严肃，却是讨人厌。

过不几日驼子果真是中和党了，开大会说又挖出一个阶级敌人，只插青紧张激动愤愤，旁人都是若无其事，照例地婆娘嘻嘻哈哈自纳鞋底，照例地少男少女敲敲打打且丢眼风，照例地男子嘿哩嘿哩吸旱烟水烟香烟，照例地小孩奔来奔去神经。

驼子上台仍是咧嘴嘎嘎笑，本生的弓腰驼背便也免了揿头颈。

政治队长做报告说怎样怎样提高警惕，怎样怎样坚持斗争，又怎样怎样识破诡计，再怎样怎样捉住尾巴，任是唾沫星横飞高嗓子发沙并无人当真。

末了是哪里来的什么领导说话，自是表扬政治队长无疑，并又一连镜框的奖状且加四本《毛选》。

队长唤娘子上台去拿，娘子破声尖叫说不要那劳什子挂满了墙惹眼，又不好当饭吃当衣裳穿，拿来作死么。

队长跺脚说觉悟低觉悟低觉悟太低，便是中和党之缘故，中和党之可恶可恨之可杀。

驼子咧嘴嘎嘎笑朝政治队长啐口痰说："你个臭鸭蛋，老子看着你生下来满地滚，看着你撒尿捏泥巴，看着你上学认不识的字叫先生揪耳朵,看着你偷西瓜摸冬瓜原先倒也不很臭。"

队长说您看您看您看,气焰嚣张呢,请示是不是该实行无产阶级专政。

气焰嚣张自该镇压。

于是来两个横眉竖眼的揪了驼子猛一推,驼子一跌便摔下台来,跌疼了肉瘤驼子哇哇大叫并咧嘴嘎嘎笑。

驼子死的时候嘎嘎地唱小调,听出来是阿哥阿妹约黄昏。

赤脚医生说驼子是脑溢血死的,大家都知道驼子向来血压高,插青明白脑溢血和血压高原是一回事。

"驼子好人呢。"老太太咂嘴说,"老天没开眼好人不长寿呢。"

"驼子好活计呢。"男人叹息说,"驼子虽驼做活不偷懒呢。"

"驼子好玩呢。"孩子哭巴巴说,"再没人同咱们玩,让看背上的大疙瘩了。"

于是都有些心酸有些愤愤。

"血压高是气出来的。"

"那自然是。"

"脑溢血是气出来的。"

"那自然是。"

"看他嘎嘎笑糊涂似的,心里却要强呢。"

"那自然是。"

"说什么狗屁党斗人家也不怕鬼魂寻来。"

驼子下葬大家掘一锹土,队长娘子也来,旁人说你别动他,队长娘子回去拧男人的大腿且饿了一顿饭。

"看着吧驼子是不想死的,鬼魂自不会安分会来寻事的。"

隔夜便传来说见了驼子在猪圈里出灰呢,仍是咧嘴嘎嘎笑。

再隔夜又说见了驼子在场上乘凉呢,仍是咧嘴嘎嘎笑且啐口痰。

再隔夜便愈发见得多。

队长娘子身上寒寒地告诉男人。

政治队长吃政治饭干政治活自是很霸道,于是追查政治谣言,谁说看见驼子了谁交代。

于是竟众口一词说你自己说的,你自己看见的,你怎么忘了呢。

政治队长终于弄昏了,晕头转向想脑子怎么不管用,见了的事说了的话竟不记得么。眼花花地居然也看见驼子在走路在吃饭在咧嘴嘎嘎笑,吓出一身冷汗来。

便来寻插青问世上究竟有没有那东西。

插青挤挤眼说谁敢断定没有呢,你不是亲眼见了么?

"我亲眼见了么?我说我亲眼见的么?"

"你不见你怎会说?你不说旁人怎知道呢?你是队长大家听你呢。"

"那那那,你们城里人也相信这东西?你们读书多书上写的么?"

"书上说信有便有,你信有么?"

"驼子的鬼魂缠上了你,你还不知道么?"

政治队长于是不再狠霸了脸说觉悟太低,提高警惕,却神神鬼鬼地奔到东奔到西总有驼子跟着似的感觉。

一日插青正吃夜饭,有乡下人一批批端了饭并急匆匆走过来说:

"上身了上身了快去看快去看。"

来不及问什么叫上身了,想是好玩得极,乡下人那兴奋样子。

便跟了去看。

驼子上了队长娘子的身,那女人坐在床沿一招一式尽是驼子的一招一式,也弓了背,也啐口痰咧嘴嘎嘎笑,竟是极像极像。

插青面面相觑,想这怎么回事。

队长坐桌边和女人打对面,满脸惊惶。

女人开口竟完全是驼子的嗓音。

"是他呢是他呢,是驼子是驼子上身了上身了。"于是门外窗外一片吵。

"别吵别吵别吵呵,听驼子说什么听驼子怎么说。"

插青想不明白夜风吹来且有些寒意。

于是驼子还魂寻事说:"革生你在么?革生你在么?"

政治队长抖索抖索不敢说在不敢说不在,不敢说也不敢不动。

"你不说话我也知道你在,你亏心呢,你不敢回话呢,是不是你摸摸心还在不在跳呢,怕是不跳了吧?"

"我在呢我在呢,我回话我回话,我的心我的心我的心摸不着呢。"

驼子啐口痰咧嘴嘎嘎笑说:"你个臭鸭蛋,你他娘的说清楚你怎么编的中和党?"

"我的妈,中和党我不敢编造。我也不明白中和党叫什么,叫中央和平党,叫中国和平革命党,叫中华共和党,叫什么什么党我真叫不上,真的不知道。上边说这地方有中和党反革命呢,挖出来可以立功受奖,挖多了入党升官,再挖几个转正吃吃吃居民粮。我便我便挖了挖了八九个八九个。说还不够数,我便得罪您老。"

驼子咧嘴嘎嘎笑说:"你个臭鸭蛋,你也知道害怕么?我见到阎王爷告诉说你狗日的要下地狱呢,阎王爷喜欢你,说你不是中和党你干干净净他要点你的名。"

"我不我不我不,您您您您您转告他他他他老,我是中和党,我是中和党我是中和党呢。"

自此政治队长便有些迷迷沌沌,并不影响吃饭干活困老婆,只是一紧张便说我是中和党我是中和党我是中和党呢。

这件事插青于是弄不明白,猜想旁人中通了来的,哪有这么像驼子呢,况且她是他娘子呢,吓疯了男人有甚好处呢。

直到回城也没有明白,却知道了中和党原来子虚乌有。那男男女女老老少少中和党员便系莫须有,都以为滑稽,回去同家人讲,家人也以为滑稽且不可思议。

再后来转而一想便也释然,那时代原来是个滑稽时代。

过　年

中秋夜里月亮很圆很亮,大家都到外面看月亮。有小孩奔来奔去很热闹,手里捏半块月饼满脸满嘴的屑粒。

插青便很想家,心里凄凄的,阿星念"举头望明月,低头思故乡",阿惠掩了面有水珠从手指缝里渗出来却无声息。

阿星说我们回家过年今年一定回家,三年不回家今年一定回家。

阿惠点头想一定回家,问赵强你回去么,赵强说我不回去我不回去我回不去呢。阿惠心很酸,赵强是个好人。

阿星和阿惠于是商量了带些什么回家，便忙碌起来，赤豆绿豆黄豆便省下来不吃，挖了山芋来晒干，余了糯米来磨粉，玉米棒子珍珠般粒粒闪亮，到爆花机里一爆小妹妹顶开心，可是小妹妹已经长大想不出小妹妹长大的脸该是什么样子。

每每有赵强帮了，筹备便又多了一份。

阿星和阿惠的日子于是很有了盼头。

入了冬，家里来信说奶奶病了想看阿星和阿惠，要他们早些回去，阿星和阿惠便愈发地急不可待。

可是队里老不分红，不分红回家的车票便没得钱打。毛估估有七八十块，打了车票再给奶奶买些营养品，给妈妈买条围巾，爸爸么有两瓶白酒，小妹妹自也有她吃的玩的。

终于还是分了红。工分值却跌了，打车票还差点。阿星和阿惠且沮丧且忧虑，找队长写个条子找现金保管员借，保管员苦笑说，你们看总共有一毛三分给五保户买过年礼，便要去贷款了。阿星要去向乡下人借，赵强说他们口袋里也不肥，拿不出三五块，用我的吧反正我不回家，我回不了家只留下些酒钱便行。

阿星要推托也容不得，他说去买车票吧，车子说很挤呢，买迟了怕不行呢。

阿惠想邀赵强同他们一起回家却未开出口来。

阿星便去买了车票来，车果然很挤买了腊月二十四的夜车。

阿惠便拿了车票来仔细看，有很幸福的暖流从车票里流出来，流入心田。听赵强有轻轻的叹息，阿惠想说什么却愈发地说不出来。

阿星说赵强你父母究竟怎么了？我们回去替你看他们行么？

哦不，见不到的，关着呢，赵强说，眼睛里有哀哀的光。

于是都不作声，只是在心里替赵强难过。

有乡下人到插青屋里串门说起阿星阿惠要回家赵强不回家也都咂嘴说唉唉唉唉，到我家过年吧，一般样呢有的吃有的喝。

是的，有的吃有的喝，乡下人过年是不吝啬的，可偏是少一些什么。

见大家面孔好了，便问阿星阿惠什么时候走，说腊月二十四，忽地"哎呀"叫唤，脸孔上甚是惶恐和惊愕。

阿惠便很当真问怎么怎么，却含含糊糊说不出什么。

阿惠想起了什么"哎呀"叫唤，看阿星赵强时他们也想起了，脸孔上尽是惊疑。

这地方有规矩，腊月二十四河上渡口艄工不摆渡，乡下人也不过河，说是这一天过渡十有八九要出事，都相信腊月二十四鬼们过年，船划水惹碍了鬼们便要遭灾。

阿惠掩了面嘤嘤地哭，泪水渗出手指缝。

阿星恨恨说我不信我不信，我偏过河偏过河看能怎么样，不，阿惠尖叫说不不不不啊不不不不。

阿星说你不回家你不回家，你不敢过河你别回家，在这儿过年吧我一个人回家。

阿惠呜呜哭。

乡下人待着不好过便走了。

插青想心思都不作声，夜很深了仍睡不着，天亮便是腊月二十四。

阿星挑起扁担凶凶地说阿惠你走不走？你不走我一个人走。

阿惠跳起来说我走我走我走，我回家过年，回家过年。

阿星苦笑说你不怕么？不怕那东西么？不怕掉在河里么？

阿惠抖索说我会游泳，我不怕，我要回家过年，奶奶爸爸妈妈还有小妹妹等着呢。

赵强扭过头不看阿惠的脸想笑，游泳，唉这寒冬腊月没上岸先冻僵了呢。说你们要走我送你们走，那河上渡船没艄工要自己摆。阿星你一个人应付不过来的，我送你们走。

阿惠说不不不不不要你送，不要你送。

阿星说赵强你别送了我们行呢。摆渡船阿惠能帮把手呢。

赵强不说话接过阿星的担子便先出门，像他自己回家过年似的焦切。

阿星阿惠便追了去，看赵强一脸认真便不再多说。

河口很宽风不大浪却高，阿惠人哆哆嗦嗦腿软软地迈不上船，赵强拉她说别怕，只要自己小心别想着那些闲话。

赵强手很大很暖，握了阿惠冰凉的手，阿惠便不再打抖了，腿劲足足地上船。

船在河里颠晃，都不出声拧紧了眉皱紧了心。

有浪打来，船旋了个圈子阿惠捂了嘴不敢叫唤，见阿星死揪住绑绳，赵强那大手把住舵，船便又向前又向前。

终于船靠了岸，阿惠心里发胀想大笑又想大哭。

赵强系了船又抢过阿星担子打前头走，直送到汽车站。

赵强挥手阿惠在车上见那大手想那大手，真大真暖真好，很恋恋地看赵强的眼睛，见那眼睛也是留恋还有许多其他什么意思。

阿星说回去你一个人过河行么，可要小心呢，千万小心呢。

赵强笑说放心吧，一个人好对付，回家好好过个年罢。

车便开了，赵强便越来越小，越来越小，最后没有了。

阿星阿惠赶夜班火车很顺利到了家。全家自是狂喜，奶奶见了孙子孙女病便也好了，过年全家去照了合家相喜气洋洋，奶奶说看这好兆头，今年必有好事临门呢，想必是阿星阿惠要调回来了。

过了年阿星阿惠很不想回乡下却无法不回乡下。这一天阿星去买了车票，出车站遇见了熟人都是一起插队的在别的大队。

见了阿星那几个便很沉重的样子说，唉唉你们那个赵强真可怜呢。

什么赵强可怜？什么赵强可怜？阿星预感了什么，心抽紧了问。

咦咦你不知道么？你几号回家的？噢，腊月二十四早晨出来的。噢，那便是不知道了，腊月二十四中午赵强不知上哪儿去，独个儿渡船回乡下，那船便翻了呢。唉唉大冷的天呢。

阿星霎时身上发麻又发冷，直哆嗦说不出话来，半晌问他家里，告诉他家里了么？

那插青并不清楚，都摇头。

阿星飞奔了回家告诉阿惠，阿惠愈哭不出来，只哀哀地嚎，想赵强那双手真大真暖真好，可是却不再有了。

奶奶叨叨地念菩萨，爸爸妈妈叹气，小妹妹红红的眼睛。

阿星和阿惠怎么也想不明白赵强竟会不在了，想难道乡下那说法竟是真的么？阿惠在心里一千遍一万遍地叫唤赵强的名字，想那双手真大真暖真好。

阿星和阿惠于是大海捞针去找赵强的父母。终于找见了，仍在隔离却自由了些，可以见人可以说话。

赵强母亲说见了你们真高兴像见了强儿一般，这里已经允许我们和外面通信了,却不知强儿的地址,正犯愁你们来了,太好了。强儿已有三年不回家了,是的,也没有家可以回。你们回去告诉赵强说明年春节他准能回家过年了,真的明年定能回家过年了。

阿星和阿惠告辞出来,强忍住的眼泪便流了下来。

误 诊

小杨出门见炎儿满地打滚,问哭什么,说是肚肚疼。叹口气想才活蹦乱跳捧了桑果果来给杨哥哥吃。也没个医生给看看,唉,这乡下的小孩。

小杨便走开了。大队书记差人来叫他说有事谈,小杨心下甚是忐忑。

深秋下放来的时候,只见这地方美,金黄稻谷雪白棉花,童话般可爱。

很快便到了来年春天,说往后尽是下水的活。小杨便犯愁睡不着觉,自小有皮肤病沾脏水过敏,且这地方说有血吸虫、血丝虫、水蚂蟥等等。

小杨向爹爹妈妈抱怨。爹爹妈妈说这地方地很少且不种水田的,谁想竟填了湖来种,自是有很多很潮的水田了。

爹爹妈妈独这么一个心肝宝贝,路很远赶来,黑地里摸去大队书记家,天亮又赶回去,五七干校有批斗不准出假。

隔一日便有人来喊说大队书记叫你快快去。

小杨便去,心里甚是忐忑。

大队书记是很忙的,没工夫闲聊,只说你别到队里做活了,到大队医疗站来，缺一名赤脚医生呢。

医生么，医生么，小杨想，我没学过医怎么做医生？

书记领了小杨去医疗站取一本书说拿着看吧，上面全写着。

小杨接了书看，是《农村医生手册》。

大队书记很忙，便走了，小杨想，凭这本书我便做医生么？

小杨回来见炎儿又捏泥巴玩，问说肚儿又疼了。小杨不知道这叫什么病该吃什么药，既要做医生，便要拿病来当回事的。

知道小杨当医生都来道喜，拥了一屋子人，炎儿污脏的手污黑的脸缠了杨哥哥笑，呀呀说杨哥哥当医生给药吃肚肚不疼了。

炎儿娘偏拎不清，说老人讲一个郎中屁股后面跟着十个冤死鬼。

都愤愤盯了她看。

混话，炳生训斥娘子说，小杨聪明人，本事人，不是图财害命的土郎中，你看两寸厚的书本子呢，你认识那字么？哼哼！

炎儿娘讪讪不作声，自是说错了话，没趣得很。

小杨想，凭这书本子我便做医生么？爹爹妈妈想是知道的，却没什么说法，愁了半夜，听得狗吠猫叫，后来又有雄鸡打鸣天便亮。

天亮了小杨便上医疗站当医生去了。

一路竟是风光得很，十有八九点头恭称杨医生，心下奇怪这乡下消息传得真快。

敏生莲花已先到了，见小杨来满脸笑说欢迎欢迎，多帮助多指点。

小杨诚惶诚恐，说哦不我不会我不懂我没学过医，靠你们帮助，你们有经验，你们是医生。

莲花于是咯咯笑说我们也不懂医,他初中生我才高小毕业,你高中生比我们强呢,要不能选中你来么。

小杨脸很烫想必是很红。

敏生说拉个黄牛当马骑呢。小杨,我跟你说心里话吧,小毛小病给胡乱治治,量个热度给几片APC抹点红药水开两张狗皮膏,稍有疑难推公社卫生院,可不敢误了人命伤天害理昧良心。

小杨热辣辣酸溜溜想哭,且感激且惊愕且害怕。

大队书记很忙没有空再来看当了医生的小杨。小杨想找书记说不能胜任当医生,又想不当医生做什么呢,下水田做活么,那不行呢,翻来覆去终于拿定主意好好学,当个称职医生。

自此小杨每天夜里看书,每每有炳生家炎儿在一边不吵不闹只巴巴地看他,黑眼睛闪亮像是说杨哥哥快快学当医生治肚肚疼,到很晚回来要娘煮一碗汤山芋,烫地端了来看着杨哥哥吸溜吸溜地吃,咽口唾沫说杨哥哥你全吃了全吃了,我吃过了吃饱了,你看我肚肚大不大。

小杨给甜蜜蜜的汤烫得泪汪汪,想为了炎儿也要学会做医生。小杨不知道并非认识字,看懂医书便能做医生的,小杨把医书背得滚熟,小杨心里充满自信。

小杨下午出门见炎儿满地打滚问哭什么?炎儿说肚儿疼。炳生娘子说小杨你给片药他吃吧,这小孩子真烦人烦死人了。

小杨于是边摸摸肚皮硬邦邦并不知摸到些什么。心想小孩子肚子疼必是吃了脏的闹肠胃炎呢,便取几片黄连素药给炎儿吃了,吩咐吃过夜饭再吃两片药。

下午小杨很有些心神不定，惦着炎儿的病，想早点回去看看，偏偏有打破了头的病人，和敏生一同送去公社。回家天已黑透，见炳生娘子守着门说炎儿肚子仍痛，愈发地烦人了。药吃完了，是不是再给几片。哦不，你还没吃夜饭小杨，你先吃饭我去了来你看。

小杨便吃饭，炳生娘子抱了炎儿来。炎儿并不是闹只轻轻地哼，小杨看时炎儿头脸有黄豆般汗珠，面色煞白嘴唇乌紫双目紧闭，再摸肚皮愈发地梆硬，小杨害怕心怦怦跳，抖抖地说快摇船来，快摇船来，快摇船来要送医院。

于是飞快地摇了船去公社，炎儿不再哼了。炳生娘子抱了炎儿只不停地叫唤，小杨说我来抱我来抱，接过来轻轻揉炎儿肚皮只盼望船快摇快摇。

忽地黑地里炎儿睁开眼看小杨，轻轻说杨哥哥杨哥哥肚肚疼肚肚疼。便没了声息，小杨再看时便惊叫起来。

炳生娘子夺过炎儿失声哭。

摇船的便停下来，任是乘汽艇也来不及了，任是坐飞机也救不转了。

黑黑的河面上唯炳生娘子哀哀地哭，男人烟头一亮一熄，小杨蹲一边揪头哭不出来，只觉得胸口气闷得厉害。

炳生娘子哀哀地哭，忽地叫说，这这这，什么什么什么。都来看竟是活的蛔虫从炎儿肛门里出来好几条。

炳生娘子不再哀哀地哭，眼红红地瞪了小杨嘶声叫说，你你你你害死了炎儿，你还我炎儿来，还我炎儿来，你个千人骂万人杀的大头鬼。

炳生闷闷地抽烟,说是你断错了的蛔虫钻胆,你看不出来?你说什么肠胃炎?你不会看病你不是医生你看死了我们的炎儿,你该怎么办?我们知道你是怎么当医生的,你不心亏么你不胆寒么,你怕炎儿不来寻你么?

小杨揪头发仍哭不出来。

炳生娘子复又哀哀地哭,黑夜里传出几里地去。

小杨只是揪头发什么也说不出,眼睛里有炎儿活蹦乱跳围着他叫杨哥哥杨哥哥;有炎儿滚烫地端了汤山芋来说杨哥哥你吃了吧你全吃了吧,我吃过了吃饱了你看我肚皮大不大;有炎儿哀哀的眼睛没了光彩说杨哥哥杨哥哥肚肚疼肚肚疼,小杨流出了眼泪泣不成声说我我我。

炳生把船摇回头抱了炎儿回家,扔下小杨一个人痴痴地走回去。

已经都知道了。全来看炎儿可怜哟造孽哟昨日里还叫我娘娘呢,说可怜哟造孽哟我家玲子落下河还是炎儿叫的人呢,说可怜哟造孽哟六岁的小孩。

见小杨走来便愤愤,盯了他看说医死人命要上告,说冤死的炎儿要索命。

小杨想我不害怕,炎儿真能来我高兴,我便给他治肚肚疼了。

炎儿却终于没有来找他,小杨很失望很难过知道炎儿也恨他了。

大队书记很忙,抽了空来看小杨,吩咐办一桌酒席请炳生及娘子及亲戚及村上干部吃了,算是圆了场消了气。

于是小杨仍做医生,炳生及娘子及亲戚及村上人便不多话。

可是炎儿却没有了。再也不会回来了,再也不会叫杨哥哥杨哥哥了。

小杨后来收到爹爹妈妈一封信说大学里开始招生了，爹爹妈妈有位"五七"战友复职当大学校长，说只要乡下推荐他保证收下。爹爹妈妈近日来再来一趟仍去找大队书记。

这夜里小杨做了一个梦，梦见自己进了医科大学穿白大褂学解剖，那具小尸体在药水瓶里打开来看竟是炎儿。小杨叫呼炎儿，炎儿睁开眼睛说杨哥哥杨哥哥肚肚疼肚肚疼。

大通桥

都知道大通桥这几年不太平。说是入夜石桥栏上便有几个怪物坐着，叽里叽里叫唤，扑通扑通往河里跳，溅水花。

乡下人害怕，夜里不走那桥。原先有座庙，后来拆了，那地方便愈显得冷清且阴森。

后来世道变了，插青就来了。插青来了，大通桥就热闹起来。

天气很热的时候，插青到那桥上去乘凉。

"去不得！"乡下人说，"那东西天天出来，在夜里那桥是它们的。"

杏子便盯了小卫看，紧紧地看；泥宝便盯了杏子看，痴痴地笑。

小卫朝杏子挤眼，说："那东西什么样子，长的、短的、方的、圆的、大的、小的、男的、女的？"

杏子嗤哩嗤哩朝小卫笑，泥宝便嘿哩嘿哩朝杏子笑。

乡下人很有些恼，说："谁见过那东西！谁知道长的、短的，方的、圆的，大的、小的，男的、女的！谁敢去看那东西！谁看见那东西，早晚要引上门。"

插青于是大笑,终于出发,抄一根烧火棍。宁可信其有,不可信其无,这叫辩证法,叫一分为二。

乡下人说:"去不得,那东西像人,惹毛了会来寻事。"

插青想这生活太平淡,太无味,寻点事有趣,惹点祸有劲,竟义无反顾地去,扔杏子的担忧、泥宝的快活,扔全体的惊恐于身后。

乡下人忐忑地等。到小半夜也不见插青回来。有要好且仗义的小青年说:"该不该去看一看?"

年长的铁青脸说:"去不得,去不得,得罪菩萨且有三病六灾,得罪那东西,想来该有九病十八灾。这般的事,管不得。"

大家便不作声。想着插青的些许好处,自是有些难受的。杏子竟掩了面嘤嘤地奔回屋。都不知小丫头发什么痴,唯泥宝不再嘿嘿嘿嘿笑。

到大半夜稍凉了些都眯眯的要睡,远远的有歌子声来,都凝了神听,脸上渐有惊奇与疑惑。

"东风吹,战鼓擂,现在世界上究竟谁怕谁……"

杏子奔出来嗤哩嗤哩笑说:"回来了,回来了,他们回来了。"

杏子奶奶且努嘴,且闭眼,且把蒲扇拍得天响,说:"不要看,不要看,现今的丫头,哼哼哼哼。"

插青神气活现走过来。

"看见了么?"乡下人抖抖地问。

"还打架了呢。"插青说,满面孔神秘,且甚得意。

"打得赢么?"杏子急巴巴问,声音尖尖的很好听,"那东西厉害么?"

"厉害得很呢,不分输赢,下了死约,明晚见呢。"插青愈发的好笑，便都知道是假的了。

其实那桥上根本没有那东西，想来这世上原来也没那东西。

"许是你们人多，它们那个、那个少，便不出来呢。"乡下人且害怕，且好奇，且不甘心那桥上没什么。

小卫说："这也许是真话，明天我一个人去。"

"呀！不，你不能去，不能去！"杏子尖叫，泥宝皱眉头，大家便笑；杏子便脸红，泥宝便脸紧。

小卫朝杏子挤眼："那你陪我去，怎样？"

"啊呀，不，我不去，你也不去，好么？我们大家都不去，你不相信那是真的有的。我奶奶见过，你问我奶奶，奶奶你告诉他，告诉他们，你说你见过的，你怎么不告诉他们，他们，他要一个人去呢，你快说呀，奶奶！"

杏子奶奶且努嘴，且闭眼，且哼哼唧唧，说："造孽哟，造孽哟，什么东西不好玩，要同那东西闹。"

哼哼唧唧，杏子心里发毛，泥宝便扭动面孔上的肉。

小卫说："什么东西都不好玩，就那东西好玩。乡下是没有什么好玩的，城里也没有好玩的，所有的东西都不好玩。反这没有的东西顶好玩。"

杏子说："队长，你叫他们、他不要去，他们、他听你的。"声尖尖的要哭。

泥宝终于说："杏子，要你急什么，要你虚什么，要你叫唤什么呀，他们、他又不是你的什么什么人？"

杏子拿白眼去看泥宝，泥宝嘿哩嘿哩笑。队长自是知晓因为所以，兀自咧嘴。

杏子说:"队长,你听见么,你叫他们不要去吧,你开口呢!"

队长说:"他们想玩,由他们去便是;他们不怕,由他们去便是。他们遇见了便知道酸甜苦辣么。"

小卫说:"倘是遇不见呢,便不知道酸甜苦辣么。"

"遇不见?去找呀,去寻呀,下河去摸呀!想来总在那河底里么。"队长诡秘地笑。

"好的,那明天我下河去摸。"小卫朝杏子挤眼。

杏子于是又叫唤,尖尖的。泥宝嘿哩嘿哩笑,却很笑出些不平来,想杏子同他一起从来不这般驴子似的叫唤。

杏子奶奶斜眼眄小卫,且努嘴,且闭眼,且把蒲扇拍得天响:"凭你那划拉几下子,前村张家志卫,那水性子,哼哼哼哼,不是你们城里那水匣子里能扑腾出来的功夫,丈儿六尺的浪打不赢他呢,偏生沉在那地方,还不是那东西作的怪。"

杏子奶奶早先去过大城市,帮过大人家的佣,见过豆腐干大的水池子。

插青不作声,想那桥下是不是有什么名堂。

杏子抿嘴笑,泥宝心里说,杏子,你今夜里,怎么笑痴呢。

杏子奶奶于是又说:"后湾那丫头,说是不识水性,自小不敢近河,偏生到那桥下洗脚;天不落雨,地又不滑,偏生滑到河里;河西那船家,大江大湖能过去,偏生那桥洞过不去,要翻身,哼哼哼哼。"

插青不作声想那地方许是真有名堂,小卫于是愈发地要去。"名堂是有的,不过绝不是那东西,许是落流,许是旋涡,许是水差。"

杏子听不明白什么流,什么涡,什么差,却不再尖尖地叫唤,渐渐地拿敬慕的眼睛去看小卫。

泥宝说:"我也去,你不怕,我也不怕。"被老头子上前扇了耳刮子,急急地拿冒星星的眼睛去看杏子。

杏子盯着小卫笑,并不见泥宝面孔上有五根红红的手指印。

后来插青果真又去了。回来说弄明白了,桥墩下有个大洞,便形成那什么什么流,什么什么涡,能吸了人去。

问那洞怎么样,说是水獭猫的洞,叽里叽里叫,扑通扑通跳水,想来是水獭猫无聊了做游戏。

杏子奶奶愤愤站起来,愤愤离去。且说:"是大仙,是大仙。"

便有很多人愤愤站起来,愤愤离去。

杏子奶奶又回过再拖了杏子走,泥宝嘿哩嘿哩笑,杏子拿眼白去看泥宝。

插青们没趣,想:这些乡下人,嘿嘿,乡下人真是,嘿嘿,便很有些恶作剧的念头出来。

前村后湾于是愈发说得骇人。那桥上那东西已经活灵活现了。说是还会笑,是男声;还会唱小调调,也是男声;听出嗓子很毛,口音很浓,想必是当日被水呛毛的。张志大说:"我那兄弟,原本是很能唱高音的。"

闹得都惶惶的,似有大灾要来。杏子奶奶说:"桥上那菩萨庙,原来是拆不得的,那东西唯受菩萨镇。"队长说:"你们少说几句,少说几句。"唯杏子不怕且嗤哩嗤哩笑。

偏生那年兴起改种双季稻,七月里收起来竟全是瘪谷。便有老老少少朝着队长哭,朝着队长骂,朝着队长唾唾,队长且被自家娘子拧了青紫的斑在大腿、屁股上。

"冤枉呢。"队长拉长的脸像驴像马,"种双季稻又不是我的主意,上头的命令嘛,你们又不是不知道。"

"上头的话你便这么当真,老老少少的肚皮你便不当回事?"

"冤枉呢。"队长说,"不当真怎么办,不当真怎么过得去,不当真怎么顶得起?"

"上头叫种瘪谷,你把瘪谷缴上去让他们吃去,要不就你队长吃。"

正当众人抢白的劲头儿上,杏子奶奶巴掌拍屁股说:"莫难为队长了。都怪得罪了土地爷,他便弄你的头颈。怪不得那桥愈发地不太平,怪不得那东西愈发地张狂,原是这道理呢。"

这话便由什么人告诉了工作队长。工作队长便从这话里听出了什么和什么的斗争,什么和什么的分界,什么和什么的表现。

于是开大会,一场子坐了上千人。工作队长说,双季稻是谁谁谁的路线,单季稻是谁谁谁的路线。于是问贫下中农拥护谁谁谁的路线,于是说有暗藏的敌人像电影里的汉奸,像台湾来的特务,用迷信来破坏谁谁谁的路线,反对种双季稻。于是大家便很紧张,心想不知谁是暗藏的汉奸、特务,不知道那狗日的怎生在算计路线。

工作队竟也在那桥上遇见了那东西。真是气焰嚣张,阶级敌人看到形势大好终于憋不住跳了出来。终于把暗藏的坏人拉到光天化日之下。于是全场都"哦哦""呀呀""啧啧"。

"便是这类地主婆,哦,不,富农,哦,不,怎么成分是上中农?哦,对了,她是漏网富农跳了出来。"

莫说跳,杏子奶奶挪挪脚都艰难得很呢。她抖索着说:"我一双小脚，游村走不动哇！"

杏子尖叫着掩面奔出去，声音像刀子刮心。泥宝一跺脚，一拍屁股跟出去，杏子奶奶于是号起来，号什么且不分明，于是全场都想要哭。长了瘪谷要饿肚皮，自是该哭。

插青笑了说："弄错了，弄错了。桥上那东西原本是没有的，是我们装扮了吓唬乡下人的。不关杏子奶奶、更不关杏子的事。"

工作队长涨红了脸，又铁青了脸，说："你们是有头脑的，怎么也受阶级敌人利用？我们知道那老狐狸会迷人，还有小狐狸的美人计，让你们心甘情愿为她们顶罪，你们上当了，你们受骗了，阶级觉悟不提高不行，你们要经风雨、见世面，你们要站稳立场呢。你们公社书记告诉我要招工招干，招工招干要按政治表现轮先后呢。"

插青涨红了脸，又铁青了脸，都不说话。

泥宝奔进来，又拍屁股又跺脚，说："你们，你们，你你你，她她她……"

小卫张了嘴却说不出话，捏捏口袋里有家信。小卫也有奶奶，想孙子想病了住医院，说怕是见不着了；母亲说不要记挂家里，不要随便回家，在乡下好好表现，争取早日招了工回来全家团聚，奶奶等着你。

小卫终是没有说出话来，从此却不再看泥宝那紫黑的脸和杏子那乌黑的眼睛。

杏子奶奶后来死了。死的时候很安静，并不害怕，只有幸福在枯皱的脸上流过。杏子奶奶是信迷信，信来世的，信善报、恶报，信灵魂不灭的，是以能泰然处之。

杏子后来自是嫁了泥宝。泥宝爹是贫下中农，并不嫌弃杏子什么。

结婚那天,泥宝来请插青喝喜酒。紫黑的脸泛红光,穿新制的藏青咔几中山装,便也觉得很丑了,倒显出些大男子的气味来。泥宝说:"杏子关照了,一定要你们去的。"

小卫说:"肚子疼,吃不下东西。"便又有几个也说这里疼那里痛,没去吃喜酒。

再后来插青都上调了,走的时候乡下人来送,杏子和泥宝也来送,杏子抱了他们的女儿,眼睛和杏子一般的乌黑,一般的好看。

小卫终是没有看泥宝紫黑的脸和杏子那乌黑的眼睛。在大通桥上分手的时候也没有看。

过　客

夜里守一盏小油灯无聊至极。

村里的狗子、猫子便来敲门说:"港东场上做《沙家浜》戏,全本的,去看嘛。"

娘的《沙家浜》看了十七八遍,还有《红灯记》也是。

"去不去吧?去不去吧?"很期待地恳求。狗子、猫子跟了插青便疯得起来。

"去吧!去吧!"猫子说,"港东那小白妞演阿庆嫂呢,真的小白妞。"

于是都笑,说:"小白妞顶配阿庆嫂。"

于是浩荡荡、呼啦啦去港东,路上围攻了一只狗,踩了一条蛇,放走谁家一头猪,并且挖了港东的山芋大嚼大咬,大摇大摆进场。

都厌这帮子小祖宗,见了又有些怕,便有人让开一块好地方。

戏刚开演,锣鼓像疯狗般乱咬乱吼,程军十三岁在戏校学过几天京剧锣鼓,听这声势,笑了说:"什么呀,什么呀,什么呀!"

"小白妞,小白妞,小白妞出场,你看小白妞!"狗子直叫唤。

"去你娘的小白妞!"猫子说,"都老白妞了,是沙老太婆嘛,你狗子想小白妞都想痴了,想呆了,想昏头了。"

狗子讪笑说:"待会儿郭建光要把沙奶奶坚壁起来嘛。"

那自然是。

台词漏洞百出,笑话百出,大家便拿来当下饭菜寻开心。

坚壁沙奶奶自是没看头,小白妞还不出来,太没滋味。

狗子便去拧了手边肥嘟嘟一条大腿,大腿的主人肥猪般吱吱叫,跟出一串粗话震了半个场子。全场都朝这边看。那胖女人不害臊且很勇敢,操狗子一个耳光。

狗子捂了脸说:"冤枉呢,冤枉呢。"大家哄他,放死劲笑。

胖女子啐唾沫说:"倒你奶奶八代霉,老娘儿子有你这般大,吃你老娘豆腐呢。"

又一阵哄笑。狗子脸面上不好看,心想:倒你奶奶八代霉,老子手上没长眼呢,拧了你个胖老猪呢,胖且老,偏生妖骚得很。

胖女人捞了本不再追究,仍看戏。

戏台上却是乱套,唱戏的伸了脖子朝台下看戏,锣鼓家什愈发地乱咬猛叫,仍压不住骚乱引不住人,便临时换了剧让小白妞提前出场。

"小白妞,小白妞,小白妞!"狗子复又叫唤,身边那胖子狠狠剜他一眼。

听说小白妞在县剧团混过饭吃，自己有些猫功，走步子扭屁股，唱调子踩点子，像模像样当回事。全场便叽里喳啦叫唤："小白妞！小白妞！小白妞！"

插青无聊地笑，和守小油盏一般地无聊。

叹口气说："走吧，走吧。什么名堂经，这种戏真是，真是！"

狗子说："再等等，再看看吧，还有操你奶奶，操你娘呢。"

轰轰然笑，刁德一向胡司令耳语说："我操你娘！"胡司令听明白了。气得瞪眼，为顾全大局便忍了，说台词："对，对，对。"刁德一一回得逞，二回再来；二回得逞三回再来，胡司令终是忍不住。大声说："我操你奶奶！"台下观众十有八九居然没听出这句台词有问题，跟着便笑。这戏已经做到了恶作剧的地步。

插青说："真没劲，真没劲，走了，走了。"

狗子、猫子说："真没劲，真没劲，走了，走了。"留恋地朝台上瞅。

便浩荡荡杀出一条路，杀出一群人，又跟出一批人，在四下里散了回家睡觉。

这一群偏不想睡觉，睡觉也无聊，要寻点事来闹闹。

于是插青要往港西去。

港西却是荒野得很，阴森得很，有大大小小小坟墩，且无住家。

狗子、猫子怯怯说："有鬼火缠人呢。"

插青说："不叫鬼火，叫磷火；谁怕，便缠谁。"

狗子、猫子自不是胆小的坯子，昂昂地跟了插青往港西去。

港西是极宁静、极冷清的，世间一切喧嚣到这里便是结束，唯野芽草嗦嗦响，像是哭，又像笑。

狗子跟着不敢离很远，也不敢很近，怕有声响，又怕这份死的冷清。

便是顶胆大的插青也有些许怯意了，毛孔开张，汗毛竖立。

忽地风吹来，竟有嘤嘤的哭声，狗子脸煞白，直想尿尿。

风停息，便没了那声响；风再吹来，便又是那声响，于是全体脸煞白，在心里叫唤：妈吔，妈吔，妈吔。

唯狗子凄凄惨叫出声："妈吔，妈吔，妈吔，妈吔妈！"

顺手指处望去，苗条条竟有一白衣女子站在坟堆间。白的月光下依稀可见那脸也是煞白的，并有一对亮的眼。

"妈吔，妈吔，妈吔！"狗子叫唤，"是她，是她，是她！"狗子调转屁股做出逃跑的姿势，却钉住脚爪地拔不动，"港东的桃花呢，港东的桃花呢，裤带子吊死的桃花呢。"

插青听过港东桃花的故事，仅是为一本有男女拥抱插图的书，便被造反兵挂了破鞋在细细白白的颈项里，回家便吊上了屋梁。

"走吧，走吧，别追上来。"猫子说，"我奶奶讲，女鬼会追男人抱了去，其实是吸血呢。"

插青头皮麻了，腿肚子软了，嗓门儿暗了，想书上有画皮的故事，也许真有呢。说："快走！快走！"

走着走着忍不住回头看一眼，那白衣女子竟直追了来，抖抖地说："你们别走，你们别走，我不是鬼。"

狗子哭巴巴说："是鬼，是鬼。骗人！骗子呢，骗子呢！"

"我不，我不是鬼，真的，我不是。你们看看清楚，回头看呢，我是人，真的不是鬼。"

愈发奔得快，绊倒了，连滚带爬。

追得竟很快，且说："求你们别走，求你们别走，帮帮我，帮帮我，我，我不是鬼，是人。我是北边来的插青呢。"

狗子们也奔得无影无踪，有胆大的几个插青不再奔，停下来，回头看，便看出来不是鬼，是人，真的是人。穿白衬衣，梳羊角辫，人模人样的女子。

于是想象丰富便猜是不是特务，坟堆里有发报机，嘀嘀嘀嘀；有活动经费，美钞、卢布、港币。

女孩子见了插青并不说话，只嘤嘤地哭，插青没话，便耐心等。

嘤嘤地哭一阵，便且哭且诉说是路过这里，迷了路，到了坟堆间，怎么也走不出去。转了半夜，还在坟堆里，吓死人了。

"那是鬼打墙呢。"顺口说说，倒非存心吓唬谁。

便又嘤嘤地哭。

便又等。

风吹来，野芽草嗦嗦响，女孩子不再哭，返回去，扛一包东西在背上。说："快走吧，快走吧，这里太可怕！"于是几个人一同逃出港西，甩掉那一片坟堆，一片凄凉。

"包里是书，是母亲留给我的唯一纪念。可他们说抓黑书、烧黄书、查手抄本，要拿我的书去烧掉，去换糖吃，去当手纸揩那个。"

"你于是抱了书逃出来，是不？那你要逃到什么地方去？"

"我不知道，我不知道，我没地方去，城里已经没有我的家。我插队是谎报了年龄跟来的，现在我没有地方去，我不知道，可是这书我是要的，我是不能丢掉的。"

插青相互看看，意思却懂，并很一致。说："你上我们那儿住怎么样？我们虽只一间屋，没女生，但可以用草帘隔开。当小妹妹、亲妹妹待你,不用你下地做活,你这么小个子怎能做活,我们一人省一口,便喂饱你,怎么样?你愿意也可以帮我们烧饭吃,怎么样?"

女孩子眼睛扑闪闪又嘤嘤地哭,且点头笑了。

于是替她提了那包沉沉的书,心想:这包书她提到这儿很是不容易呢。

女孩子住下来,说是谁的表妹,村里也无人怀疑。只是听狗子、猫子说坟堆里遇见的,看上去便是有些异样,走近去总有些怯怯。

自此,黑夜里却不再有那叫人恨恨的夜游神浩荡荡杀到东杀到西了,不再有放掉肥猪、吃掉母鸡的事。

自是那女孩子及那一包书的缘故了。

爱看书的只是看,不爱看的便等了听故事,连带引来了狗子、猫子们。

乡下人便很奇怪问狗子、猫子,只是说听故事好听得极,好听得极,老太太脸上便有些诡秘,有些惊疑。

后来女孩子终于要走了,只是怕带着书不安全。

插青留不住人,说:"书留下吧,暂且代为保管,以插青的名义担保不会丢失一张纸。"

女孩子嘤嘤地哭,满脸挂了泪水又笑,显是很放心的。

女孩子走了,插青们有些怅怅。

夜里守一盏小油灯却不再无聊,迷了似的蹲在屋里,再不出外寻事。

乡下人想不明白。老太太们却恍然,脸孔上尽是惊怪,拍巴掌,拍大腿,说:"迷人呢,迷人呢,那女子是狐仙呢。"

是狐仙呢。

也许真是狐仙呢。

河东河西

养春蚕的时候,就听说河东的插青要结了帮到河西来打架。

乡下人便很兴奋地等。在桑地里做活,朝河东看,看不出什么名堂。

春蚕上山,结成雪白的一片,还不见河东的插青到河西来打架。乡下人下河洗匾,朝河东看,仍是看不出什么动静。心想真没劲,插青真是他娘的熊货,嘴硬骨头酥。于是问于敏敏:"怎么不打架?"于敏敏说:"谁知道他们,反正不管我们的事。"女的听说打架自然是要怕的,自然不会多打听。于是又问吴为:"怎么不打架?"吴为说:"谁知道他们,反正他们敢来我们就敢打,这世上没见得谁怕了谁。"

可是河东的插青终是没有来,隔了河也终是什么都看不清。

河水却仍是碧清碧绿,轻轻的风吹过,有一圈圈和一丝丝的皱纹,很好看。插青刚来的时候,对着这水发痴,竟看出来这不是河水,是什么什么诗,什么什么画以及什么什么古里古怪的东西。乡下人便很糊涂,且愤愤不平,他们看了几辈子几十辈子,看出来终是河水。

河面很宽,水却浅,勉强吃起一条五吨的水泥船。有大大小小的鱼跳出水面,落到密密的水草上,插青便很快活,下河捞起来红烧清炖。河上没有桥。桥在两里地之外。河东的插青和河西的插青那年下乡来，就是在桥头分手的。一队到河东的红房子住，一队到河西的红房子住，两排红房子隔河相对。一律的格式，大间住男生，中间住女生，小间作灶屋。

河东的插青和河西的插青原先是很要好的。冬天的时候，河西的插青绕过桥到河东去玩。夏天的时候，河东的插青游到河西来闹。女的露了肩胛和大腿，白嫩白嫩的细肉裸裸的，并不以为丑，乡下大姑娘便闭了眼，乡下大娘子便唾唾，乡下男人看得发笑、发痴、发痒。

河东的插青和河西的插青愈发人来疯，以河水为媒，隔河结了几对似真似假的小夫妻。乡下人很有点羡慕，很有点嫉妒。不领证书养儿子，是要被大队书记揪住胸脯拍耳光的。

河东的李萍和河西的钱刚顶先结出果子来。钱刚是很嫩相的，只嘴唇上刚有一层软黄的茸毛，居然要做父亲。

李萍又是哭又是笑，哭笑不甚分明。据说她家上代便有类似的情状。

李萍回家养得白白胖胖，足月生下一白白胖胖的儿子。家人的怒气于是烟消云散，群星拱月。外公、外婆、爷爷、奶奶、舅舅、姨姨、叔叔、伯伯、叽里咕噜、稀里哗啦、等等等等。

胖小子虽白虽胖，尽善尽美，却是个乡下坯子。家里大人想起来便眼泪汪汪。写信问钱刚怎么办。李萍忧心忡忡久不见钱刚回音，并不很在意，在乡下信件丢失是很平常的事。

李萍终于回了河东的红房子，却不知道钱刚已经不在河西的红房子里住。

钱刚做大队书记的乘龙快婿，下帖子请河东的插青和河西的插青喝喜酒。

河东的插青咒了钱刚祖宗十八代,萝卜干下粥吃了闷头睡觉,河西的插青骂了钱刚全家七八口,然后雄赳赳赴宴。大队书记的肉,千年难得,不吃白不吃。

于是,到处有大喇叭表扬钱刚扎根农村什么什么,河西的红房子便跟着钱刚被参加,被展览。河西的插青便也沾光,不光那一夜吃饱了撑得舒服,喝醉了晕得惬意,白日里写写画画出几块黑板报,便有十分工。

河东的插青仍是脚踩烂泥,头顶风雨,心里把河西恨得痒痒,扬言要敲钱刚的骨头。钱刚却一火车乘到北边的国界线,当了国防兵。河东的插青恨极钱刚连及了河西插青,河西的插青并不以为嘴软手短,是以并不接受河东义正词严的谴责,反而反唇相讥。

河东河西于是隔河对峙,势不两立,积怨甚深,大有一触即发之势。

双季稻收割了,河东的插青还不来打架。狼来了,狼来了,其实根本就没有狼。乡下人等得不耐烦,终于失望。

那夜里河东的插青终于来了。

河西的插青抖抖地抄家伙,站成一排。有女生哭起来。

乡下人携了妻儿老小,站得远远的,甚是激动,甚是满足。

黑夜里奔来大队书记,满脸惶恐,说:"你们别打了,钱刚死了。"

架终于没有打成。河东的插青和河西的插青闷闷地回自己的红房子,乡下人便萎萎地散去。

钱刚死掉了,真的死掉了。

谁也不明白钱刚是怎样死掉的。于是生造出十七八种谣言来。说是叛国投敌，被乱枪打了七个窟窿八个眼；说是玩枪走火，崩碎了自家脑袋；说是调戏民女，就地正法；说是丧了良心，被雷公击倒；说是什么什么什么什么。

李萍没有哭，没有笑，想着钱刚那张嫩相的脸，嘴唇上那层软黄的茸毛，每每盯了河西的红房子望，不相信钱刚已经不在那里面住，不相信钱刚已经不在世上任何地方住。

李萍绕过桥到河西大队书记家去讨还钱刚，言语中便很有些糊涂，很有些混乱。钱刚明媒正娶的老婆——大队书记的女儿挺了肚皮哭丧脸，不清不爽说："我还要叫你赔人呢，若不是为你，他也不会……"

李萍从晚秋冰凉的河水中淌过来，女伴拿一张纸递给她，嘴唇哆嗦说："招工表格上写着你的名字，你回城了，你儿子的户口也解决了。"

李萍对着那张纸笑了。哭了，又笑了；又哭了，哭笑不甚分明。

钱刚不明不白地死掉了，李萍又哭又笑地走掉了，河东的插青和河西的插青一天一天地散掉了，乡下人永远也看不成那场好戏了。

河东的插青曾经往死里咒钱刚。如今岁数长了些许，喜怒之情都淡薄了许多，何况钱刚死了，而且死得不明不白，大家便也不再想到他的可耻、可恨、可恶、可悲，偶尔提及，只是说，唉唉这小子，唉唉那家伙。

河西的插青曾经很羡慕李萍，想不明白她凭什么占了全公社第一个招工名额。后来大家都招工，都回家，这羡慕也便成为过去。

至于李萍能够最先回城的原因，恐怕只有她自己心里清楚。可是李萍却迷了心，哭笑不甚分明，言语糊涂混乱，每天服用泰尔登和阿米替林。总算还认得她和钱刚生的那胖小子。听说她的外婆和一位姨妈都有过类似的症状，医学上叫作遗传性精神病，似乎也就不足为奇了。

灰堆园

一

住在灰堆园的胡三，在火葬场开汽车，接送死人，夜里回来就说死话，说死人在汽车里坐起来朝他笑，又说死人把陪葬的手表脱下来送给他，又说口袋里有香烟请他抽一支，又说死人半夜里要来望望他。胡三讲起死话来一本正经，弄得大家半信半疑，寒毛凛凛。胆小的女人，夜里就不敢走人家。不过后来时间长了，胡三的死话就不吓人了。说起胡三，大家就笑，说，胡三，豁嘴豁片，活宝。闷气的时候，反过来要叫他讲死话发松，胡三就讲顶顶腻心的死话给他们听，听得人家隔夜饭也要呕出来，他就开心。

灰堆园的住家，还有灰堆园前前后后的人家，都晓得胡三，胡三好差使。有人家死了人，就去求胡三相帮办丧事。火葬场也要开后门，胡三就是火葬场的后门。胡三一喊就到，坐下来先吃烟吃茶，茶吃过三杯，就指派，阿舅做什么，爷叔做什么，头头是道，人家一排男人立在他面前，也是服帖，指派定当，胡三就吃酒吃菜，再后来就抬死人上车，隔壁邻居看热闹的，回去说，现在胡三，本事大了。所以以后灰堆园这地方的人家办丧事，都要叫胡三去相帮的。胡三去相帮人家，好吃好喝，还有外快，屋里条件就好起来。胡三家里的人，是相信吃光用光身体健康的，胡仁德天天早晨买菜，篮里总归有荤腥的，门对过的包太太看见，馋兮兮说："哦哟哟，又是甲鱼。"

胡仁德笑眯眯："胡三个小鬼三，看他呒青头的样子，屋里的开销，全是他。"

包太太就瘪瘪嘴，说："胡三个小鬼三，别样不好做，要做这种生活，老法里讲起来，六局呀。"

听包太太这样讲，胡仁德仍旧笑眯眯，他不管六局七局，照他想起来，活得落便就是好局。

讲起六局，现在的小青年，恐怕是不晓得的。从前时候，大户人家办婚丧礼仪，要请好多人帮忙，人家越大，请的人越多，分的项头也多，专门管茶水管烫酒的茶担，专门放铳的铳事，吹喇叭的吹鼓手，抬轿子的轿夫，搀新娘娘的喜娘，还有掌礼的执事，拆管、厨司、扎采、门甲等等，这些人，统统算作六局，六局在从前，是被人家看不上眼的，好人家出身的人，不做六局的。

包先生听见太太讲六局，就想起从前好多事。就说："胡三的阿爹，也是六局，他不过是做做门甲，小角色。"

但包太太说:"从前做六局是传代的,你看现在胡三又做,也是应该。"

包先生说:"不过做六局也没有什么不好,胡三的阿爹,你不要看他做门甲,肚皮里文才蛮好的。"

包太太白他一眼,说:"所以你还同他轧淘。"

包先生想想就笑起来。他那时候同胡三的阿爹轧淘,轧出不少有趣的事,照包先生大商家的门第,是不适合同胡三的阿爹轧淘的。不过包先生年轻的时候,是一个很潇洒很恬淡的人,大概因为家里有钱,所以他就做了一个有闲阶级,也不做什么事,也不管外面的世界怎么样,只晓得和几个朋友吹吹牛,开心了,弄点酒吃吃,再学古时候的文人,凑几句歪诗,日脚过得蛮惬意。包先生家里大人就急煞了,就去物色了一个比他大三岁的女人,说是女大三,堆金山,就叫包先生结婚,叫包太太来收包先生的骨头,可是包太太管不住包先生,加之包太太不会生养,在包家也没有什么地位,包先生就仍旧过他的不求功名的日脚。一日,在一家酒肆吃酒,兴头起来,要帮酒店写一副对子,老板是晓得包先生有肚才的,连忙叫人拿来纸、笔,包先生大笔一挥,一句写好了:香生玉碗春无价,下一句,想了半天,想出来四个字:醉买金杯,还缺三个字,怎么也对不出了,包先生很尴尬,旁边就有人说,可以用"梦亦温"三个字,包先生一听,正中心思,连连称妙,回头看那个人,比他稍稍年长,只是衣着朴素,面呈菜色,包先生上前一步,拱一拱手,问,仁兄怎么称呼,又问,仁兄府上在哪里,隔日定去拜访。那个人朝他笑笑,付了酒钱就走了。店里的人就对包先生笑,说你这位"仁兄"胡小弟是做六局的,"府上"在灰堆园,只有一间破瓦房。后来包先生去寻胡小弟,谈谈说说,倘是出去吃酒吃茶,每次总是包先生付钞票,胡小弟囊中羞涩,从来不假客气,包先生就觉得这个人蛮实在。后来,胡小弟得病暴死,棺材钱也是包先生付的,一直到几十年以后,才轮到胡小弟的儿子胡仁德来回报包先生。那一年,包先生和包太太的房子充公,没有地方安身,胡仁德晓得了,就去把他们接过来。那时候,灰堆园这边有不少空房间,包先生包太太就在灰堆园住下来,后来充公的房子也没有退还,只作了价,给了包家一点钱,讲定包先生、包太太住灰堆园的房子公家也不收房钱,就算两清。

现在包先生、包太太都七十出头了,没有别样经济来源,全靠卖房子的一点钞票,还有一包当时藏在胡家保存下来的黄货。不过这些都是有限的,吃一日少一日。包先生、包太太的身体看上去还蛮硬气,所以平常日脚就很节省,别人不晓得底细的,说他们抠,包太太就说,年纪大了,吃素的好。

包太太比起包先生,心胸就没有包先生豁达,她看见一个从前做六局的胡家,现在倒是活得像模像样的,想想气不落,就要说话给胡家的人听,胡家的小辈胡大胡二,还有胡大胡二的女人,不同她烦。人家说胡大胡二看相她的黄货,叫她捏捏紧,包太太自然是要捏紧的。胡仁德看上去糊里糊涂,点不穿的样子,还是胡仁德的女人在世的时候,常常和包太太拌嘴讨气,包太太就有趣,动气也气得有趣。后来胡仁德女人死了,包太太就没趣。

碰到胡三,包太太就有话讲了。胡三寻开心,不晓得轻重的,年纪大的人,顶忌别人提火葬场什么,胡三就说老太太到时候我送你去你不要坐起来吓人啊,说老太太你金戒指金耳环不要带去,阎罗王不稀奇黄货的。

包太太就说，你个促狭鬼，日日拖人去烧，作孽作得多，当心阎罗王拖你去。

胡三就笑，说阎罗王要发奖金给我呢。

包太太就啐他，说，所以你个阿胡乱，讨不着女人。

说胡三讨不到女人，顶戳胡三心境，长一码大一码的胡三，二十七八岁，没有女人焐被头，是有点坍招势。

说起来胡三也轧过女朋友，胡大胡二也帮他介绍过女朋友，亲眷朋友牵线搭桥也有过几个，到底没有一个成功，不明白的人就说胡三吃亏就吃在这份工作上。其实，听几个女的说，也不是嫌胡三的工作不好，说是胡三手不好，轧女朋友轧到份上，先要拉拉手，说胡三拉人家小姑娘的手，小姑娘的手就痛，再拉，就更加痛，到医院看，看不出名堂，朋友就不好再轧下去。这种话讲出来，很难听。胡大胡二就说胡三，说他太性急，三句话不讲满，就上蛮劲，怎么来事。胡三就喊冤枉，说没有用力，就是轻轻地拉一拉。胡大胡二不相信，胡三就说，见鬼。

人家就寻开心，说胡三现世报。

二

灰堆园是一条平平常常的小弄堂，同别的弄堂没有什么不一样，唯一的不同，就是灰堆园是死的，虽然有"苏州弄堂路路通"的说法，但是灰堆园却是死的，不通的，所以大家猜测灰堆园从前大概是一个园，后来废了，就变成一条弄堂，也是可能的。

在灰堆园顶头角落的房子里,有两个老太太住在里面。她们是一对嫡亲姐妹,这层关系是灰堆园的人看出来的,灰堆园的人不但相信她们是亲姐妹,并且还认定她们是双胞胎。他们看她们的脸、她们的身体,她们的所有一切都是一样的。他们去敲老太太家里紧闭的门,先有一黑一白两只很瘦弱的猫从门洞里出来,后来才有一个老太太来开门,灰堆园的人问她们是不是双胞胎,老太太坚决地摇摇头,说我是大,她是二。以后灰堆园的人就叫他们大阿婆和二阿婆。不过好多人始终分不清大阿婆和二阿婆。

大阿婆和二阿婆总是把门关紧,她们在里面没有什么声音,她们的两只猫,也不像别人家的猫会叫,灰堆园的人觉得大阿婆和二阿婆有点怪,大家很少看见她们出来买米买煤买什么,居民里的小组长去问要不要叫人相帮送米送煤,老太太不要,说有人送的,不过大家并不见有什么人去敲她们的门。

有时候大阿婆和二阿婆也出来走走,不过不走远,就在灰堆园走一走,别人见了,就呼其中一个"大阿婆",老太太说"我是二,她是大",倘是招呼"二阿婆",老太太就说"我是大,她是二",弄错是常常有的。大阿婆和二阿婆一道出来,一道回去,有一回她们就走到胡家去,说胡三手劲大,叫胡三捏捏肩胛,大阿婆和二阿婆肩胛酸痛。

胡三不会捏肩胛,胡三说:"我是捏死人肩胛的,不好捏活人肩胛。"

老太太就笑,说:"一样的,一样的,捏吧。"

胡三就先帮大阿婆捏肩胛,后来大阿婆说惬意,再后来大阿婆说肩胛不痛了。

胡三再帮二阿婆捏肩胛，二阿婆的肩胛后来也不痛了。

大阿婆和二阿婆谢过胡三，对门的包太太走过来，说胡三："你个小鬼三，这一手功夫，几时学的。"

胡三朝她笑。

包太太也要胡三帮她松松筋骨。

胡三帮包太太捏肩胛，包太太就叫起来，说胡三把她的肩胛骨捏碎了。

大阿婆和二阿婆在一边笑，一同说："我们好了，我们好了。"说过，她们就回去了。

大家看包太太痛的样子，都笑她，包太太气煞，骂胡三死作，弄送她。胡三冤枉孽障，说："天地良心，你年纪一大把，我不敢弄送你的，弄送老人，不作兴的。"他看包太太不相信他，就对别人说，"老太婆我是不敢寻开心的。"

包太太说："为啥她们两个不痛，你要拿我捏痛。"

胡三说："我怎么晓得，我是一样捏的。"

包太太突然有点明白的样子，说："哼，这两个人，哼哼。"

大家受包太太的启发，就议论大阿婆和二阿婆，最后大多数人认为，大阿婆和二阿婆从前说不定做过师娘什么的，做师娘的人，身上总是有一点妖气的。

包太太的气就平了，她当然确信大阿婆和二阿婆是做师娘的。所以她犯不着跟她们比什么，她想等下次大阿婆和二阿婆过来，她要问问她们，戳穿西洋镜。

到这一日半夜里，胡家里的人都睡了，胡三听见有人敲门，他爬起来去开了门，说："哦哟，大阿婆。"

老太太说:"我是二,她是大。"

胡三说:"哦,弄错了,这么晚了,做什么?"

二阿婆说:"她去了。"

胡三没有拎清,说:"什么她去了。"

胡大的女人披了衣裳出来,问:"是不是大阿婆过世了?"

二阿婆说:"是的,所以要请胡三过去。"

胡大的女人牵胡三的衣裳,又对胡三甩令子,胡三仍旧拎不清,她就把胡三拉到边上,说:"不要去,到天亮再讲,怪兮兮,吓兮兮的。"

胡仁德这时候也走出来,困势懵懂叫胡三去帮忙,说胡三吃这碗饭水就是要去相帮人家的。

胡三就去了,二阿婆跟在胡三背后走。

胡三走到大阿婆和二阿婆的房子里,看见大阿婆躺在床上,他过去试试大阿婆的鼻息,然后朝二阿婆点点头。

一白一黑两只猫爬在大阿婆肩上,二阿婆对它们说:"你们过来。"两只猫就过来了,盯牢胡三看,它们的眼睛碧绿碧绿,胡三心里打了一个隔顿。胡三弄死人,从来不打隔顿的。

二阿婆抱了两只猫,看胡三手脚麻利地帮大阿婆穿好寿衣,胡三看二阿婆平平常常的样子,胡三就很奇怪,他问二阿婆:"你是信教的?"

二阿婆摇摇头。

胡三做好要做的事,就问二阿婆什么时候去火化,到时候他开车子过来接,二阿婆说:"你先回转去吧,到天亮再说。"

胡三就回去,他死人见得多了,也不当回事,很快就睡着了。

到早晨，胡三起来，到外面刷牙去，听见胡大胡二还有他们的女人和包太太几个人在议论，说二阿婆昨夜里过世了。

胡三说："不是二阿婆，是大阿婆。"

胡大说："你晓得什么，我一早已经去看过了。你还在昆（困）山呢。"

胡三说："我半夜里已经去过了，衣裳还是我相帮换的呢。"

胡二说："你见鬼。"

胡三说："你们见鬼，半夜里二阿婆来喊我的，大阿嫂还叫我不要去呢。"

胡大女人说："见鬼，我半夜里几时爬起来的，我一夜天一泡尿也没有撒，你个小鬼三，瞎说。"

胡三眼睛朝她白瞪白瞪。

胡大说："你大概做了个梦吧？"

胡三想想大概是做了个梦，想想这个梦做得滑稽，像真的一样，他觉得很好笑。

吃过早饭，有人过来喊，说大阿婆请胡三过去帮忙，胡三就去了，看见老太太立在门口，他疑心疑惑，问："你是大阿婆？"

大阿婆点点头，就领胡三进去，胡三进去就做了一套和梦里做的一样的事。做好这些事，他就把二阿婆拉到火葬场去烧了，带回来一只骨灰盒子，交给大阿婆。大阿婆说："胡三，我也没有什么好东西谢你，我有一幅画，送给你。"

大阿婆就去拿了一幅卷起来的画，给胡三，胡三说："我不要，我相帮相帮也是应该的，相邻么。"

可是大阿婆一定要叫胡三把画拿去，胡三就拿了画。

大阿婆说:"我要搬场了,这间房子我不好住了。"

胡三同情地点点头,两个相依为命的老人死了一个,另外一个肯定要难过的。胡三对大阿婆说:"大阿婆,以后你有什么要我做的,差人来叫我好了。"

胡三回到屋里,把那幅画摊开来看看,上面画了一个小姑娘,面孔不漂亮,平平常常,也看不出有什么好,他有点莫名其妙,把画卷一卷,就丢到大橱顶上去了。

三

胡二女人骂胡二,说胡二好吃懒做,说七号里的憨坯,天天夜里来借胡二的黄鱼车,做么,踏公家的车子到火车站去拉客人,进账,憨坯女人戒指项链都买齐了。

胡二是相信白相的,他朝女人看看,贼忒嘻嘻,他夜里是要叉麻将的。女人说他手气不好,他说六十年风水轮流转,总归有赢的日脚,女人拿他也没有办法。

那一日胡三听了他们的话,倒是受了启发,后来他就踏了胡二的黄鱼车,去打"野鸡"。他不相信白相,相信做,他做的时候,心里就快活。

夜里出来打野鸡的户头,总归是厉害角色。胡三新来乍到,不懂规矩,第一日就去抢了别人的生意,莫名其妙吃了一顿暗生活,逃回转,哎呀哎呀地叫,照照镜子,一只眼睛肿起来,吓人兮兮。

胡三一顿生活吃得冤枉孽障,不明不白,胡三屋里的人,也弄不清是什么原因,要叫了人去翻本也寻不着对手,后来还是包太太回去告诉包先生,包先生拎得清,过来问胡三:"你去打野鸡,你懂不懂门图?"

胡三说:"什么门图。"

包先生说:"嘿嘿,我就晓得你不懂,所以要吃亏,做这种事体的,就像从前做六局,都是有门图的,各人要按各人的地盘接生意,倘是接了自己门图以外的生意,自然是要吃搁头的。嘿嘿,我就想起你的阿爹,他也吃过搁头,他倒不是不懂规矩,实在是穷急眼,去抢了别人的生意,后来逃不过门。"

包太太说:"酒水的钱还是你帮他出的呢,你大手大脚呀,老来报应呀。"

胡仁德对胡三说:"你算了,不要去了,省省吧。"

胡三不服气,他去拜了头子,后来时间长了,他就立牢脚了。

胡三夜里拉的人,大都是跑码头做生意的,下火车的时候,一般没有什么明确的目的地,坐黄鱼车,还希望连带介绍一家栈房,胡三就和几家小旅馆熟悉了,有客人,拉过去,还有得吃回扣。

胡三打了几个月野鸡,从来没有拉过女人,女人家,下了火车,看见胡三这样的人,就避避开。

有一日胡三倒接到一个女客人。那一日天下雨,出来踏车子的人不多,车站那边稀稀落落,胡三就看见一个女人立在出口处的阴暗角落里,胡三走过去,看看她,是个小姑娘,他觉得面熟,好像在哪里见过,他朝她笑笑,她也朝他笑笑,胡三就问:"你要不要坐车?"

小姑娘问:"什么车?"

胡三说:"黄鱼车。"他看她犹豫不决的样子,就说,"你放心,我不是坏人,我天天在这里接人的。"

她就笑起来说:"我不怕你是坏人。"

胡三说:"不怕我是坏人,你过来吧,我送你,到哪里?"

小姑娘说:"我不晓得我到哪里。"

胡三说:"噢,你要介绍栈房,包在我身上。"

小姑娘说:"好,跟你走。"

路上,胡三和她搭讪,她只是笑,不说话。

胡三把她拉到一家小旅馆,熟门熟路地把服务员叫出来,说:"来客人了。"又对小姑娘说,"好了,你可以住下来了,你这种女人家,胆子蛮大的。"

小姑娘付车钱给胡三,胡三又朝她看看,这张面孔是有点熟悉。

胡三走的时候,小姑娘追出来,说:"哎,我看你这地方很熟,你能不能帮帮忙,帮我在这地方租一间房子。"

胡三说:"你这个小姑娘,野欲欲,少见的,烦不过,你不怕我骗你啊。"

小姑娘说:"你这个人,你肯不肯吧,不肯拉倒。"

胡三心里一跳,说:"我们那里,是有一间空房子的,房东要租出去。"

小姑娘问:"在哪里。"

胡三说:"灰堆园。"

小姑娘笑笑:"灰堆园,名字倒蛮滑稽,好的,我现在就跟你去。"

胡三听她这样说,就吃不准了,现在外面女骗子的事,他是听说过不少的,他说:"今朝太晚了,你在这里住一夜,明朝我去问问房东，再来回头你。"

小姑娘说："你不是骗子吧，明天你不会不来吧？"

胡三说："不会的。"

服务员就在边上寻开心，说："他逃不脱的，他是胡三。"

胡三回到屋里，把这桩事体讲了，大家一致认为，这个女人不是好货，叫胡三不要去找她了，胡三想想是有点不对头。

第二日一大清早，小姑娘寻上门来要租房子，胡家的人都很紧张，胡大女人和胡二女人告诉她："胡三豁嘴豁片，那间空房子，不好住人的，里面不干净，前几日里面死了一个老太婆。"

小姑娘说："不要紧的，买点消毒药水消消毒好了。"

胡大女人说："不是这个不干净，人家说里面有那个。"

小姑娘笑了，说："噢，我晓得了，你是说鬼啊，我不怕的。"

胡大女人就不好再说什么了，她背地里同胡二女人说，这个小姑娘，不晓得是什么花头呢。

小姑娘叫胡三领她去看房子，胡三只好去，先和房东谈价钱，又去开门看房子，当场就拍板成交。

胡二女人就去叫了户籍警老汤来了，老汤向小姑娘要证件看，小姑娘就叫老汤一个人进去，把证件交给老汤看，老汤看过，对她说："你住吧。"

老汤走出来，大家问老汤，老汤是个一本正经的老警察，口风紧得不得了，说："不管你们的事。"

小姑娘就在灰堆园住下来，和从前大阿婆二阿婆一样，灰堆园的人，不大看见她走出来，他们去问房东，房客在屋里做什么，房东说不晓得。

灰堆园的人里，只有胡三进去过一次，出来说没有什么，一张台子，几把靠背椅子，一张小床。胡三是去帮她搬家什的，家具摆好，胡三一身臭汗，小姑娘拉住他的手，同他握握手，说谢谢。

胡三很激动，反过来又去拉拉她的手，她朝他笑笑，不像别的小姑娘，要把手抽开。

过几日胡三碰见她，问她手痛不痛，她说手不痛，有点莫名其妙的样子。

胡三开心煞了，回去告诉屋里人，胡仁德就起劲了，说："真的，你拉她的手，不痛？"

胡家屋里的男人都说作兴是缘分。

胡家屋里的女人却说这个小姑娘肯定不好的，不许胡三去惹她。

胡家里，女人比男人凶。

可是胡三心里，总归觉得是有点缘分，不然为啥那张面孔这么熟呢。胡三想来想去，想得夜里睡不着觉。总算给他想起来了，他搭了凳子爬上去，要把大阿婆送给他的那幅画从大橱顶上拿下来，可是摸来摸去摸不到，打了电筒照，橱顶上空的，什么也没有。第二日他问屋里人有没有看见，胡大女人说，上次打扫卫生是看见有一卷破支落索的纸头，随手一丢，也不晓得丢在哪里去了，作兴给小人弄掉了。

下次胡三再碰到小姑娘，看那张面孔，他就吃准了，上去戳穿她，他说："喂，你是大阿婆二阿婆的亲眷，对不对？"

小姑娘说："什么大阿婆二阿婆？"

胡三问："你不认得大阿婆？"

小姑娘说："我不认得。"

胡三说:"就滑稽了,不认得,她怎么会有你的画像,大阿婆送给我的画像,就是你这张面孔。一脱一样的。"

小姑娘说:"我真的不晓得。"

胡三看她真是不晓得的样子,就说:"滑稽,真是滑稽,一脱一样的。"

小姑娘说:"有什么滑稽,一脱一样有什么滑稽?"

说过她就走了。

胡三立了半天,想想她说的话是有道理的,一脱一样有什么滑稽呢,千奇百怪的人,到后来都是一脱一样一堆灰呀。

白手绢

戴保成老掉了。

戴保成活在世上的时候，与众不同，戴保成死到阴间也是别出心裁，独出一只角。

那天夜里，戴保成吃饭吃了两碗粥，一盆小葱拌豆腐，咂咂嘴，觉得滋味不错，还想再吃一点，粥没有了，不多不少，他烧了半锅子，恰好两碗。戴保成稍微有点失望，吃过夜饭，他洗了脸，还擦了一点雪花膏，然后关好了窗，锁好了门，拿出早就准备好的寿衣，认认真真地穿上，熄火关灯以后他没有上床睡觉，而是摸到屋里的那张床上，躺下来躺得毕工毕整，舒舒服服，一切事体做舒齐了，他闭上眼睛，在自己脸孔上盖上一块白手绢。

戴保成老掉了，大家不晓得。吃茶的老人提起来，说，咦，戴保成今朝没有来吃早茶，大概身体不松了；看水龙头的三婶婶想起来，说，咦，戴保成今朝没有来立大门前，大概去看儿子了。隔壁相邻里，谁也没有发现戴保成不见了。戴保成实在太老了，老得人家不把他当物事了。

到戴保成的死尸烂起来，气味散出来，隔壁钱家的毛毛头蹦进蹦出地唱：鸡屎臭，鸭屎臭，鸭屎臭，鸡屎臭……吵得七荤八素，大人才闻到了一股异样的气味。

大家不敢去开戴保成的门，就去寻了戴保成的儿子和孙子来，门撞开来，毛毛头第一个挤进去，被自己阿爹拎了耳朵拖出来。可是阿爹的手一松开，毛毛头又溜进去，看戴保成的死尸比什么都有劲，比西洋镜还好看。毛毛头从大人的腿叉又往里钻进去，面贴面地立在戴保成门前。

毛毛头是个皮猢狲，大人也把他没办法。还是戴保成的死尸要紧，大人就不去管毛毛头了。

戴保成的死尸烂得搬不起来了，殡葬工人也嫌腻心，叫家属搬。戴保成的儿子戴了一双手套两只大口罩，戴保成的孙子戴了两双手套三只大口罩。戴保成的孙子说戴保成："活在世上惹人，死到阴间害人。"戴保成的儿子说戴保成："活在世上作孽，死到阴间罪过。"

无病无痛，一个人死在屋里，总归有点不清不爽的。公安局来了几个人，拍了几张照片，寻几个隔壁邻居东问问西问问，问大家死人的物事有没有动过，大家全摇头，讲自己没有动，摇过头又动脑筋想别人拿了没有。想来想去，想出来少了一块白手绢，就是盖在戴保成面孔上的一块白手绢。排来排去，总归是毛毛头拿的。寻毛毛头来问，毛毛头倒也不赖，说是拿去包炒米花吃的。

"哦哟哟，腻心煞了！龌龊煞了！"

"啊呀呀，不作兴的！不吉利的！不吉利的！"

"老法里讲起来，抢死人的物事，要触霉头的……"

相邻里的人都很大惊小怪。

毛毛头的娘为此给毛毛头的阿爹训了几句，气不过，敲了毛毛头几个毛栗子。

公安局的结论第二天就来了，戴保成不是自杀，不是他杀，是自然死亡，也就是老死了。

戴保成老熟了。

戴保成是老了，活到九十一，寿终正寝，福气不浅了。小巷里不晓得有几个能修到这等地步呢。

后来弄堂里有个老太太来寻毛毛头，向他讨戴保成的白手绢，毛毛头不肯。老太太就吓毛毛头说戴保成的鬼要来抓他去，毛毛头只有六岁，弄不清什么是鬼什么是人，不吃吓，老太婆就去买了糖来换白手绢，毛毛头馋糖，去寻那块手绢，手绢不见了，糖没吃着毛毛头哭了一场。

毛毛头有一天到萍萍家去寻美丽。

毛毛头其实并不喜欢美丽。他以为美丽太胖，他嫌她有一个肥硕的屁股和一段粗壮的腰。

可是真真喜欢美丽。

真真为什么喜欢美丽，毛毛头不知道。可是既然真真喜欢美丽，毛毛头就不能不喜欢美丽。也不知道这是谁规定的，反正大家都这样。

昨天夜里美丽没有回来睡觉，毛毛头不知道。早上真真来，找不到美丽,小鼻子小嘴小眼全有点走样。

毛毛头赶紧讲真真你别急,我去找美丽。

毛毛头顶讨厌早上的这种毛毛雨。落在身上好像一直湿到心肝肚肠里,心肝肚肠黏滋滋的,不爽快。三多巷里的石卵子路很滑,毛毛头想看看有没有人踏自行车摔倒,结果没有看到。

老隔年和聪聪照例坐在老地方,不晓得是晒太阳取暖还是吹风乘凉,这时候这地方既没有太阳也没有风,只有像雾气一样的毛毛雨。

这是一个很旧的河滩,有一个破的台阶,下面是一条小河,河水很脏。老隔年和聪聪就一直坐在这个地方。

毛毛头没有看见他们,一阵风走过去。

老隔年说:"喂,毛毛头,你过来。"他的声音像早晨的三多巷一样阴森。他还吐了一口浓浓的痰在地上。

聪聪就用一想小棍子去拨那口痰,黏黏的,吊起来,咦咦地笑。

毛毛头很恶心他们。

老隔年却贼忒兮兮地说:"毛毛头,你脸孔上有喜气啊,你日里有桃花运呢。"

毛毛头倒乐了:"啊啊,那我和谁谁谁呢?"

聪聪丢开拨痰的小棍子,念叨起来:"美丽美丽美丽美丽……"

毛毛头咒了他一句话,看见老隔年脸孔上猥琐的笑,他走开了。

老隔年便冲着他的背喊:"找美丽呀,美丽在翠花家呢。"

于是毛毛头就去翠花家找美丽。

三多巷里的人都知道老隔年的眼睛最凶,这巷子里什么事情也逃不脱他的眼睛,这世上什么事情也逃不出他的眼睛。

毛毛头突然想起,以前曾听阿多说过,有个叫翠花的老女人早已经死了,是在另一个叫什么名字的老男人死了之后不久,她就死了。

毛毛头愣怔了一刻,又想起那好像是个梦。

毛毛头对着阴阳怪气的毛毛雨"呸"了一口,就到萍萍屋里去找美丽。他好像觉得老隔年是这样指点他的。

萍萍的屋子在三多巷的尽头,屋子很旧,青砖头全露在外面,墙上还有青苔和一种枯死的藤。毛毛头知道那间屋子里还有一口井,一口深井摆在屋子当中,想起来是有的阴森的。早晨下毛毛雨的时候,毛毛头就走到这里来了。

毛毛头敲敲门,没有人说话,他就自己推开了门,他一眼就看见美丽和小白在煤炉边上玩耍。美丽看看毛毛头,马上做出一百米赛跑起跑的姿势,小白倒不怕他,不仅不怕,还恶狠狠地盯着他,两只眼睛射出兰光,令人毛骨悚然。而这兰光,在美丽看来,大约无比温柔,无比可爱可亲的呢,要不然,她何以又做出那种媚态呢。

毛毛头正要过去招呼美丽,萍萍突然从一个看不见的角落里走了过来,向毛毛头伸出手。

毛毛头退了一步,问她:"你要什么?"

"手绢,你还那块白手绢给我。"萍萍逼上一步。

毛毛头又退了一步:"什么手绢,你说什么?"

"戴保成的手绢,是我送给他的,你偷走的,你还给我……"萍萍又逼上一步。

毛毛头莫名其妙:"什么戴保成,我不认识戴保成,谁是戴保成?谁叫戴……"毛毛头还想责问下去,突然地发现萍萍张着的嘴是一个幽深无比的黑洞,他听见萍萍嗓子里发出了呼噜呼噜的声音,紧接着毛毛头又看见萍萍有一双穿着大红绣花鞋的三寸小脚。毛毛头魂不附体,顾不上美丽,便夺门而逃,他听见背后屋里发出一阵少女的清脆的银铃般的大笑。

毛毛头皱了皱眉,他实在不明白,萍萍在搞什么名堂,反正他是不想再回到那个屋子里去,他得想几句话回去骗一骗真真。

毛毛头走过老隔年和聪聪坐的地方,看见有两个女警察在同老隔年讲话。毛毛头没有在意。

毛毛头不能马上回家,真真会说他拆烂污,会怪他没有真心实意地去找美丽。毛毛头于是到烧饼店混了一会儿,又到老虎灶泡了一阵,后来他还想去找憨卵,碰到憨卵阿姐说憨卵一清早就到厂里去了,毛毛头心想憨卵现在真积极,礼拜天还要去加班。

毛毛头看看时间差不多了,骗真真的话也编好了,毛毛头就回家去了。

在家门口他碰见了怒气冲冲的真真。

"我问你,"真真的脸有点歪斜,"你到那个骚货家去做什么?"

毛毛头觉得这毛毛雨真晦气,满天满地的晦气。毛毛头面对真真的凛然正气,好像真的找哪个骚货干了什么脏事。他在真真面前永远不回嘴,并没有人教他这样做,从来没有,好像是从娘肚子里带出来的本领。而且他相信憨卵也是这样的,老上也是这样的,年伟黑皮他们都是这样的。

真真后来突然又笑了起来,露出一排很好看的白牙。毛毛头便想起萍萍嘴里那个可疑的深深的黑洞,他肯定记得,萍萍的牙比真真的牙还要漂亮。想起萍萍,他便又糊涂了,他想,什么手绢戴保成,他怎么也想不明白。

真真后来又突然不笑了,嗓子很尖很凶地说:"你吃在碗里还要看锅里,你不知道那锅里是一堆臭货啊!怪不得人家说你偷过戴保成的手绢,你是戴保成转世……"

毛毛头听不懂,他不知道什么戴保成,也就没有把真真的话放在心上。可是他的心里一点也不舒服,他讨厌早上的毛毛雨。

戴保成九点钟就到大门前去"上班",站在门口看走来走去、忙出忙进的人,然后总归在十一点钟回转去烧饭吃。

戴保成站在大门前的时候,总归一动也不动,隔壁钱家五岁的毛毛头就在戴保成的腿叉叉里钻来钻去,好像钻庙里的大菩萨,戴保成从来不骂人,也不踢毛毛头。

毛毛头于是问戴保成:"太公公你在看什么?"

戴保成从来不回答。他回答不出来。他好像看见许多许多,又好像什么也没有看见。

看水龙头的三婶婶就笑嘻嘻地说:"太公公等翠花呢。"

毛毛头不知道什么叫翠花,觉得没有趣,就蹲下去看蚂蚁打架。

三婶婶也觉得没有趣,她就和戴保成说话。三婶婶就问戴保成年纪轻的时候是怎么和翠花勾搭上的。

戴保成看看蹲在地上的毛毛头,笑眯眯地说:"你说勾搭上吗,我不记得。"

三婶婶开始觉得有趣了:"大家都这样说的,你不记得,人家记得的。"

保成仍旧笑眯眯,嘴巴"噢噢哎哎"地答应,眼睛仍旧在看巷子里走来走去的人，脑子里又像是很糊涂，又像是很清醒。反正他什么事情也没有。

戴保成是清闲了一辈子的。

戴保成年纪轻的时候也做过事，他开过一个看痔疮的诊所，号称"割痔不用刀，割痔不出血"，却从来没有听说有人去看那个诊所里"割痔"，戴保成的高明的不用刀又不出血的医术，大家也就不怎么承认。诊所赚不了几个钱。戴保成开业从来不用心思，他说开业也是消闲。

人活到这份子上，也算是惬意到顶点了，恐怕是前世里修来的。

戴保成自己并不晓得前世里修了什么，戴保成倒是有些能供他享清闲的上代。

戴保成的上代确确实实是祖传看痔疮的。从前看痔疮不像现在这样方便，所以开业治痔疮，且又有点名声，又有点本领，生意是很兴隆的，在扬州城里响了半片天，和瘦西湖的名气倒也差不多。戴保成的上代，好玩古董，寻了钱就去买些回来，放在家里，那时候，古董也不很值钱，也好觅，所以戴保成家里古董很多，戴保成小的时候，拿来当玩具，上代里也不说什么。后来戴保成的上代都没有了，古董却都还在，这时候古董就开始值钱了。戴保成不会玩古董，却很会用钱，没有钱他就不能享清闲。这些古董是他的定心丸，识货的人说，戴保成一世人生连同家小任吃任花，也是花不了的。

戴保成后来在扬州待厌了，听人家说苏州地方更好，就携了原配夫人扬州女人搬到苏州住。

扬州女人是老思想，规劝丈夫寻份事情来做做，老人都说坐吃山空，老人的话总归是有道理的，何况以后总归还要生儿育女的。

戴保成就开业了。

戴保成开业，病人来求诊，他就要同他们说闲话，就要贴出香烟茶钱，话说得投机了，戴保成就以为是朋友了，是朋友诊疗费就不好多收人家的。

于是后来大家说便宜没好货，都不去找他看状元痔疮。

戴保成就给一些很穷的人看看病，也不收什么钱。

扬州女人说你这样开业不如不开业。

戴保成说还是开业好，开业总归有几个人来消消闲的。

扬州女人说你嫌清闲日子也不好过，就生个小孩忙一忙吧。

后来戴保成就做爸爸了，他有了一个儿子，叫戴碌。

戴碌生出来，忙碌碌的只是扬州女人，戴保成还是清闲。

扬州女人说，这是命。

后来戴保成就老起来了，扬州女人也不在了。戴碌和戴碌的后代不同戴保成住在一起，戴保成从前的老朋友有的归天，有的搬迁，戴保成就更清闲了。

再后来戴保成就想出了一个清闲的办法，他每天到大门口来看人。

五岁的毛毛头不知道戴保成看什么，其实戴保成自己也不一定知道自己在看什么。

看水龙头的三婶婶说他从前和翠花怎么样，戴保成实在是想不起来了。

三婶婶就笑他，说："多情女人薄情郎，你倒忘记了，人家还送给你白手绢。"

戴保成想想好像是有一块白手绢,扬州女人还哭闹了一场。

三婶婶就以一种什么都知道的口气对戴保成说:你要是没有和翠花那个,她男人做什么要打上你的门去。

戴保成于是又想起来一些事情。翠花原先是在堂子里吃饭的,每天吃过夜饭就出去做事。戴保成看见她干瘪丝瓜一样精瘦,就很可怜她,后来好像花钱把她买出来的,又给她找了一个男人,是一个来看痔疮的踏三轮车的男人。后来翠花和那个男人生了五个小孩,是男小孩还是女小孩,戴保成不知道。翠花的男人做什么要打上门来,戴保成想来想去,不记得自己和翠花睡过觉。

三婶婶就以一种什么都知道的口气对戴保成说:"你若是没有和她怎么样,你老婆做什么要走掉,后来你的儿子做什么不和你住在一起,还有你的古董都到什么地方去了,还有——"

毛毛头捉了一只蚂蚁放在三婶婶枯干的腿杆上,蚂蚁可能咬了三婶婶一口,三婶婶叫起来,又跳起来,骂毛毛头,又要去捉毛毛头。

毛毛头逃走了。

三婶婶不理睬毛毛头,她同戴保成讲话还没有讲完,三婶婶所以还是对他说:"你不承认,人家都承认了,人家说是你先看中她的,不过这句话我们是不相信的,她做惯那种事情的,总归是她先拿出本身来勾掉你的魂,你说是不是,你说对不对,你说——"

戴保成看弄堂里的人走来走去。三婶婶说他怎样怎样,说那个翠花怎样怎样,他一点也记不得。三婶婶又说了好多话,又说什么论年纪他可以做翠花的爸爸,又说什么论长相翠花是看不中他的,又说什么翠花是看在钱的面孔上,又说什么扬州女人到大街上去骂他老不入调,到翠花门前去骂骚狐狸,用扬州口音骂苏州话,惹大家发笑,又说什么什么什么什么,戴保成都记不起来了。这些事,也许是真的,也许是假的。戴保成的眼睛有点糊涂了,戴保成的心里也有点糊涂了。

毛毛头又走过来,对三婶婶说:"你是醉蛙,你是醉蛙。"

毛毛头说醉蛙,戴保成听不懂,三婶婶也听不懂,他们都没有理睬毛毛头。可是毛毛头打断了三婶婶的兴头,她很生气,就很凶地对毛毛头说:"去吧去吧去吧,你这个小瘪三,从小就这样惹眼惹气,长大了必定也是个什么什么。"

毛毛头听不懂,朝她看看,就走掉了。

毛毛头的阿爹也很老了。

他早上起来就很生气地问毛毛头,谁家的小孩哭了一夜。

毛毛头很好笑。他从前听阿爹嘲笑戴保成说戴保成八十几岁就看不清人的面孔了。

现在毛毛头的阿爹也刚刚过了八十。阿爹说夜里是小孩哭,毛毛头很好笑。

毛毛头知道那是美丽。春天到了,美丽自然要去谈恋爱的。

另一个声音毛毛头听出来不是小白,美丽大概又交了新朋友。

毛毛头有点看不起美丽,又有点羡慕美丽,有许许多多的小白明白美丽的心思,那个不是小白的新朋友,和美丽谈了一夜。毛毛头不明白美丽和朋友们哪来那么多的共同语言。这恐怕就叫情深意长。

毛毛头心里突然很惆怅。他就到井台上去刷牙洗脸。

毛毛雨总是没完没了，石卵子很潮，很滑，三多巷就是这样阴森起来的。

井台上却是比较热闹的。

毛毛头看见憨卵也在。憨卵看见毛毛头过来，就一本正经地告诉他：萍萍吃官司了。

毛毛头于是发现井台上的人都很激动，都在谈论萍萍的事情。

他们都很气愤地说萍萍原来是那样的货色。

毛毛头这时候想起来谁说过那个翠花也住在三多巷的顶头。

他们又都很眼红地说萍萍做那种事情一夜能赚几十块。

他们然后一致认为这种钱是最脏最恶心的，然后他们又讨论萍萍家里的大人知道不知道萍萍在做这种事情，会不会用萍萍赚来的钱。

后来又有人来发布最新消息，说萍萍家里的人已经和萍萍断绝一切关系。萍萍从此不再是他们家的女儿，不再可以姓他们家的姓，也不再可以回他们家。

大家接着就很杀瘾地说这叫报应，萍萍家里的大人都是很小气的，萍萍的几个兄长阿姐也是很小气的，却出了这个大方的萍萍。想想连那个都肯卖，不大方能卖吗？

然后又有人很公正地说也不怪萍萍家的大人，萍萍做出这种事情来，还能认她做女儿吗，不敲死她就算便宜她了。

他们都很公正地点头称是。

毛毛头听了一阵，他想回去，在这里他什么也不想说。

毛毛头讨厌早上的毛毛雨，可是毛毛雨总归在下，总归觉得毛毛头心里不畅快。

大家都去上班了，井台上也就和巷子里一样阴冷。毛毛头看看美丽从他身边溜过去，朝一个方向迅速地奔走，然后就不见了。

老隔年和聪聪自然是坐在老地方。

毛毛头走过去就听见老隔年在"咯咯咯咯"地笑。

老隔年对毛毛头说："毛毛头你过来，我看看你的相，你要生一场大病的。"

聪聪就吸溜着鼻涕，"嘿嘿嘿嘿"地笑。

老隔年说："人人都要生病的，每个人生病总归有生病的时间，你现在到生病的时间了，你是要生病的。"

毛毛头想老隔年怎么什么都能看见呢。

戴保成原先是不到居委会的茶室里去吃茶的。他嫌那个茶室太小，没有派头，茶叶太蹩脚，水也不鲜。他总是到大街上的茶馆店里去吃茶。那里的茶用紫砂壶泡的，滋味是很好的。后来戴保成老了，跑到大街上去很气喘，他走不动了，只好到居委会办的小茶室来吃茶。

戴保成刚开始老的时候，大家对他还是蛮敬重的。后来戴保成老得有点糊涂了，自己也不晓得敬重自己，大家就开始拿他来寻开心。

戴碌从小就看见戴保成荡悠荡悠，什么事情都不做，老娘忙得七荤八素，他也不去相帮一把的。后来又听老娘讲戴保成和一个女人怎么样怎么样，所以戴碌是很看不起戴保成的。戴碌后来上了大学，有了工作，就不再和戴保成住在一起，而且把老娘也接走了。

戴碌平常是很少来看戴保成的，戴保成好像也不怎么样想戴碌。

戴保成已经很糊涂了。

吃茶的时候，别人就问他："戴碌怎么不来看你。"

戴保成想了一阵，笑眯眯地说："什么戴碌，我不记得。"

大家就说："戴碌是你的儿子么。"

戴保成笑眯眯地摇摇头："是我儿子怎么不来看我呢。"

于是吃茶的人都觉得戴保成很可怜，戴保成原来是很想儿子来看看他的。

戴碌有一天就来看戴保成，他来的时候，戴保成不在屋里，隔壁钱家六岁的毛毛头就领他到茶室里来。

戴碌小时候学讲话就没有学会叫"爸爸"，一直到他的儿子会叫他"爸爸"，再到他的孙子会叫他儿子"爸爸"的时候，他也没有叫过戴保成"爸爸"。所以他来见了戴保成，只不过跟戴保成点点头。

戴保成说："你娘叫你来做什么？"

吃茶的人都很好笑，扬州女人已经不在好多年了。

毛毛头就在边上一个人自言自语地说："你娘叫你来做什么。"

戴碌倒没有话讲了，只是拿眼睛来瞪毛毛头。

戴碌因为没有应答戴保成，戴保成就说："你娘的脾气怎么变得这么丑，昨天夜里又来骂人，又是什么白手绢，也不晓得什么名堂。"

戴碌皱皱眉头说："什么白手绢黑手绢，我不管的，我告诉你，你的儿媳妇要向你借一件古董呢，她在单位里做错了账，要赔钱呢……"

戴保成说："你自己去拿么，在大柜子里，有好些件呢……"

戴碌很开心，连忙问戴保成："钥匙呢，我从前看见大柜子锁着的。"

戴保成说:"拿钥匙,钥匙在枕头底下。"

戴碌很快就去了,毛毛头颠颠地跟在戴碌屁股后面。

吃茶的老人就对戴保成说:"你这个人怎么不拎清,你的东西是不能放手的,你放了手,你以后怎么办?"

戴保成听不懂,很糊涂地说:"你说什么东西,我没有什么东西。"

戴碌很快就回过来,很气愤地对戴保成说:"你骗人啊?什么大柜子,连那个小柜子都不在了,都给你卖掉了,你骗人啊!"

戴保成笑眯眯地说:"我骗鬼呀。"

毛毛头这时候很远地跑过来,哇哇地说:"我看见的,我看见的。"

戴碌回头看毛毛头,看见毛毛头手里拿了一块白手绢。戴碌于是听见吃茶的人在说笑话:"啊哈白手绢,戴保成拿古董家什换来的。"

戴碌看见毛毛头把白手绢举起来要给他,他心里很火冒,就推开了毛毛头,很凶地对毛毛头说:"你这个小人怎么这样讨厌!"

毛毛头听不懂,就拿了白手绢去玩了。

戴保成看着毛毛头,他很开心。

毛毛头发寒热,热度有三十九度九。

毛毛头躺在床上哼哼哼哼。

毛毛头的阿爹就啰里吧嗦地怪毛毛头的娘,说是她宠了毛毛头随便地干什么就干什么。

毛毛头家里的人都很着急,送毛毛头去看病,又打了针,又吃了药,热度却还升高。

就有人去告诉真真。

真真说他的事和我没有关系。可是她说了这句话以后,还是到毛毛头家里来了。

毛毛头躺在床上胡说八道,说什么戴保成还有什么白手绢和一个听不清的女人名字。

真真吓白了面孔。

毛毛头的阿爹说:"作孽噢,作孽噢,不会是戴保成吧。"

毛毛头的娘就说:"毛毛头是不晓得戴保成的,那一年毛毛头六岁,毛毛头不记得的,他不晓得什么白手绢。"

真真于是哭了起来,别人也不晓得她做什么要哭。

毛毛头在床上胡言乱语,胡说八道,而且还哼哼哼哼。

毛毛头家里的大人就去求老隔年,老隔年会看相,还会消灾除病。

老隔年就来帮毛毛头消灾。他把毛毛头家的人都赶出去,然后就把戴保成、翠花以及戴保成和翠花的事情原原本本讲给毛毛头听,只不过隐瞒了一段和他自己有关联的事。

三多巷里的人都知道老隔年一世人生心里亮堂,精得绝顶。其实老隔年年纪轻的时候,也犯过糊涂,做过不精明的事情。老隔年从来没有见过翠花的相貌,只是听大家说翠花是很漂亮的。老隔年于是想翠花既然是做那种事体的女人,就必定是个烂污货,必定是认钱不认面孔的。老隔年所以也想尝尝这个女人的滋味。老隔年就凑足了钱,也去敲翠花的门,结果被翠花浇了一头洗屁股水,落汤鸡一样逃了出来。

毛毛头坐起来，笑眯眯地说："戴保成是有一块白手绢的？是翠花送的？"

老隔年说："恐怕是翠花做梦呢，恐怕是戴保成做梦呢，恐怕是大家做梦呢。"

毛毛头笑："你骗鬼呀。"

老隔年也笑："我骗鬼呀。"

两个人就心照不宣地笑。毛毛头也不会去拆穿老隔年，老隔年也不怕毛毛头拆穿他。老隔年的名气不是一日两日起来的，三几个毛毛头是拆不穿的。

老隔年开门出走了。毛毛头家里的人和真真就冲进来，看见毛毛头坐在床上笑，热度只有三十六度，毛毛家里的人都说：啊啊老隔年，啊啊老隔年。

后来憨卵下班回来，就进来看毛毛头，看见毛毛头还赖在床上，憨卵就把他拖起来，给了他一拳头，说："你小子装腔，吓鬼呀。"

毛毛头说反正我又不吓你。

憨卵甩了一根香烟给毛毛头，说："走吧，走吧走吧，跟我走，年伟弄到一副骨牌，好货色，三缺一去摸几把……"

毛毛头问他："来什么。"

憨卵说："来香烟。"

毛毛头就从五斗橱里拿了几包香烟，塞在裤子口袋里。

憨卵拖了毛毛头走出房间，穿过客堂，毛毛头家里的人和真真都弹眼落睛地朝他们看，好像看两个陌生人。毛毛头就是在这种目光下镇静地穿过客堂，穿过天井，走到大门口，出大门的时候，毛毛头回过头来看看，看见真真的面孔。

毛毛头心里想，你一块白手绢也没有送给我。

后来真真还是和毛毛头好的，并且很快他们就要结婚了。

毛毛头很高兴，可他总是不明白真真的心思。他只是在憨卵的教唆下，到真真家里去了两次，诚恳地解释了他和萍萍从前没有什么事，以后也不会有什么事。

真真就又到毛毛头家里来玩。

毛毛头和真真结婚前，美丽生产了，一次生了五个。个个和美丽一样胖，都有一个肥硕的屁股和一段粗壮的腰。美丽现在完全是一副做母亲的样子。毛毛头也不必去追究到底是和小白生的，还是和其他谁生的，毛毛头只是有点羡慕美丽，也有点羡慕美丽的孩子们的父亲。

门堂间

上

门堂间有两扇门。

前面的门对着街,后面的门对着天井。前面的街上很热闹,人来人往,后面的天井也热闹,天井里人家多,事情也多,所以宋老先生住门堂间,住了几十年也不厌气。

宋家不是住房困难户,他们有朝南的大房间,还有朝东的厢房。毛头说:"阿爹你搬出来,我住门堂间吧。"

毛头是宋老先生的大孙子。毛头是孝顺的,不过他也向往住门堂间的自由。他们家把朝南的大房间一隔为二,毛头住前面半间,毛头的爷娘住后面的半间,毛头住的地方就变成了穿堂间,所以毛头在家里的一切活动逃不过大人的眼睛,毛头想自由。

可是老先生说:"门堂间我是不让的。"

毛头说:"哎呀,老大爷,跟你换,是为你好呀,门堂间刮风漏风,落雨进水,有什么好呀。"

毛头的爷娘也说:"就是,你搬出来吧,让毛头住门堂间,不然人家要骂我们的。"

老先生没有办法,他就告诉他们:"我跟你们说,门堂间只有我可以住,我住了就太平。你们进来住,要见怪的,以前没有告诉你们,门堂间是有怪……"

毛头他们就很有劲,问有什么怪。

老先生就说起从前的事。从前宋老先生的二伯父,买了一口寿材,放在门堂间,有一天夜里,二伯父养的一只小狗就趴在门堂间的板壁上哀哀地哭了大半夜,到天亮时候,二伯父吐血而亡。大家都说是怪,二伯父的身体,原本是很好的。

宋老先生的二伯父,其实就是他的亲生父亲,因为他是过继给大房里的,所以把自己的父亲叫作二伯父。其实二伯父是因为破产而死的,破了产,伤了心,就吐血,就死了。

宋老先生是常常要讲一点点古,可是关于门堂间里的怪,关于一只小狗的哭,还是第一次讲。毛头虽是个人模人样的小伙子了,听了以后,就不再提换房的事了。

从前宋家里的人,在商界是有点名气的。宋老先生的二伯父宋子深早年就在苏州城里开了很大的米行,由于经营得法,事业不断发展,后来十分兴旺。有一年宋子深到乡下小镇检查下面的代理人收购稻米,他去的那个古镇,是一个商民繁会的地区,方圆数十里农村，十多个乡镇的物资都在这里集散。由于当时还没有公所，没有专人专事管理进进出出的农产品，多而又杂，尤其是稻米的集散十分混乱，宋子深后来就在这里创设了第一家米酱行，商号宋和美。宋子深叫自己的阿舅做了经理，开行时就有职工七八十人，到旺季雇临时工有头二百人，为古镇商业的发展、经济的繁荣起了第一推动力的作用。

但是到后来几年的情况，宋家的人并不很清楚，因为那时候宋子深不让小辈继承他的事业，他要叫小辈读书，所以也从来不带他们到乡下古镇上去。一直到他死了，家里人才发现宋家在小镇的事业早已败落，究其原因，是他的父亲弄不过后来发展起来的当地势力，一直到被挤垮为止。因为宋子深在后来的几年，将大部分的力量投到下面去，所以下面一垮，宋家的实力受到了极大的影响。但宋家里毕竟家大业大，在城里还有一些店行，好歹让小辈支持下来。

现在宋先生老了，就常常要拿那些古话来讲给别人听，嘴角上总是有两堆白沫。人家烦他，就说："老先生哎，唾沫是精神，你养养精神吧。"他就很不开心。人到老了，不开心的事就多起来。有许多本来跟他不搭界的事，也会惹得他不开心的。

同天井住的老潘，是给单位看看大门的一个工人，文化不高，却喜欢弄盆景，宋老先生是很不以为然的，说老潘弄盆景是阿胡乱，人家老潘气量大，也不同他计较，但心里发犟劲，要弄出点名堂来给他看看。

老潘果真就弄出名堂来了，他培养的一盆五针松，取名"老龙探海"，参加一个盆景大赛得了第一名。

"老龙探海"得胜回来，老潘把它放在天井当中，正对门堂间的后门。邻居里晓得了消息的,都来看"老龙探海"。来看的,自然都要说几句客气话,宋老先生走出门来,看见大家围住老潘。

毛头问老潘:"一等奖,奖了什么,拿出来看看。"

老潘笑眯眯地,不响。

别人就应和毛头,让老潘把奖的东西拿出来看。

老潘拗不过,就进去拿出来,一看,是一套书,十来本,都是讲怎样搞盆景,怎样养花的。

大家开心地大笑,老潘也笑。

宋老先生走过来,拿一本书来翻翻看看,说:"什么叫'盆景的意韵',你懂吧?"

老潘毕恭毕敬地说:"不大懂,我就想来请教老先生呢。"

老潘是真心的,他晓得老先生从前读了不少书,是真有学问的,老潘是很尊重他的。

宋老先生叹口气,有点恨老潘这块铁不成钢的样子,说:"盆景讲求意韵,要做到迂回入画,且画中有诗,诗中有情,情中有韵,使人观赏之后,感觉余韵悠扬,浮想联翩……"

说得老潘不住地点头,嘴里直说:"是的,是的,是的是的。"

毛头这时候来煞风景,说:"阿爹,你这么懂经,你也弄几盆看看,也去得个奖呢。"

老先生摇摇头,说:"君子动口不动手也。"一边说,一边背着手往外走,把诚心求教的老潘晾在一边。

毛头对老潘说:"你捧他个热屁。"

老潘说:"我是不懂,我文化低,瞎弄弄的。"

老先生走到门口,又回头,对老潘说:"几时有空,我细细地同你讲讲。"

毛头他们又笑,老先生一天到晚,时间好像很紧张的样子,比上班人还忙,走到东走到西,总有他要管要讲的事情。

到下昼,宋老先生就去泡混堂,他七十五岁的年纪,身体算是健的,自从去年前面大马路上的温泉浴室开辟出一个堂子,有了高档设施,高档服务,老先生就经常要去泡混堂了。

老先生出了大门,就看见街对面的大树下摆了棋盘。老先生走过去,看了一会儿,就叫红方走当头炮,红方没有睬他,他又说红方是臭棋,人家烦他,说:"唉,谁臭棋来下一盘就晓得了,你来不来?"

老先生摇摇头,叹口气说:"现在的人。"就一径到浴室去了。

宋老先生买了票进去,就见老吴在忙。老吴是温泉浴室的老工人,冒六十了,还在做。从前他是从苏北乡下出来的,没有什么牌头,所以在这里做了大半世的人生,仍然是一个工人。年轻的时候,浴室没有自来水,他是专门帮人家拎盆汤水的。后来有了自来水,用不着拎来拎去,他就帮人家擦背。当中停了十几年,老吴一家门回乡下去了,后来从乡下回出来,就叫他去烧锅炉,现在擦背又恢复,老吴又过来擦背。人家都讲老吴好像是只棋。

老吴同宋先生是老相识,看见宋先生来,就招呼他:"宋先生,来啦。"

老先生点点头,说:"谢谢你,今朝相帮擦擦背。"

老吴说好,把他引到一间小房间门口,说:"你的位子在这里。"自己就去忙别样了。

原先浴池里的躺椅都是摆在一起的,一大间,像旅馆里的统铺,后来改出几小间,小间的收费当然要高一点,但收入却很好。

宋老先生买的这个小间,是双人间。推门进去,就看见另外一张躺椅上,一个大胖子赤条条地躺在上面睡觉,一房间的酒气。老先生勉勉强强地坐下来,刚刚想脱衣裳,大胖子一串呼噜,打得他心惊肉跳。老先生连忙退出来,看老吴不在,就对一个小伙计说:"喂,我不要这一间。"

小伙计看看宋老先生的手里的牌子,说:"没有这么便当,你的号头就在这里,不好变的。"

老先生说:"我要一个单间。"

小伙计看看他,说:"单间,单间是单间的价钱。"

老先生就很生气,说:"啊,你看不起我,我出不起单间的钞票啊?"

声音大了,老吴听见,就赶过来,劝了老先生,叫小伙计帮他去换了单间的票。票价要贵一倍,宋老先生不在乎。老吴说:"你不要同他们计较,他们是刚刚招来的临时工,都是乡下头出来的,还不大懂,现在城里小青年,不肯来做混堂了,浴室要断档了。"

老先生气哼哼,说:"现在乡下人,真是不得了,城里人的世界变成了乡下人的世界了,乡下人,没弄头的。"

老吴虽然在城里住了几十年了,但根子里也是个乡下人,宋老先生这样说,等于是指着和尚骂贼秃,老吴总归不大开心的。何况这一批临时工,还是老吴亲自到自己家乡去招来的,所以老吴就要为他们讲几句公道话。老吴说:"不过我们这里是亏得他们这几个人,重生活全是他们做的,到底是乡下人肯吃苦,倘是换了城里的小青年,不晓得怎样的喇叭腔呢。"

宋老先生想想老吴的话也有道理，就不再说什么，进了单间，脱了衣裳，就下池子泡。池水不冷不热，暖烘烘的，泡得很舒服，宋老先生就不想起来，还是老吴叫他起来。年纪大的人，时间泡得太长，不大好的。宋老先生起来，老吴就帮他擦背，老吴擦背，是很有一套功夫的，叫软硬功。老吴一双手往背上一搭，就叫人说不出的惬意。其实宋老先生常常来洗浴，也没有什么污垢，多出两块钱，擦擦背，活络活络血脉。

擦了背，老吴说："宋先生，你进去睡歇吧，时间还早呢。"

宋老先生就进了单间，躺下来，拿条清爽的浴巾盖了肚皮，就觉得浑身松软。他闭了眼睛，却是睡不着，心里有点闷。他想是不是这个单间太小了，就披了浴巾出来，到外面大间的统铺躺下来。小伙计看见，就笑他，说他寿头。老先生出来占了别人的位子，那个人洗过浴出来，看自己的位子被占了，乐得跟他换，就到单间去了。

老先生躺在外面，不想睡，就想同老吴说话，却不见老吴。他身边的两个年纪轻的人，正在谈什么"吃进抛出""六五四三"，老先生就往边上移一移，离他们远一点，他对这种人嗤之以鼻。后来两个人当中有一个勾过头来看宋老先生，然后就笑起来，说："喔唷，是宋老伯。"

宋老先生也朝他看看，不认识他。

可是人家却是十分亲热，说："老先生，你不认得我了，我上个月还到你屋里去过呢，我同你儿子是一起的。"

宋先生听说是儿子的同事，就不好再摆架子，笑笑，说："噢，我忘性大。"

接着那个人又介绍另一个给宋先生，说是开发公司的王经理。

他不大喜欢这两个人，儿子的同事他也见过，都是儿子一样文绉绉的人，这个人不像，所以，他一边答应，一边说："我弄错了，我的位子在里面。"

宋老先生回到单间，看那个同他换位子的人已经睡着，他不好叫醒人家，就穿了衣裳走出来，也没有同儿子的同事打招呼，就走出去了。

走出来，宋先生就看见老吴立在浴室大门口，低倒了头，正在被一个胖女人骂。宋老先生走近去，看见那个胖女人的唾沫喷在老吴的面孔上，老吴也不避开。老先生看老吴可怜的样子，吃瘪的样子，就过去对那胖女人说："哎哎，有事好商量啊。"

胖女人回过头来朝宋老先生看看，说："你是什么人，你搅什么脚筋。"

被人家一凶，宋老先生就闷了，老吴过来说："宋先生，你出来了。"

宋老先生想说什么，老吴就拦住他："你慢走啊，路上小心车子啊。"

胖女人丢开宋老先生，又去骂老吴什么老百脚、老棺材、老猢狲，宋老先生听了，不敢再多嘴，连忙走开了。

宋老先生因为泡了浴以后没有歇好，就有点疲劳，走过大马路上新开放的旧园林残粒园，他就买了门票进去。残粒园里有茶馆，可以泡杯茶，解解气。可是到茶馆一看，关门打烊，问了，说是地段上停电停水，茶馆也只好歇生意。老先生脚里无力，走了一段，就在一处石栏杆上坐下来歇脚，看多多少少的游人从他眼门前过。

他坐的一处,背后是好景致,有拍照的人来,叫他让开,他就往边上坐,倚在廊柱上,眯了眼睛想歇一歇,后来就睡着了。

后来园工走过来,看见宋老先生在睡觉,就推醒他,说要关门了,叫他出去。

宋老先生困势懵懂走出来,身上有点凉,就打了三个喷嚏,有一点清水鼻涕流下来,他不晓得。他想起小时候他的外婆常常说,一嚏有人想,二嚏有人骂,三嚏有人说好话。

下

门堂间终究是住不下去,宋家的小辈要把门堂间租出去,给人家开店,老先生自然是不肯的,可是儿子和孙子说:"不租房间,没有钱用,你拿钱出来。"老先生拿不出钱来。

近几年来,宋家屋里的日脚总是过得急巴巴,天地良心,倒不是他们宋家里家底子比别人家差,说起来,从前宋家也是苏州城里有点小名气的人家,虽说后来败了,但不过房产家私还是有一点的。只是宋家的人,天生的好吃不好做。老古话讲,坐吃山空,宋家的人也同别人家一样,自己做自己吃,日脚就不能很顺心了。

在每个月巴望发饷的时候,宋家的子孙总是怨自己命不好,为什么宋家上代头的人,可以吃吃白相相,轮到他们,便要自做自吃,总归不服气。

宋家住的地方是比较冷僻的,因为在大马路的背后,大家在这里太太平平地过了几十年或者几百年,可是后来大家就发现世界和从前不大一样了,大马路变得狭窄了。大马路上天天要堵塞,性子急的人，就从这边的小弄堂绕过去。原先这里是三排房子夹两条小弄堂，后来就拆掉了当中的一排房子，变成了两排房子夹一条大弄堂。以后，大马路上挤不过去的车子就一律从这边绕道，再以后，大马路上挤不进的店门，也开到这边来。所以，原来缩在角角落落里的小门堂，现在就金贵起来了。

宋家里的门堂，靠近四岔路口，市口好，所以，寻到宋家门上来租门面的人很多，国营的、集体的、个体的都有。租金多少，叫宋家里只管大胆开口，他们的胃口，好像大得不得了。宋家里的人就发憨，说有的租给你们发财，我们自家为什么不做。可是宋家的人天生的好吃不好做，到左邻右舍的门面差不多都租出去了，他们还没有做起来，后来一家门商量下来，自己既然做不来，还是租出去。

过了几日，就有小工来收作宋家的门堂。隔壁乡邻就过来打听，是什么人租了门面，开什么店。做小工的人说是五龙公司，开五龙商店。别人也不晓得五龙公司、五龙商店是什么。后来，就来了几个乡下人，立在拆得乱七八糟的门口，叽哩呱啦，苏州乡下的口音，讲话就像说书先生说大书，把"我"说成"奴"，把"同志"叫作"疼志"，惹得几个看热闹的小青年笑。交谈下来，才晓得是乡下人进城开店。宋家的房子，开价肯定煞辣，一般人是吃不下来的，现在倒是乡下人派头大。

收作门面的这段日脚，宋老先生总是拎一张凳子，捧一把紫砂茶壶，在门前坐，一本正经地看他们做，看他们挑灯夜战。

别人就过来同他搭牵，问他收多少租金。

老先生说："我不晓得，不多的，一点香烟钞票。"

别人自然不信。但回过头来仔细想想，也是可能的。宋家的小辈，都是能吃会花，何况现在香烟又是很贵，宋家里的人讲究吃，看他们抽烟，不是云便是贵，开销就大了。

宋老先生坐在门前，看人家把他们宋家的屋子弄得面目皆非，心里很难过，就说："这帮乡下人，啧啧，现在乡下人，啧啧。"

别人就说："就是呀，现在乡下人，啧啧，不得了。从前乡下人，孵在田里种稻，做煞，苦煞，现在他们活得落，兜得转，样样到城里来轧一脚。"

大家想想也是的，从前乡下人只晓得在田里闷做，顶多出来卖点蔬菜卖点蛋。现在是拆翻天了，城市里的角角落落，什么地方没有乡下人？乡下人来做城里人的天下，也是没有办法的。

说来说去，总归是牢骚，怨怨世道，也没有别的什么好讲。

几天工夫，宋家里的旧门堂间就换了一只新面孔。看看那些乡下人，十不像，着西装没有着西装的样子，戴领结没有戴领结的派头，但是做起事来倒是蛮洋派的，一个小门面，还专门请了建筑设计室的工程师来设计，所以弄出来，不土不俗，十分气势，居然还有点艺术性，只是"五龙"的店招，有点戳眼，就从骨子里透出一点乡气来了。

店堂收作好，货色就运来了，原来全是土产的工艺品，乡下人自己绣的双面绣，自己做的绢花团扇，还有农民画，画的仕女、山水、花鸟什么的，还有乱七八糟的玉雕、木刻。老先生把这些东西看过，十分不满意，说："粗糙，粗糙，骗骗人的。"

老先生这么说，人家听了自然是不高兴，但碍了他东家的面子，不同他计较，货色好不好，生意做起来看。

接下来把柜台和橱窗都布置好，就开张了。放鞭炮，来了一大帮人，光贺匾就摆了一堆，然后又到前边大马路上的饭店请吃饭。问几桌，说不多，只有十来桌。闹哄哄的人最后终于散了，剩下三个，就晓得是营业员。

营业员两女一男，年纪稍大的女的是负责人，另两个叫她顾主任。年轻的女子叫小叶，还有一个是老宗，六十出头了。

生意就做起来，左邻右舍觉得乡下人开店新鲜，就喜欢过来看他们，看看就看熟了，热络了，什么话也都可以讲讲说说。

店里这三个人相处得总算可以，做事情分工合作蛮顺当，不过后来时间长了，在背底里难免讲讲坏话。别人也就晓得了其中的一点秘密，晓得了顾梅芳的男人是乡下的书记，顾本人是没有水平的，账也算不来，她是靠男人的福，所以在店里她总是说得多，做得少，叶姑娘不在的时候，顾和宗就讲叶的闲话，话说得很不好听，说这是个"骚×"，孵过宣传队，弄大过肚皮，她到一处，总归要弄点事体出来，害人精，说她认了五龙公司董事长做干爷，董事长就做主把她派到店里来。两个女人在一起，就拿老宗来当话题，别人听起来，老宗身上好像没有什么龌龊，倒是有点光荣。可惜这点光荣现在是不值钱了。老宗也算是老革命了，讲起来，现在的县委书记的老头子，当年同老宗是一起的，那时候他们做太湖游击队，把日本人打得不敢进太湖。老宗虽然老资格，吃亏的是没有文化，到后来胜利了，别人升官发财，他仍旧在乡下种田，后来才叫他当个小队长。当小队长他是很卖力的，但是也不来事，弄不过别的小队。这样弄了几十年，到分了田，他就没有什么事情好做了，在屋里吃白饭，闲得难过，去讨工作做，就讨来这个工作。要做这个工作的人很多的，眼看两个女人牌子硬，抢不过她们，这剩下来的一只位子，是大家要拼命去夺的，所以这只位子怎么摆也摆不平，所以就挑了老宗。摆老宗在店里，也是一着棋，就堵了别人的嘴，倘是有人钳，讲开后门，就把老宗拿出来挡风。

老先生搬出门堂间，虽然有他住的地方，可他总是觉得住得不安逸，天天往门堂间去，哪怕在门口立一会儿，也是好的。他看乡下人在他的门堂间做生意，心里横竖不适意，就瞎说人家，说人家开店是一年头菩萨。做生意的人，是相信口彩的，人家看他一大把年纪，不跟他计较，倘是小青年，这样瞎讲人家，是要吃耳光的。

老先生想不出更多的话来说人家，就把门堂间的怪讲给小叶她们听。小叶她们听了，很害怕，尖声地叫，夸张地做出各种怕的样子。老先生看了，开心地笑出来，他觉得小叶发嗲的时候很好看。

别人说话的时候，老宗坐在旁边打瞌睡，有时被笑醒了，睁开眼睛看看，重新又闭了。

宋老先生就说："这个人，老木了。"

顾梅芳说："就是，我们乡下人哪有你们城里人保养得好，你看你，七十五岁年纪了，多少嫩相。"

小叶又笑，笑得很放肆。老先生愈发觉得小叶好看，他就立在门口，呆顿顿地看。

过了几天，小叶就说半夜里有人爬窗偷看她。大家就笑，不相信，说："顶好真的有个人夜里偷看呢。"

小叶只是笑，她反正面皮老，别人笑她，她也不动气。她生性好动，耐不住寂寞，她喜欢同年纪轻的男人一起做事，店里的两个搭档，她不喜欢，她很厌气，有时候，为一点小事就笑，或者无缘无故地笑，笑笑就不厌气了。

小叶笑的时候，宋老先生一眼不眨地盯住她看，看一会儿，就咽一口唾沫。

又过了几天，顾梅芳也说夜里看见人影子，她不像小叶那样轻骨头，说得大家就有点相信了。

她们的窗是对着天井的，天井里的人就一本正经地排人头，可是排来排去，排不出来，这爿天井里的男人，不会做这种事。宋家里的男人，贪财不贪色，是有传统的。他们的眼界也比较高，小叶再怎样涂脂涂粉，总归是乡下人。潘家里，两代怕老婆，有这份心只是没有这胆。还有一个李老师，戴一副眼镜，走路生怕踏死蚂蚁的样子，排来排去，还有一个阿六头，阿六头前年死了家主婆，恐怕是守不住空房了。

大家就攻击阿六头。阿六头假痴假呆喊冤枉，看他那种油腔滑调的样子，别人就要咬住他。

他们说阿六头，老潘就在边上说："你们不要瞎说阿六头。阿六头，我晓得的，多少年邻居轧下来，有数脉的，阿六头，嘴硬骨头酥的户头。"

别人就笑老潘："要你帮阿六头的腔做什么，不是阿六头，是啥人，要么是你自己。"

老潘笑，说："嚼蛆，我一把老骨头，作死啊。"

人家说："不见得啊，人家七老八十，还风流呢，你算什么老骨头。"

说过笑过，就忘记了，可是小叶和顾梅芳夜里还是看到有影子，就说要去报告派出所。报告派出所，这宅房子的名声就要臭了。人家说起来，喏，七号里喏，流氓坯子喏，多少难听。几个男人就商量好，夜里不困，要捉鬼。

当天夜里就捉住了，是宋老先生。

大家莫名其妙，问他："你做啥？"

老先生指指小叶，说："这个小骚货，生得这么好看，我看看她是不是狐狸精变的。"

大家哈哈大笑，宋家的小辈气煞了，要拖他回去，老先生说："我还没有看见呢。"

有人问他说："你要看，怎么半夜里看，夜里又没有灯，你看得见啊？"

老先生一本正经地说："我从前听我外婆讲的，夜里狐狸精身上会发光的。"

大家又大笑。

小叶笑得弯腰，又直起来，又弯腰，又直起来，好像要站不住了。

老先生就去拉小叶的手，说："你做我的干女儿吧，我没有女儿，我喜欢女儿。"

他的儿子去拖开他，话就不好听了，说："不要坍招势了，你不要面皮，我们要。"

毛头的话就更难听了："见鬼，老东西碰着大头鬼了。"

毛头娘就咒他："老甲鱼大概要老死了。"

宋家的小辈从来没有这样说过老先生，他们总算还是比较孝顺的，现在这样冒犯了老大爷，老人也不气恼。

干爹自然是做不成的，以后的日子还是这样过。

宋老先生仍然常常站在门堂间前,看着小叶笑。他变得高兴起来,不像从前那样老是有不开心的事,老是要批评人。现在反过来,他的小辈,还有左邻右舍的人都要拿难听的话说他,都拿难看的脸色给他看,甚至连老潘对他也不恭了,他一点也不生气。

药　王

纪成三十三岁。

三十三是一个关口，大家说，三十三，乱刀斩，纪成不相信，纪成家里的人叫纪成到庙里去烧一炷香，纪成不高兴，家里人就代替他去烧了香，烧过香，大家就放心了，也没有再提起来，总怕纪成说出对菩萨不恭的话来。

一

纪成从小的时候，就听他的祖父讲"不为良相，定为良医"的道理，后来长大了，他就要学医，可是他的成绩不好，没有考上医科大学或是医专什么的学校，所以他就要自学成才。在分配工作的时候，他要求到卫生系统的单位，不巧那一年就没有医疗单位的名额，只有一家养老院，叫他做厨子的下手。纪成的工作不很忙，有空的时候，他就到医生那里去。养老院有两个医生，一个中医，一个西医。纪成晓得养老院的老人相信中医的多，他就想拜中医为师。中医说，我说一件事给你听吧，中医就说他的老婆去年胃痛，中医给她把脉，看舌苔，看出来她是胃病，就给她吃中成药胃痛丸，吃了一天，胃还是痛，吃二天，胃更加痛，到第三天，眼睛就睁不开了，别人说，还是送西医院查一查，就送西医院去查，做了心电图，刚刚查出来是"心肌梗死"，心就梗死了。纪成不相信中医说的话，可是中医说，这是真的，我怎么会拿自己死去的老婆来寻开心，纪成有点伤心。他就想拜西医为师，西医说，学西医就要学解剖，你不把人的肚子翻开来看看，你怎么晓得里面是什么东西，在这地方，你到哪里去开膛破肚。

纪成在养老院里很苦闷。老人就过来和纪成说话，这个老人大家叫他木老老，背地里说他有点十三点。

木老老说："纪师傅，你晓得药王吧。"

纪成不晓得药王。

别的老人就对纪成说："木老老是悬空八只脚，药王就是从前的扁鹊呀。"

木老老一本正经地说："我说的药王，不是那个药王，我说的药王，我认得的，纪师傅你去找药王。"

别的老人就笑木老老，说他热大头昏。木老老不理睬他们，他告诉纪成，药王就在白头桥的药市上，不过，药王是隐姓埋名的，问人是问不到的。

纪成后来就到白头桥去。

从前有个什么人，走过白头桥的时候，想到两句话，念出来，大家觉得好，后来就刻在白头桥的石柱上，前面一句话叫白头桥奈白头何，后面一句已经模糊不清了，只看见"故老"两个字，也不晓得是什么上下文。

白头桥的药市，是很早就有名气的，说白头桥药市有半部《本草纲目》，所以闻名天下，恐怕多少有点虚头，就像从前的人说吴中的花市、珠市、米市、油市、菜市、鱼市、布市怎么怎么的大，说鱼腥桥鱼市有半个太湖，说仓米桥米市有半边天下一样。

纪成到白头桥去，当然是看不见什么《本草纲目》，不过三五个、十来个人，蹲在地上，摊一块旧油布、旧报纸什么的，摆几样中成药，比如蛇药、风湿药，还有老鼠药之类，再有就是外地来的，山东人、安徽人、新疆人，还有光一只膀子的西藏人，卖老虎骨头、犀牛角、羚羊粉什么的，这地方的人，只有在动物园里见过老虎，没有看见过老虎骨头，所以也不晓得摆在那里的老虎骨头是真的还是假的。

纪成去打听药王，都说不晓得，在药市上的那些人，纪成都仔仔细细地看过他们的面孔，但他看他们没有一个像药王。

纪成就很失望。

纪成的师傅刘厨子说："纪成哎，学什么医呀，像我，做个厨子，不好啊。"

纪成想想也是，不做良医，做个好厨子，也是一样的，以后他就一心一意跟着师傅学手艺，他觉得学厨子比学医容易得多。

刘厨子喜欢喝酒，一喝酒就要误事，他误了事，纪成就顶替上去，养老院的人把纪成烧的饭菜吃了，也吃不出不是刘厨子的手艺，刘厨子就说："纪成，你出道了。"刘厨子的家就在养老院里，刘厨子从养老院开办的时候，就是这里的做饭师傅，刘厨子一直到三十八岁还没有讨老婆，后来还是领导帮忙，找了一个附近农村的女人，成了一家人家。刘厨子四十岁得子，本来是一桩开心事，可是儿子身体不好，有个什么先天性的哮喘，喘起来吓煞人的样子，要接氧气的，春夏秋冬，不管是什么日子，说来就来，现在有十五岁了，也没有个好转的样子，发起病来，屎尿全在身上，把刘厨子和他老婆弄得灰心丧气。刘厨子就骂老婆肚皮不争气，老婆就骂刘厨子货不硬，骂来骂去，小刘心里就很难过，就去死，死了几次，又死不掉。刘家的日子，别人看来，也是作孽。

纪成到养老院工作，就和刘家的人熟悉了，小刘发病的时候，他也去看过好几次，心里吓得乱跳，他问过中医和西医，都说这种毛病是看不好的，不晓得什么时候，一口气上不来，就去了，以后纪成再碰见小刘，就不敢看他的面孔。

有一天小刘跑来告诉纪成，说他的病好了，纪成问他怎么好的，小刘说是后街上的痴阿大帮他看的，说拿一只手掌在他胸前晃了几晃，他就很舒服，心里的一块石头就没有了，痴阿大告诉他，以后不会再病了。

纪成看看小刘的面孔，问他："你有没有告诉你爸爸妈妈？"

小刘说："我告诉了，他们骂我，说我骗人。"

纪成笑起来。

小刘晓得纪成不相信，就说："你等着看好了。"

那是在夏天，后天到了秋天，小刘没有发病。又过了冬天，小刘还是没病，到了开春的时候，眼看着小刘长高了，面色也红润起来。纪成心里奇怪，再去问小刘，小刘还是那句话，纪成就有点相信了。他去问木老老，木老老说："呀呀，一定是药王。"

纪成说："不是药王，是后街上的痴阿大就是那个捡破烂的老头。"

木老老说："你不晓得，药王是不现真身的，像吕洞宾，真人不露相。"

纪成到后街去打听痴阿大，后街上的人说，痴阿大几年前就死了，死在垃圾箱边上，身上的肉都烂了，很臭。

纪成皱皱眉头，叹了口气，他再也不想找什么药王。

二

刘厨子退休了，纪成就顶上去，做了师傅，纪成的日子过得很太平，过几年，结了婚，生了一个儿子，很快，他就到三十三岁。

到了这一年的夏天，纪成背上长了一个疖子，又红又肿，发热发烧，医生说这个疖子不好，打了一个月的青霉素，仍是红肿，就住进医院去。

纪成住的是中医院，每天来查病房的是一位年纪很轻的女医生，眉清目秀，看上去叫人心里很舒服，可是纪成不相信她。纪成进来，她就叫他吊盐水，纪成想这叫什么中医院呢。他问同病房的病人，大家说这叫中西医结合，纪成也说不出什么来。

和纪成住一个病房的人，都是和纪成差不多的病，头上长个疮，脚上生个瘤什么的，也都是感染发热，所以治疗起来也是大同小异，发热的，就吊盐水，要消炎，就用抗生素，这是西法，再在疖疤上敷一块黑乎乎的药，就是中法，就叫中西结合。

纪成背上长疖子，不能朝上睡，只能侧睡，他斜着眼看女医生走进来，就见女医生的脸有点歪，纪成笑了一下，女医生不晓得他笑什么，不过看得出，她的心情不好，恼怒地说纪成，你还笑呢。话虽然只是说了半句，不明不白，纪成却很不高兴，并且同病房的人，早来的早走，晚来的晚走，走马灯一样地换了几批，纪成还没有好转的样子，纪成想想是有点急，他急吼吼地问女医生，很有点责难的意思，说医生没有本事，吃干饭的，说这家医院是骗人医院，又说了其他一些难听的话。

女医生也生气，看不好病，她也是很急的，急了就说纪成，从来没有见过你这种妖怪病。

后来医院对纪成的疖子重视起来，几次会诊，决定开刀，纪成害怕，别人就说他，大男人，还怕划一刀，小口子呀，人家开膛剖腹的也不怕呢。

于是就开刀了，因为疖子并不大，果真是划了小小的一刀，放出浓水，敷上药，缠好纱布，纪成就觉得背上和心里都轻松了，他又怪医生为什么不早一点给他划一刀，医生也不回答，只是信心不足地看看他。

到第二天，背上的疖子却又胀起来，纪成又发热发烧，以后又开刀，又胀，再开刀，再胀，女医生就不断地说妖怪病，妖怪病。纪成生气地想，医生讲科学，怎么讲这种话。

纪成家里的人轮换着陪纪成，服侍纪成吃喝拉撒，看看他这样子，都是眼泪汪汪的。又听了医生的口气，好像是到了山穷水尽的地步。

纪成的老婆,是一个很老实的女人,也没有什么文化,在纱厂里做工,三班制,下了班就奔到医院来,到了医院就盯住纪成看,纪成心里烦,就骂她:"你死盯住我,我脸上有怪呀。"

纪成的老婆哭出拉呜地说:"他们都说你是有怪。"

纪成很生气,说:"我有怪,我碰着大头鬼了,我要死了。"

纪成老婆就哭起来,说:"你有什么话,要对小毛头说的,我把小毛头抱来。"

纪成气得说不出话来。

纪成的老婆后来真的去把小毛头抱来了,纪成的母亲吓坏了,以为纪成怎么样,就跟了来,一路哭哭啼啼,见到纪成,还是那样子,老太太就对媳妇发火,说:"你什么意思,你什么心思,你咒他啊!"

纪成老婆说:"我什么也没有说呀,我就是把小毛头抱来给他看看,我没有咒他呀。"

纪成的母亲说:"你没有咒他,你等于在咒他,你照照镜子,你一张面孔,就像张寡妇面孔。"

纪成老婆连忙捂住面孔,"哇"的一声哭了,小毛头见娘哭,也跟着哭。

护士和医生过来,批评纪成家里的人,说他们不配合医生工作。医生批评,一般人是不敢回嘴的,可是纪成的母亲为儿子急坏了,就同女医生吵起来,说是她误了她的儿子。

女医生也急,说:"你儿子这种妖怪病,从来没有见过。"

纪成母亲说:"你才是妖怪,你才是妖怪。"

女医生反而笑起来,说:"我要是妖怪,倒好了。"

纪成的母亲还要和医生辩，纪成听了女医生的话，心里倒是有点亮堂了，他对老婆说："你去，你快去叫小刘来。"

纪成老婆搞不清："谁小刘，小刘是谁？"

纪成骂她："你个瘟货，小刘你都不晓得了，我师傅的儿子小刘，你不晓得啊，见鬼！"

纪成老婆就去叫小刘，小刘不在，刘厨子在，刘厨子问怎么了，纪成老婆也不愿意多说，只是说纪成叫小刘去，刘厨子就到小刘的单位叫了小刘，一起到医院去看纪成。

纪成见了小刘，就说："小刘，你说，痴阿大是怎样帮你治病的。"

小刘看看纪成，又看看大家，还是照原来那番话讲了一遍，末了他叹口气，说："唉，可惜痴阿大不在了。"

刘厨子骂小刘："你张嘴，又瞎说，我掐烂你。"

小刘也是二十大几的人了，自然不服气，说："你不了解情况，你没有资格说话。"

刘厨子恼了，说："我不了解情况，我是你老子，我不了解你这张嘴呀。"

纪成说："你了解情况，那你说小刘的毛病是怎么好的？"

刘厨子说不出来，瞪着眼睛，过了半天才说："说是痴阿大，打死我也不相信，痴阿大早就死掉烂掉了。"

小刘说："打死我也是这件事，就是痴阿大帮我看病的，说他死掉了烂掉了，怎么会来帮我治病，要么是见鬼。"

纪成说："就是，我也这样想，我要去寻痴阿大。"一边说，他一边就要爬起来，可是身上没有力气，爬不动，倒下去。

大家都劝纪成不要动。

这天夜里,纪成看见木老老带了一个老头来看他,木老老对他说:"纪师傅,你到白头桥去找他。"

纪成努力想把那个老头的模样子记下来,可是木老老已经带着老头走了。到了第二天,纪成就要到白头桥去,家里人和医院里的人都以为他病痴了,不让他去,纪成却是一定要去,叫家里人踏了黄鱼车送他。

纪成因为没有记住老头的相貌,生怕找不到他,可是一到白头桥药市,纪成就看见那个老头子坐在地上,纪成一下子就认出他来了。老头是卖老鼠药的,跟前摊了一大堆死老鼠,只只肥硕壮大。纪成有点呕心,但忍住了,他走上前,对老头拜了一拜,转身把背给他看,说:

"老师傅,你看我这个疖子……"

老头子笑起来,说:"小毛病,小毛病。"

旁边的人都叫起来,纪成家里人连忙把纪成拉开,骂老头"作死""害人"。

纪成说:"你们才是作死,你们才是害人。"

老头又笑,问纪成:"怎么样?"

纪成说:"你用。"

老头就用治鼠药给纪成涂疖子。

纪成回去以后,疖子就消掉了,三五天下来,就恢复了,家里人十分惊喜,到外面逢人就讲,医院里也晓得了这个事,都觉得奇怪,大家都到白头桥药市去寻那个老头,可是谁也找不见他。问纪成,纪成说,我也不晓得。

纪成病好以后，去上班，见了木老老，谢他，木老老说："我没有带谁到你那里去呀，我自己这一向脚里没有力，路也走不动呢，你谈的那个事，我想恐怕是托梦吧。"

纪成也记不清了，他想，也可能是做了一个梦，那时候他被一个小疖子弄得人不人鬼不鬼，糊里糊涂了。

木老老说："你们不相信，我说是有药王的。"

三

纪成把烧饭的事交给他的徒弟，他自己天天到白头桥药市去。纪成单位里的人和家里的人当然是要反对的，但他们拿他也没有办法，退回来想一想，三十三是个关口，生这么一场大病，保住了性命，就是大幸，比起来，工作上拆拆烂污就算不上什么了，反正他在那里烧饭，也烧不出什么名堂来。

纪成在白头桥药市结识了一些三教九流的人，他们跟纪成说，你真要想做这一套事，你到山里去闯一闯，采点药回来，你就懂得了。

纪成很听他们的话，他服帖他们，他就出到很远的山里去采药。纪成这时并不识得中草药，他只是随身带了几本有草药照片的书。

纪成坐了火车，又坐了汽车，又坐了老百姓的牛车，到了大山里。他不晓得这是一座什么山，人家说到这里来采草药的人很多，纪成就来了。

纪成在进山的路上，碰见一个四五十岁的男人老关，老关看纪成人生地不熟，就和他做伴。

他们在山民家里搭伙吃饭，纪成问老关："你是做中医的吗？"

老关哈哈大笑，说："做中医，做中医见鬼呀。"

山民也哈哈大笑。

纪成说："你说你也是来采草药的么？"

他们看纪成不明白，就问了纪成的来历，纪成说了，他们又大笑。

纪成也跟着笑，他觉得很愉快。

老关说："告诉你吧，我们都是来弄名贵药材，弄到外边去的。"

纪成脱口而出："走私？"

老关笑了。

纪成奇怪，就问老关："你怎么肯告诉我？"

老关说："我晓得你不是探子呀。"

他们又大笑，纪成被老关的豪爽直率吓了一跳，也很感动，他不晓得说什么才好。

老关说："不要做你的大头梦了，跟着干这个吧，这地方的人都干这个。"

纪成想了想，说："干什么都无所谓，我就是想不明白，我就是要弄明白。"

老关说："这有什么不明白的，老鼠药治脓疖，就叫以毒攻毒么。你说那个小孩子的什么气喘病，人家是用气功治的么，这有什么不明白，你们这种人，就是要把简单的事情看得很复杂。"

纪成想了半天，老关说的话好像是有点道理。

老关又说："你这种事，算什么怪事，我遇见的怪事，才叫怪呢。"老关喝了酒，吃了肉，很高兴，就要说一段他的故事。

老关说,我们那个地方,是一块很小的地方,有一个小镇,有一天小镇上来了一个外乡人,外乡人背了一个包裹……

纪成等着听怪事,见老关不说了,就问:"包裹怎么样?"

老关又喝酒,吃肉,摇头说:"不讲了。"

纪成问为什么。

老关说:"再怪的事,讲出来就不怪了。"

纪成听了发呆,过了半天,才问老关:"为什么?"

老关反问他:"你说为什么?"

纪成自然说不出来,他呆顿顿地看住老关,看老关喝酒,吃肉,他看到老关面孔上的疙疙瘩瘩,慢慢地他好像有点明白过来,脑子里的一盆糨糊,就变成了一盆清水,十分地清爽。

以后纪成就跟着老关干,他们到一户户山民家里去收购,然后在规定的时间到一个地方把东西交给一个什么人。这些纪成都不问,他觉得不必要问。

纪成赚了一笔钱,并且也识得了不少草药,他过得很快活。到了年脚边,纪成突然想家了,想老婆,想儿子,想爷娘,他要回家过年。走的时候,他和老关道了再见。

纪成说:"我开了年再来。"

老关说:"你不会再来了。"

老关的口气十分肯定,纪成也没有和他多说什么。

纪成回家,坐火车要走三天三夜,旅客们就在车上聊天瞎吹。

坐在纪成对面位子上的一个人,对纪成说:"我会看相,我看你的相,今年是一个大关口。"

纪成说:"你怎么晓得?"

那个人说:"看相么。"又说,"你已经闯过了关口。"

纪成"哈"了一声,说:"你真神。"

看相的人眯着眼睛又看了一会儿纪成,说:"你这个人,是有奇遇的,对不对。"

纪成不由自主地点头。其他的旅客闲得无聊,就要叫纪成讲,纪成就讲了,讲完了,又补充说:"这也不算什么奇事。"

可是别人都说是奇怪。

纪成就笑起来。

后来到晚上,大家睡了,纪成因为过去出门比较少,很少坐火车,不大习惯在"咣当咣当"的响声中睡觉。他看看周围的人,都睡得很香,他想他们大概都是常跑码头的。那个看相的人,睡得尤其舒坦自然,发出一点轻微的鼾声,一呼一吸,很有节奏,纪成看着看着,就被他的呼吸同化了,他也随着他的呼吸,缓缓地一起一伏,纪成就睡着了。

天亮以后,火车上的广播响了,纪成醒来,大家也都醒来,洗漱过,互相看看,还是那几个人,只少了一个,就是那个看相的人,大概在半夜里下了车。

纪成打开包,拿方便面,就发现钱没有了。他叫起来。

大家听说纪成丢了钱,都急着检查自己的东西,列车长和乘警过来,问了情况,分析下来,说是半夜下车的人偷的,大家也都这么想,就是那个看相的。

列车长问纪成被偷了多少,纪成犹豫了一下,说了实话,他跟着老关做,赚了不少。

列车长和乘警走了,纪成很懊恼。

火车到站，是半夜里，纪成下了车。两手空空，走到了家门口，听听里面，一点声音也没有。敲门之前，他借着路灯的光，看了一下手表，正是这一年的最后一天的最后一分钟。

他心里突然涌满了什么东西，不像两只手那样空空的。

冬至夜

冬至夜其实是冬至前夜。

这地方的老规矩,顶重此节。

憨卵单位里下午两点钟就放生。店主任老汤说再做一个钟头吧再做半个钟头吧,大家都不理睬他,就自己放自己了。本来么,冬至大如年,过年倒可以歇四五日假,冬至夜不放假,不对的。老汤就倒挂八字眉,一个人守店堂,不晓得他要守到几点钟。

憨卵一路自行车冲回家,心里好像有点激动。其实,憨卵想想也好笑,冬至夜是没有什么意思的,过年也是没有什么意思的,现在的人不像从前了,日脚总归过得没有意思。

姆妈在灶屋烧羊肉,香味腾满了几间屋。早上爸爸到市场上轧来半只羊腿。乡下人不上路,卖羊肉也讲什么"时令价",寻开心的事,骚羊肉呀,又不是什么鳜鱼、大闸蟹。这里乡下,这种湖羊多得很，不稀奇的。人家外头只晓得北京涮羊肉，陕西羊肉汤泡馍，还有少数民族的手扒羊肉，那些都是吃名气的。其实，他们这地方的羊肉店里，切羊羔，羊肉汤，青蒜一撒，蘸点盐花，味道是没有二话讲的。小和尚码头开得多，吃过涮羊肉等等，小和尚说那种东西不如他们这里的羊肉汤味道好，大家就愈加得意了。憨卵还记得小的时候，拿姆妈抽屉里的菜金，跑到羊肉店，八分钱一碗羊肚肠汤，挖一勺美芝麻辣酱，辣得眼泪鼻涕滴滴答答，吃完羊肚肠汤，仍旧坐在长条凳上，看别人吃一角五分一碗的羊肉汤，现今的羊肉汤，一角五分是买不到的，要三角钱一碗，羊肚肠汤两角五分。小和尚说，便宜的，便宜的，三角钱算什么钱，人家北京涮羊肉，坐到桌上起码"大团结"撑台面。

　　憨卵咽了一口馋唾，两个手指头夹了一只刚刚出笼的热气腾腾的糯米团子，找了两只空瓶去拷冬酿酒。

　　憨卵自己是不吃冬酿酒的。冬酿酒是掺了糖浆的酒，度数极低。实际上冬酿酒是不能算酒的，女人小人吃吃玩的，当糖开水吃。像憨卵这样的大男人，是不会吃的，憨卵是要吃白酒的，六十度。憨卵在三多巷里号称一斤的酒量。碰到开心的事，人多热闹，哄起来，一斤二两也不会掼到，就算掼倒也要掼到自己家里去，不会让别人看见的，所以憨卵从来没有醉酒的历史。

　　三多巷里有小人在唱山歌：

　　　　轰隆轰隆烧狗肉，
　　　　　狗肉香，
　　　　买块姜，

姜味辣,
辣杀河里一百只鸭。

憨卵走过去,有个小人看看他手里的团子,憨卵就咬了一口,把剩下的半只塞给那个小人,把黏糊糊的手指在墙上揩一揩,就走了过去。他听见小人们又开始唱:

正月初一吃小圆子,
三月清明吃青团子,
五月端午吃肉粽子……

憨卵想想真好笑,全是吃。人生一世所来所去为一张嘴,真没有意思。现在的人好像也不如以前那样馋,好吃的东西吃到嘴里也没有什么好滋味。除非是六十度的大曲,还稍微有点意思!香烟么,要看什么牌子,味道足的烟,现在是越来越少,越来越贵。沪产简装"牡丹",黄牛那里已经喊到六十只老洋,吃烟吃烟,憨卵实不明白,到底是人吃烟哪还是烟吃人。

憨卵笃悠悠地穿过三多巷,看见三多巷里家家户户都在忙冬至夜的夜饭。憨卵听阿爹说过,过去有钱人家过冬至夜,桌上起码八盆一暖锅,外加全鸡全鸭大青鱼,红焖蹄膀大闸蟹。这等排扬,现在的人是吃不消的,现在冬至夜的花样比从前少得多,憨卵想想真没有意思。吃也是没有意思,不吃也是没有意思。

憨卵走过河滩头的空地,看见老隔年和聪聪仍旧坐在老地方。这两个人,总是坐在那个地方,一年四季,比上班的人还守规矩,像解放军站岗那样严格。憨卵不明白这地方到底有什么名堂。这地方早上总是下毛毛雨,下午总是出太阳,他们坐的位置坐西朝东,所以永远在阴山背后,两张晒不到太阳的面孔总是青獠獠、阴森森的。

许多年过来,这个河滩头经常有人来寻死路。其实这里的河水并不深,憨卵下过河,水只没到他的肚脐眼。可是来寻死路的人,个个都溺死在这里,三多巷十四号陶家的女儿陶梅李,也是在这里溺死的。那个陶梅李,憨卵是认得的。

三多巷里的人都说这个河滩头有鬼气,憨卵倒看不出什么鬼气。只是觉得这里只有点厌气,有点人的厌气。憨卵倒想碰碰鬼气,却总是碰不到,所以总是觉得没有意思。

憨卵从老隔年和聪聪身边走过去。他从来不主动叫应老隔年,他讨厌老隔年。憨卵小的时候,老隔年给他看相,说他是太平人生。一生不会有多大作为,憨卵从小不喜欢过太平日脚,一过太平日脚,他身上就会难受。可是他偏偏一直过太平日脚,不晓得是不是命中注定。所以憨卵讨厌老隔年总觉得自己的太平日脚是老隔年咒出来的。

憨卵走过去的时候,听见老隔年"咯咯咯咯"笑,笑得憨卵心里不舒服,他不明白,这个干瘪老头子,笑起来声音怎么这么脆,像女人,像年纪轻的女人。

关于老隔年的事情,三多巷里的人好像都很清楚,又好像都很糊涂。从前老隔年到底从哪里来,到底是什么时候到三多巷来的,他到底有没有家眷子孙,他的眼睛到底是天生瞎还是后来瞎,是真瞎还是假瞎,以及他的其他许多事情,三多巷里的人,各人有各人的说法，但是你也不相信我，我也不相信你，有时候，自己也不相信自己了。结果对老隔年反倒像一无所知了，老隔年到底多大年纪：六十、七十、八十、九十，没有人讲得清爽，甚至于老隔年到底是人还是鬼，大家也有点糊涂了。

老隔年总归是一个谜。

不过憨卵这样的小青年，是不相信那一套的，所以他们对老隔年也就没有什么敬畏。

笑过之后，老隔年说："我看见她了。"

憨卵因为好奇，回头应了他一句："你看见谁了？"

"陶梅李。"

憨卵"呸"了一声，走开了，憨卵想想有点好笑。

憨卵突然想起来，陶梅李是冬至夜死的，今天就是她的二周年。陶梅李的死尸，是憨卵和年伟他们几个人相帮拖上来的。陶梅李屋里的大人哭得昏过去。陶梅李的面孔，一点也没有变，和活的时候一样，只不过稍微苍白一点，她穿一身棉毛衫裤：粉红的。大概是从被窝里跑出来的。陶梅李死得很清爽，嘴巴里没有泥，指甲缝里也没泥，身上很干净。三多巷里的人都很奇怪，说溺死的人都要挖泥的，为什么陶梅李这样清白。

憨卵自然也不明白。不过憨卵心里是很难受的。他总觉得陶梅李这个小姑娘同别人不大一样，很讨人喜欢，憨卵是有点喜欢她的。别的小姑娘，什么毛毛头的朋友真真，年伟的朋友阿茹，建中的朋友芬芬，还有他自己的朋友姗姗，全是一套板的花样经，像一只模子里压出来的，像一个爷娘教出来的，嗲起来嗲煞，凶起来凶煞。陶梅李总归同她们不大一样的。老隔年帮人家看相的时候有一句老话：命中有异，命中人人有灾。可是陶梅李到底为什么寻死路？大家不晓得，陶梅李家里的大人也不晓得，憨卵心想，这种人家的大人，真是没有意思的。

憨卵走出很远的一段路，听见老隔年在背后喊："你想看她今天夜里来看吧。"

憨卵背上有点发寒，他不晓得老隔年搞什么名堂，就吹着口哨走了。

巷子口三婶婶大娘几个女人家在议论什么人。憨卵听出来好像在讲七号俞家的女儿回娘家。照老规矩，冬至夜，嫁出去的女儿是不可以回娘家的。这个日脚回娘家，必定是在婆家有了什么啰里吧嗦的事情。

憨卵想想有点好笑，什么老规矩，说得一本正经的，现在的人管什么老规矩新规矩。这种女人，议论别人，兴趣真大，憨卵想想真没有意思。

转弯出来就是那爿烟糖店，憨卵望过去一看，排了很长的队，都是要拷冬酿酒的。

烟糖店里那个妖形怪状的女人在店门口哇啦哇啦地喊："后面的人不要排队了，酒不多了，后面的打不着了，不要排队了。"

这个女人，听说年纪也不小了，总归打扮得像小姑娘一样妖娆，做什么事都是很起劲的，这爿烟糖店里一天到晚都是她的招式。

排在后面的人骚动起来，气愤得不得了，马上有人喊："冬酿酒一年一次，大家尝尝吧，前头的人少拷点！"

"一人拷一斤，喂，你们店里规定嘛：一人拷一斤，大家尝尝。"

憨卵想想真没有意思，一斤冬酿酒，够谁吃。冬酿酒又不是酒，糖开水呀。这么稀奇,这么紧张,真是没有意思。

烟糖店的人大概也想早点卖掉冬酿酒,早点关门打烊回去过冬至夜,不肯限量供应。排在前头的人仍旧大瓶小瓶,三斤五斤,还有几个拿钢精锅子来拷酒,拷满了笑眯眯地走过,飘过一阵桂花香。

排队排在后面的人就发火了,开始骂人。

烟糖店里那个妖形怪状的女人又走出来,哇啦哇啦地说:"你们不要骂人,告诉你们,这批冬酿酒,还是我开后门弄来的,我不去弄,你们连酒香也闻不着的。"

这个女人的话大家倒是相信的。这个女人做工作一直是很积极的,店里的事比自己屋里的事做得有味道,她不是店主任,倒比店主任神气得多,灵活得多,人家背地里都说,这爿小店全靠她撑世面的,要是靠那个寿头兮兮的店主任,好货进不到,坏货卖不出,店里的人,人人要吃西北风,烟糖店恐怕老早就要倒闭歇搁了。这个女人外面门路多,脚路粗,关系网织得野豁豁。紧俏货、便宜货,别家店只有看的份,没有进的福,她们这爿店倒是源源不断的。一爿小店生意做得热火火,钞票赚得辣豁豁,大家不得不佩服她。可惜这个女人,虽说工作做得卖力,功劳不小,可是从来没有人提出来让她做店主任的,真是有点不公平。这个女人也是天生的"贱":不叫她做主任,她的工作仍旧那么卖力。憨卵想想有点好笑,换了他,是不会去做这种猪头三的。

憨卵平常看见这爿店里的人都做得很有劲,他心里就有种说不出的味道。憨卵自己上班,一直是很厌气的,一上班就开始看手表巴下班,下了班也不觉得怎么开心,这种日脚,想想真是没有意思。

过了一阵,妖形怪状的女人出来宣布:冬酿酒没有了。

憨卵想想气不过，冬酿酒也变成什么稀奇宝贝了，真是没有意思。从前，冬至夜要吃冬酿酒，随便捞随便买，根本用不着排队的，现在，不知是怎么越来越不像样了，厂里做出来那么多酒，不知道弄到什么地方去了，想起来总归灌进人的肚皮里，总不会灌到狗肚皮里去。有人吃得着，有人吃不着，人和人，真是不公平的。

买不到冬酿酒的人，怨气没有地方发，就同这个女人吵起来，这个女人真是贱，还笑嘻嘻同大家讲道理呢。憨卵想想有点好笑：这个女人好笑，排队拷酒的人也好笑。冬酿酒呀，甜开水呀，吃得着就吃，吃不着就算，还一本正经地发火哩！憨卵想想这种人真没有意思。

憨卵刚刚想从队伍里退出来，就听见那个妖怪女人说："好吧好吧，不要吵了，你们实在要拷，你们再等一等，我再去跑一趟，试试看，有没有我不敢保证，你们白等也不要怪我啊。"

大家哄起来："快点去快点去，不要啰唆了，天要黑下来了，要吃冬至夜饭了。"

憨卵心想你们这些人，只晓得自己要拷酒吃夜饭，人家店里的人也要吃冬至夜饭的。这个女人也真是起劲。

憨卵看看烟糖店的人忙得逗五逗六，觉得有点奇怪，他自己店里，从来就没有这样忙过。所以，憨卵店里的日脚，真是王小二过年，一年不如一年。采购员只图吃回扣，老是进滞销货；财务上又是一笔糊涂账，老汤只会哭丧了面孔倒挂八字眉，一个人吭哧吭哧瞎忙。今年下半年，弄得连奖金都不出来了。大家骂山门，憨卵也骂，可是骂过以后想想还是没有意思，骂山门有什么用？公司里几次派人来帮助，帮来帮去帮不上去。其实，大家心里明白，摆老汤这种人做店主任,还不如摆个死人,死人倒干脆,可以不闻不问,老汤这个宝货,成事不足,败事有余的坯子,憨卵有时想,倘使一脚踢开老汤,他来做店主任,肯定会比老汤做得好。不过憨卵想归想,从来没有跟谁讲过。

憨卵的日脚过得没有意思,年伟他们就给他介绍了个女朋友,可是憨卵和女人轧朋友也轧得没有意思,姗姗的日脚,照憨卵看起来,也是很单调的,姗姗的脑子里始终只有一样念头,就是怎样和别的小姑娘比时髦、比漂亮,憨卵想想人活得这样,真是没有意思。

排队拷冬酿酒的人等得不耐烦了,就说这个女人动作太慢,说她没有花露水,说她其他什么什么。憨卵就从队伍里退出来,他没有兴致等了,反正他自己也不吃,四岁的侄子是要吃啤酒的,姆妈和阿嫂不吃冬酿酒也一样过冬至夜,不像憨卵和他爸爸,不吃他两日就不好过。

时间还早,憨卵就想到建中那里去混一阵。

建中开的"夜夜醉"饭店,就在大街上。

建中看见憨卵拿着两只空酒瓶,就走过来拍拍憨卵的肩胛,把瓶接过去。憨卵跟建中走进他的灶屋,看见建中店里进了不少冬酿酒。怪不得外面买不到冬酿酒,全到这种地方来了。憨卵想想有点好笑,现在公家反倒弄不过私人了。

憨卵就同建中吹了一阵。建中听年伟他们说憨卵日脚过得没有劲,店里奖金也发不出,就劝憨卵不要在一根绳上吊死,出来寻点活络钞票。

憨卵告诉建中,前几日听公司的人来讲,他们那爿店可能要搞租赁,老汤急得团团转,他是不敢承当的,可是不承当,店主任的位子就保不牢了。店里倒是有几个人怂恿憨卵出面承租。

建中听憨卵口气里很有点活络的意思,就叫他租下来,有什么难处,朋友之间不会看冷眼的。憨卵也晓得建中现在外面路头子很活,不过憨卵想,靠朋友吃饭不能算男子汉。

后来建中店里生意开始忙了,憨卵就拿了两瓶冬酿酒回去了。

老隔年和聪聪还没有"下班"。天色已经有点暗了。

憨卵一家人开始吃冬至夜饭的时候,老汤的儿子匆匆忙忙跑来,说老汤到现在还没有回家,问憨卵晓得不晓得老汤到哪里去了。憨卵一口酒刚刚吃出点滋味来,就对老汤的儿子说:"老汤管我屁事。"

老汤的儿子哭丧着面孔,可怜巴巴地走了。

憨卵再吃一口酒,就吃不出什么滋味了。他咒了一声老汤的娘,就跑出去相帮他们寻找老汤。

憨卵在外面兜了一大圈,也没有看见老汤的影子,只好回来了。他想想,倘是老汤失踪,倒是有点意思的。

三多巷里已经很黑了,巷子里没有人,大概都在吃冬至夜饭。憨卵走过河滩头的时候,突然想起老隔年叫他夜里来看陶梅李,憨卵心里寒丝丝的,又有点痒兮兮的,倘若真的看见陶梅李,怕虽然有点怕,但毕竟是很有意思的。憨卵一定要问问她到底为什么要寻死路。所以憨卵明明晓得世界上没有鬼,明明晓得老隔年是拿他寻开心的,可是走过河滩头的时候,他还是回过头去看看。

不知是老隔年真有点什么特异功能,还是憨卵碰得巧,他回头看河滩,就真见河滩头有个女人正在朝河里走,憨卵浑身打了一个抖,吓得不敢动也不敢喊,可是眼睛一眨,那个女人已经沉到河当中去了。憨卵来不及分辨是人是鬼,一边喊人,一边就奔过去,拉住那个女人的长头，把她拖到河滩上来。

憨卵一看，是俞树贞。冬至夜回娘家的那个俞树贞。

三多巷里的人听见憨卵的急叫都奔出来：男人家跑近来，女人家胆子小，缩在远一点的角落里看。

俞家的人哭天哭地地奔过去，连八十多岁的老太太也跟了出来，抱住俞树贞哭："妹妹啊，全怪我个老太婆不好，我这张嘴巴不好，你怎么会去寻死路的呀……"

俞树贞的娘哭哭啼啼地向三多巷里的人诉说："我们树贞刚刚回到屋里，老太婆就叽里咕噜，说什么冬至夜回娘家，娘家来年穷得怎样怎样，明当当的要赶我们树贞出去呀。你们想想，叫树贞到哪里去，婆家能待得住，她是不会回娘家的呀！就是要逼她去寻死路嘛，呜呜呜呜……"

三多巷里的人就问树贞为什么事情和男人家里淘气。

俞树贞的娘就不肯讲了。

俞家的人七手八脚地把快要冻僵的俞树贞抬回去，一面千恩万谢地谢憨卵，还说隔日要封红纸包上门来谢。

憨卵想想有点好笑，就同他们寻开心："你们不要谢我，去谢老隔年吧，是他看见的。"

大家都"哦"了一声。对老隔年又生了几分敬畏，一起涌到老隔年屋里，憨卵就乘机走开了，让他们去同老隔年瞎缠。

弄堂里的人问不到俞树贞寻死的原因，心里很气闷，觉得没有意思，好像不把这件事弄清楚，这一夜他们是睡不着觉。可是俞家的大门关上了，一点声息也没有。三多巷里的人很气愤，只好凭自己的想象去议论了。

憨卵也不晓得俞树贞为什么要寻死路。俞树贞比憨卵大十多岁,她出嫁的时候,憨卵只有十来岁,什么情景他一点也不记得了,憨卵长大以后,有几次俞树贞回娘家,碰到过,才算有点认识的。

俞树贞原本到底是做什么工作的,憨卵从来不晓得,也不想打听。俞树贞同他,原本是毫不搭界的。后来好像听阿嫂吃饭时候讲起俞树贞,说看见俞树贞开了摩托车在卖鱼做贩子,听阿嫂的口气,自然是看不起俞树贞的。憨卵倒是有点佩服这个女人。她快要四十岁了,还有两个小人,开一辆进口摩托。倒是很神气很有意思的。不过后来没有多久憨卵就忘记了,憨卵自己的日脚过得没有意思,对别人的事自然也少感兴趣。

可是憨卵不明白:这种厉害的女人,也会到河滩头来寻死。

憨卵想不明白的事,就不再去想了。冬至夜吃酒没有吃称心,不杀瘾,真没有意思。憨卵回到家里,看见老汤哭丧着面孔倒挂八字眉,坐在他家堂屋里,一副倒霉相。

老汤看见憨卵进来,一把拉住憨卵的手,憨卵发现老汤嘴巴里有一股酒味,不是白酒味,是红酒。憨卵想想有点好笑,老汤这种人,也会吃酒,也吃得有点醉了。这个冬至夜,真有点滑稽了。

老汤拉住憨卵的手,捏得憨卵手很痛,憨卵想不到老汤会有这么大的手劲。

老汤舌头不大灵活,对憨卵说:"帮帮忙,帮帮忙,帮帮忙,公司明天一早要派人来落实租赁的事情,你讲我怎么办,你讲我怎么办,叫我承当,我是承当不起的。"

憨卵抽开自己的手,说:"你的意思,叫我承当?"

老汤血红的眼睛紧紧盯牢憨卵的面孔,语无伦次地说:"是是是,不不不，你讲，你讲……"

憨卵冷笑一声，并且马上为自己的这声冷笑感到很得意。

老汤更加低三下四了："你来承当，我做副手，你说怎么样？你说怎么样？你说……"

憨卵脱口说："谁要你做副手？"

老汤马上说："你应承了，你应承了，你一个人出面租……"

憨卵驾起二郎腿，慢悠悠地消化老汤："谁说我应承了，你怎么到这时候倒想起我来了，你什么时候睡醒了……"

老汤只是"嘿嘿"笑，笑得很难看，很巴结，他是在一个小馆子里吃了三两红酒才来找憨卵的。

憨卵的姆妈走过来对老汤说："汤主任，你不要叫我们老二去做那种事情，我们老二不会做那种事情的，我们老二是太平人生……"

憨卵嫌姆妈讨厌，就说："你走开你走开，你不懂。"

老汤很开心，憨卵看出来了，就想再捉弄他一番，这个人，平常在店里是很不上路的。

这时候，年伟兴冲冲地进来了，对憨卵说："走，吃老酒去，在我家里，建中店里打烊后也来，还有小菜带来，酒我弄好了，足够，老土、毛毛头他们都来……"

憨卵跳起来跟了年伟就走，看见老汤像只煨灶猪，缩在那里。他心里一动，对老汤说："你的事，明天再说吧，吃老酒要紧。"

憨卵就和年伟一起兴冲冲地到年伟屋里去吃老酒。

这天夜里，三多巷里的一帮小青年，在年伟屋里吃酒吃得很称心，憨卵吃了半斤"洋河"，真正地打破他的记录，而且没有掼倒。

憨卵很开心。

回去的时候，年伟他们要送他，憨卵坚决不要，他一个人，头脑非常清醒，脚步也很稳当地往家里走。

走过河滩头的时候，憨卵睁大了眼睛，想看看有没有什么名堂，可是看了半天什么也看不见，天是墨黑的，地是墨黑的，河滩头和河水也都是墨黑的。

憨卵心里不由得有点糊涂了，今天这个夜晚怎么过得这么长，好像走过了几个朝代，经历了几世人生。

憨卵突然又清醒了，他想起来今天夜里是冬至夜，明天就是冬至日，冬至日是一年当中白昼最短黑夜最长的日子。过了冬至夜，过了冬至日，白昼就会一天一天加长了。

可过桥

　　桥那边的一块空地，不晓得从什么时候开始，就热闹起来了。后来就发展成现在的这个样子，据说是领导了这个城市的服装新潮流。

　　大家到桥那边去赶浪头，都从桥这边的小巷穿过去，于是桥边的小巷也就有了不少新花样。

　　先是把路面上的石卵子敲掉，铺了六角形的水泥砖块，后来给厕所也换了一副面孔，墙下贴了雪白的瓷砖，又开了镂空花窗，再后来，巷子里几家人家在桥那边摆摊的，发了，造起了二层楼三层楼的新房子，小巷眼看着就神气起来了。

　　自从桥那边和桥这边都热闹起来，自从有越来越多的红男绿女从桥上过往，百狮子桥就更显得破旧寒酸了。据说，百狮子桥石栏杆上从前是刻了很多狮子的，在冬天的夜里，那些狮子会从桥栏杆上跑下来,到巷子里来敲人家的门。后来狮子就被大家凿掉了,所以,现在巷子里的人从来没有看见过桥栏杆上有什么狮子。现在百狮子桥的桥栏杆都已经断掉了。巷子里的小人在断掉的栏杆上爬来爬去。

后来有一天,巷子里有两个小人从桥上掉下河去了。

于是就有些陌生的人到小巷里来查看百狮子桥。

百狮子桥其实也没有什么好看的,又不是交通要道,又不会影响市容,也没有死人,桥虽旧虽破还是可以过的,所以上面的人也不说什么时候来修百狮子桥,只是叫居委会关照看好自己家的小人。

百狮子桥从前曾经被大家叫作难过桥,因为桥造得很低,船通不过,摇到这里都要打回票,所以附近一带的人都晓得有一句谚语叫百狮子桥难过。后来,巷子里一家富户出钱重建了这座桥,大家就叫它可过桥了。

可过桥的脐肚皮里刻有"乾隆四十四年重建",可过桥确实是很古老了。

这一带的人就有了很大的怨气,有小人的人家牢骚愈发的大,说怎么经过这许多年,可过桥又变成难过桥了呢?该不是阴阳轮回吧!

下昼四五点钟,是弄堂里家家户户顶忙的辰光,女人家要弄夜饭,洗衣裳,帮小人汰浴,男人家要扒扒弄弄,墙上钉只钉,天井里拉根绳。

偏偏就在这份忙当里,每日总归有一帮闲得难过的小青年,立在弄堂屁股头的可过桥上,对来去过往的打扮得洋腔怪调的小姑娘评头品足,眼珠贼溜溜盯牢人家,看得人家小姑娘面孔血血红,心里怦怦跳。要不然就是天花乱坠地吹牛山。

日长世久，弄得一些面皮嫩的小姑娘一个人不敢过百狮子桥，也惹得附近的居民人家讨厌，大家说，立桥，立桥，这帮小青年吃饱了饭没事体做，来立桥了。

据说，在从前，每日早晨总有一群临时工立在桥头，等待开丝织作坊的工场主叫去做生活。这帮人，要论织绸织布的手艺功夫，是没有闲话讲的，可惜因为人多生活少，有许多人挨不到，轮不着。一天没有生活做，就要饿一天肚皮。到后来，有的作坊衰败了，关门歇生意。有的作坊场越开越兴，变成了厂家，临时工就进厂做了正式工人，所以后来"立桥"这种现象再也没有了。

过了头二百年，现时日脚又有人来立桥了。

不过，现在立桥的时间不是早晨，而是在黄昏头，立桥的人也不是什么没有固定职业的临时工，大多数是正正式式的工人。这帮小青年立在桥上，不是寻生活，等叫唤，而是在寻白相，等消闲。

说起来也难怪，二十出头的小青年，消化好，吸收好，吃下去的饭水，除了变成屎的，全部化成了气力，早上起来还要举举杠铃拉拉吊环，练了一身疙瘩肉，一身蛮劲。上班做生活不肯卖力，不等下班铃响，脚踏车一路冲回家。可惜下班回屋里也是没有劲，夜饭自有姆妈好婆烧好，盛好，端到桌子上，替换的衣裳，自有姆妈好婆洗好晒好，放在枕横头。浑身气力无处处，只有到外头去立立，看看野景，最好闻点事情出来，骂骂山门，挥挥拳头，发泄发泄。原来他们也可以就近弄堂里立立，可是弄堂实在狭窄，来来去去的人，全是下了班急急匆匆赶回去的，挡在路上，讨别人惹气，索性宽宽敞敞立到桥上去。三五个六七个人横人样，横阔竖大的小伙子往桥上一立，煞是惹眼，弄堂里的老人看见了，只觉得两条腿发软，说，立客难当，立客难当，掮张板凳坐坐么。

这天下昼照例又是阿三头第一个来报到。可过桥桥头这帮立客中，要算阿三头顶"遵守纪律"。

阿三头在纺织厂里做保养工。人讲男进纺织厂，女进机械厂，这句话是有道理的。阿三头的工种惬意轻松，上班只要看看织机运转情况，真是做煞力织工，闲煞保养工。别人眼热煞，阿三头自己倒是越做越没有滋味。

阿三头刚到，苦瓜、斗鸡眼他们几个也一连串地跟来了。

阿三头摸出香烟来。

"哟，阿三头，今朝派'良友'，厂里发奖金啦？"

"嗯，"阿三头无精打采，"没有花露水的，薄嚣嚣三张大团结……"

苦瓜吐出一口浓浓的烟，十分羡慕地说："听说年伟那小子大了，这几日人影子也不见……"

年伟前阶段一直在屋里待业，本来也是立桥的积极分子，后来领了个体执照，推部小车到西门去卖盐水鹅，再也不来立桥了，每日下昼这当里，正是生意顶兴隆的辰光。

阿三头叹口气说："自然，自己做自己赚，总归要卖力的，不像我们——哎，芳芳过来了，你们看……"

芳芳屁股一撅一撅，细腰一扭一扭地走了过来。

半年前，芳芳在桥那边的市场上摆了一个服装摊。

芳芳家的日子很快就活络起来了。

其实连芳芳自己也没有想到，生意会做得这样发落。

芳芳的货，是通过野猫到"老板"那里去批来的。芳芳从来没有见过"老板",不过只要看看"老板"的货,就晓得"老板"是个什么样的人物。

靠了"老板"的荫庇,芳芳站稳了脚跟,撑开了台面。同行之中,要外出进货,先要到芳芳这里来探探风声,摸摸行情,他们都晓得"老板"的花露水,都服帖"老板"的本事,就苦搭不上关系。所以,芳芳在桥那边的地盘上,是很神气,很威风的。

可是,桥这边巷子里的人,都晓得芳芳这个小姑娘坯子不正。中学里念书的时候,就同一个劳改分子有不清不爽的勾当。后来那个人两进宫,芳芳就给学校开除了。这种货色,做起事来自然是无法无天。所以芳芳到桥那边去摆摊,小巷里的人是很看不惯的。等到芳芳做生意做出点名堂来,又有了点小名气,大家就很气愤地说,现在这世界,专门挑这种人。

下午芳芳的好婆在家门口看野景,大娘娘三婶婶几个人就对她说:"你们家的芳芳,做花头花脑的事,总归另有一功的。"

闲话讲得不明不白,不二不三。芳芳的好婆年纪已经很老了,脑子也很糊涂了,她就说:"孙家上代积德。"

大娘娘三婶婶几个人就觉得很好笑。

桥那边的空地上,原先是有房子的。那房子是孙家祠堂。从前孙家是苏州城里的名门望族,子系庞大,所以孙家祠堂里牌位是很多的。据说孙家上代里,有做大官的,很有钱,又大方,经常做善事,捐款筑路、资助义学。所以,孙家祠堂的香火一直是很兴旺的。不过有人很怀疑这种说法,因为后来孙家祠堂是被天火烧掉的,只留下一堆残砖碎瓦,再后来连残砖碎瓦也没有了,就成了一块空地。

那都是好多年以前的事情了。

阿三头是比较喜欢芳芳的,可是现在芳芳比他寻的钱多,又比他过得有趣道。他就有点塌台了,面孔上不好看。他曾经想去做同芳芳一样的行当,同这女人别一别苗头。

芳芳说:"你们家里的大人要把我撕豁掉的。"

芳芳笑起来像鸭子叫。

大娘娘就对儿子说:"你听听这个女人的声音。"

阿三头还算肯听大人的话。

芳芳的好婆总以为自己寿不长了,她希望芳芳早一点找婆家。

巷子里的人都说,芳芳看上去早不是个姑娘了。

苦瓜和斗鸡眼挡住芳芳的路,苦瓜对她说:"芳芳你架子不要这么大,派头不要这么足,你说我们阿三头哪一点比不上你?"

芳芳像鸭子一样"呷呷呷呷"地笑了一阵,说:"阿三头我可不敢跟你比,你这等立桥的功夫我先就比不过,呷呷呷呷……"

阿三头很不开心:"你挖苦我们,你有什么了不起,你不过比我们多捞几个钞票,你还是靠了老板的牌头,老板有什么了不起,老板是什么货色,我们全晓得……"

芳芳不再像鸭子一样笑,面孔板了说:"老板是什么货色,你们全晓得,你们是什么货色,我也清爽,我说老板就是比你们硬气,喏,你们脚底下的这顶桥喏,没有人来修,老板要出钞票修了……"

芳芳说完了,再也不理睬阿三头们,很神气地走了过去,阿三头呆瞪瞪地盯住她看,什么话也说不出来。

芳芳每天从可过桥走过去的时候,很希望"老板"来修可过桥。

可是可过桥后来没有修成,"老板"不晓得为什么又不肯出钞票了。芳芳心里很难过,幸亏阿三头他们没有取笑她。

"老板"终于又犯了事情,不晓得是偷税漏税,还是走私贩私,或者是其他什么,反正"老板"吃官司了。

据说"老板"进去之前给芳芳写了一封信,芳芳看了信哭起来,就奔到"老板"屋里去,可是"老板"已经被铐走了,没有见到面。

大家都说"老板"是三进宫,所以出来的日脚还没有头呢。

芳芳现在做生意就亏得多了,不过芳芳钞票已经很多了,人家对芳芳说:"芳芳你就是不做事体,光吃利息也足够了,是吧?"

芳芳还是天天到桥那边去做生意。

有一天,大娘娘拿来几包喜糖,满面孔喜气说阿三头结婚了,新娘娘是同一爿厂的力织工。芳芳吃了阿三头的喜糖以后,就去请来一个小姑娘帮她守摊头,自己就往南边去弄货了。

芳芳从南边进货回来,可过桥已经塌了,不能再过了。临时在河上搭了一个竹桥,走上去,吱吱嘎嘎响,还摇摇晃晃,胆子小的人,都不敢走。现在的城里人,胆子小的很多。所以大家又开辟了另一条路到桥那边去,这地方大街小巷路路通是很有名气的。

桥这边的小巷又像从前一样安逸了,从早到晚很少有陌生的面孔和新鲜的衣裳经过。

大娘娘、三婶婶,还有芳芳的好婆,他们说:"唉……"

桥塌了,阿三头他们不好再立桥了。阿三头现在忙起来了,前不久,添了小毛头,芳芳经常看见他端了一盆尿布到井台上去,也不会有闲工夫去立桥了。

芳芳也不敢从竹桥上走过去,所以她要绕一大圈到桥对面去做生意。不过,她现在经常在外面跑,很少守摊头。

听说有关单位即将开头做重建可过桥的计划。

过　界

晚清到民国年间造的民房，风格大致相同：平房，青砖土瓦，瓦脊不很高，一律开天窗。偶尔也有开老虎窗的，那是一种在天窗位置上，升起来似老虎头形状的窗。比起明代建筑，要粗俗得多。不过，倒也实用。

小街小巷里的民房，大都是私人房屋，小家小户人家，省吃俭用，积到一定程度，挑一偏僻处，买一块地皮。所以，在大的一致之中，便体现出种种的不一致来。大点小点，高点矮点，固然不在话下。有的坐北朝南，有的坐西朝东，也有相反的，坐南朝北，坐东朝西，那大凡是碰上尴尬事体，尴尬地皮，或是受风水先生的蛊惑所致。近几年，六层八层的新公房如雨后春笋平地而起，其规格无疑是高度模式化的，除家具、设置之外，106同506是没有任何区别的。相比之下，那些年代已远，破陋不堪的旧民房，倒呈现出千姿百态，不少高水平的"违章建筑"镶嵌其中，更加叫人眼花缭乱，目不暇接。

小巷里 10 号同 11 号，老许家同老刘家做了几十年的对门邻居。一个门朝东，一个门朝西，贴对贴、名副其实的门当户对。几十年一直住得舒舒齐齐，相处亲亲热热，没有其他异样的感觉。这几年倒烦出花头来了，只觉得房子太小了，狭窄极了，像是会缩似的，越来越小。人口也不算多，不晓得碰着了什么鬼。

最先是许家老大结婚。十年前头，结婚不兴去吃馆子，馆子里也没啥好菜烧出来，全是自己屋里弄的。桌头倒不好少摆，屋里摆不落，出来搭个棚棚。

喜事办得着实显，弄堂里的人全讲，几十年，许家是头挑，大家吃得开心。

喜事办过，老许屋里一直不想着拆棚棚。灶屋间搬到棚棚里，原来的灶屋间弄弄清爽，蛮好一间客屋。新房里一对沙发搬出来，省得轧在里面路也不好走。

棚棚没有围墙，临时用用可以，风刮过来，雨打进来，日脚也不好过。索性砌起围墙来，弄得像模像样。

老刘一家又来相帮。

隔了不多辰光，老刘屋里也要搭棚棚。龙龙同敏敏全是大小人了。一个男小人，一个女小人，困在一间屋里，总归不好的。

"老早想搭了。"老许讲。

老刘笑笑，笑得有点尴尬。他倒是老早就想搭的。老许搭棚棚辰光他就想搭了，不过，假使急绷绷地跟牢人家，总归不大好。

老许一家门来相帮，比自己屋里的事体还要卖力。

围墙砌好,棚棚搭好,看看,两家人家的棚棚一模一样,大小高低,式样规格,就像一只模子里印出来的。

弄堂里凭空多出两间屋子,难免有眼皮薄的人,叽叽咕咕,啰里啰唆。老许同老刘两家人家总归团结得像一家人家。有人跑到居委会去告状。居委会不晓得上级对"违章建筑"有什么处理办法。批评几句,不好处理,便算了。

眼睛一眨,又是几年过去了,许家老大的儿子读书了,许家老二也要结婚了。

老二结婚,同老大是不一样了。十桌酒席是随手订好的,用不着再搭棚棚了,再搭棚棚也没有地方搭了。

新娘娘是摆得出的。嫁给老二好像有点亏。亏在哪里,倒也讲不清爽。来看过房子,其他无啥意见,小就小点,只要一房家当轧得进,塞得满点才有富贵样子。可就是嫌房子旧,没有卫生设备,自来水也没有。娘家屋里是住公房的。有两个阿哥,一个兄弟,只好嫁出来。

20世纪80年代了,人家外国人到月亮上去白相,就像中国人到大公园白相一样便当。小伙子大姑娘早上起来还要拎马桶,端痰盂,倒夜壶,说出来笑煞外国人,年纪轻的怕难为情,女儿不肯倒,姆妈可以相帮。新娘娘不肯倒,阿婆是不高兴出去相帮的。就算老太婆看在儿子面上,情愿,也要给隔壁邻居讲得不情愿的。何况到底年纪大了,拎只马桶,一拐一拐,粪水泼出来,泼在房间里,臭煞,泼了外头,人家怨煞,到末了还是讲新娘娘不好。老二的女人前前后后想透了,就在老二面前发嗲。

新娘娘的腔调,姆妈不入眼,阿嫂也不入眼。老二是入眼的。

新娘娘看过房子第二天，老二正式向屋里提出来，要把屋里房子彻底改造一下。

这个要求是合情合理的。

不过，合情合理，并不一定合人心。姆妈同阿嫂原先是你不要看我，我不要看你的，没有一句讲得对路的话，这几日倒是有了不少共同语言。姆妈想想，老二这样听女人的，还没有嫁过来呢，嫁过来还不晓得要宠到啥种样子呢，同老大一批货色，怕女人。讨了女人忘记娘。大媳妇凶么虽然蛮凶，不过花头没有这么多。这种房子住了几十年轮百年，也没有啥人嫌不好。她倒好，来还没有来，先讲不好，以后老二会听她的，她要拆房子也只好拆房子，这种日脚不好过的。阿嫂想想，自己结婚辰光，屋里屁也没有动一动，青砖地还是青砖地。

不要说黄梅泼水，一般的阴雨天，地上能够踏出水来，房间里一日到夜一股霉湿气，嫁过来十年，一直有点脚膀酸，住这种房子，前世里触了霉头的，关节炎也住出来。照说，老二倒是蛮懂道理，要弄一道弄，自己的新房要铺水泥，做彩色水泥地坪，一手一脚也帮阿哥房间弄一弄。偏偏阿嫂又要作骨头，宁可不要弄啥水泥地，也不肯让老二媳妇做一家门的主，这种妖娆女人，胭脂口红，画眉毛，莲花指头一翘，不像会做生活的面孔，看不惯的，轧不来的。以后的日脚要是听她那一张嘴，不服帖的。姆妈同阿嫂这种腔调，老二是清爽的，男人虽是个男人，心倒蛮细的，想想，气不落，这个女人又不是他自己去寻得来的，不是他自己轧来的朋友。是姆妈叫阿嫂帮他介绍的。说得活灵活现，好像老二不寻这个女人，世界上就寻不着比她好的女人。真的滑稽的，弄到末了，介绍人倒看见她惹气，戳眼睛了。

不过，女人毕竟是女人，生来一张臭嘴，不讲讲闲话，不搬搬是非不适意的，讲归讲，主是做不了的。到老二真正开始弄房子辰光，姆妈和阿嫂帮忙起来也是尽心尽力，一点点不拆烂污的。

要弄房子，要弄得好，弄得显，光光不拆烂污是不够的。总归要有懂行的人指点指点，对过刘家的儿子龙龙就蛮懂的。龙龙去年派工作派到城建局，就是专门管建筑的。

老大叫老二去请龙龙来。老二不肯去，叫老大去请，老大也不肯，老大的脾气也算稀奇百怪，帮人家忙的事体，一向轧在前八尺，请人家帮忙的事体，从来不好意思去开口。老二晓得抬不动老大，只好自己去。

龙龙不在屋里，偏偏碰到敏敏。

老二有点尴尬。敏敏面孔有点红，又有点白。

"我……寻龙龙。"

敏敏不响。

"我……龙龙。"

敏敏不响。

老二嘻嘻嘴，像笑，又像哭："龙龙……到哪里去了。"

敏敏还不响。

"敏敏，龙龙假使回来得早，叫他到我屋里来一趟，阿好？"老二几乎有点低三下四了。

敏敏总算看看老二。

"我……我屋里要弄房子，弄……"老二讲到一半，晓得不好，刹车也来不及了。

"要结婚了？快得来，新娘娘啥辰光领来看看么，大方点么，又没有人会吃她的。"敏敏说。

老二扯开："龙龙假使转来得早……"

"咦，你寻龙龙快去寻好了，同我不搭界。"

老二咽一口唾沫，只好退出去。

女人，唉，女人的心眼，真是狭的，有啥办法。敏敏欢喜老二，老二也是晓得的，两家人家大人心里也有数目，可是姆妈同阿嫂不许，亲戚远来香。老二也不积极。老二自己不大欢喜敏敏，不晓得为啥，敏敏不难看，也不胖。人家全讲不要紧的，谈不成夫妻，做个朋友也蛮好。想不着敏敏会这种样子，倒弄得两家人家全有点尴尬。不过老二是不懊悔的，这种小心眼讨转来也没有好日脚过的。

老二灰溜溜，前脚回屋，龙龙后脚就跟进来。

"咦……"老二觉得奇怪。

"你要弄房子？"龙龙问他。

老二晓得是敏敏告诉他的，心里倒觉得有点对不起敏敏。

龙龙听老二讲他的打算，没有听完，就皱了眉头，打断了老二的话："不可以的。"

老二呆呆地看看龙龙，像是没有听懂。

"不可以的。"龙龙又讲一遍，蛮严肃，一本正经的。

老二还有点呆，他弄不清爽，龙龙的"不可以的"四个字是什么意思。

龙龙不接老二递过来的香烟，急急忙忙地告诉老二，这种房子，这里一大片房子，全是晚清时期造的，有价值的。有保留价值，要保持古风，古代建筑的古风。隔几天这里全要作为"重点保护"的房子了。成了重点保护对象，不管是公房私房，自己一律不许改动，不要说青砖改水泥地，弄什么卫生设备，开扇门窗也不许的。

老二不相信："你寻开心？吓我？"

"吓你啥事体，真的，不骗你的。"

"啥人讲的？"老二有点急了。

"不是啥人讲的，上头有规定的，还是不要弄吧。"

老二火了："屁规定，这是我的私房，管人家屁事，我要改就改，要拆就拆，啥人管得着。"

"我就要来管的，我就是吃这碗饭的。"龙龙还同老二寻开心。

老二有点当真："我就弄，看你怎么管，你不是讲还要隔点日脚，我明朝就弄！我明朝就弄！"

"不可以的！"龙龙面孔板起来，"不可以的。"

"有啥不可以？我在小弄堂里弄，上头晓得个屁！等到人家晓得，我弄也弄好了。"

"你当真？你当真要弄？我要去汇报的！"龙龙面孔红起来了。

老二又呆一呆，像是又没有听清爽，汇报？龙龙会拆他的台脚："你当真？"

龙龙面孔通通红："当真！"

老二盯牢龙龙的面孔看看，他实在想不通龙龙为啥这样同他作对。要弄间新房也不许弄，不弄新房，新娘娘……老二总算想通了，不想通倒还蒙在鼓里，一想通越想越气，面孔比龙龙还要红，立起来，喉咙拉开："刘龙龙，告诉你，我就是做和尚，也不会要你们敏敏的，我就是讨白骨精，也不讨你们敏敏的！"

老二一讲，龙龙倒有点呆了，哪里讲到哪里，天晓得，敏敏同老二的事体,他不大清爽。前两年一直在外头读书,转来时,也没有人告诉他,他倒是对自己的工作蛮重视,一直想做得出色点,一腔热血。看看已经破坏得不像样的古建筑,实在肉痛,奔来奔去,到处呼吁,叫大家要保护好,多读了点书,人也有点迂,弄来弄去结果是到处碰壁,凶的人还要叫他吃生活。龙龙倒是不折不挠的。

"你同敏敏有啥私皮夹账,我不管,不过房子是不好弄的。隔几日就要来通知的,我今朝算是先告诉你了,你假使再弄,就是明知故犯,要罚款的!"龙龙讲完话,不急不忙地出去了。

老许一家门老早拥过来了,戳着龙龙的背心骂起来。

老刘一家门赶出来,问清爽了事体。全怪龙龙不好,龙龙不服气,回嘴,还蛮有道理。刘老头子火了,嘴里骂"杀千刀""枪毙鬼",手伸过去要拷龙龙耳光,龙龙让开,老头子一冲一个趔趄,跌出去一段,撞在许家大媳妇身上,又是一片乱哄哄。

龙龙跺跺脚,回到自己屋里,不去睬那些人。

老刘一家门代替儿子挨骂,面孔上还要笑。一直立到大家骂得吃力了,口干了,所有难听的话骂得差不多了,刘老头子对许老二讲:"不要听那个小杀千刀的!你弄,明朝就弄,我不上班了,帮你弄!"

许家的人一面孔怒气,老刘的话一点也没有领受感动。

龙龙回到自己房里,敏敏跟进来。

"是你不好。"敏敏讲,"是你不好,人家弄房子,管你啥事体?"

"怎么不要管,这是我的工作。"

"你的工作,你的工作,你的良心呢!你自己看看,这种房子好做新房的？"

龙龙讲不出话来。停了一歇，对敏敏说："你还帮人家？人家讲的，讨白骨精也不会讨你的！"

敏敏呆一呆，"哇哇哇"地哭起来。

老二真的弄房子了，没有刘老头子帮忙，龙龙也真的去汇报了。可是等到通知下来，等到头头们把这件事体排到议事日程上来，前呼后拥来检查的辰光，老二的房子里已经全部弄好了。而且在这同时，弄堂里已有好几家人家都高速度地改造了房子，扩大了地盘。

"算了吧，我看，弄也弄好了，大家看看怎么办？"一号头头讲。

"是呀，弄也弄好了，况且是在下通知之前弄好的。"二号头头讲。

"是呀，弄也弄好了，是在下通知前弄好的，好在外面看不大出来。"三号头头讲。

"可是。"龙龙急煞了，"可是……"

"当然，当然。"一号头头拍拍龙龙的肩，"可以改过来的，还是要改过来的。比如，你看看这两家的厨房，明明是违章的么，为什么不拆掉啊！马上通知主管部门，立即拆掉！"

头头们走了。龙龙有点为自己的住处担忧了。拆了违章建筑，灶屋搬回屋里，他只好住客堂了，总不好叫敏敏住客堂，二十几岁的大姑娘，客堂里无遮拦的。

又过了很长一段时间，终于有人来管违章建筑的事体了。是居委会主任。一个七老八十的老太太，讲话的牙齿不挡风，每一个字里会有"夫夫夫"的夹音。

老许家和老刘家一道出来迎了,但相互不大理睬。

老太太主任"夫夫夫"地要求他们三天之内拆掉违章建筑。

"哦哟,老主任,你也不是不晓得,搭也搭了十几年了,现在倒要来拆掉了?"许家老婆讲。

"是呀,十几年一直蛮太平⋯⋯"刘家老太婆搭腔,讲到一半,看见许家的人在白眼睛,有点心虚,不响了,本来么,十几年一直蛮太平,全怪龙龙这只小赤佬。

老主任"夫夫夫"地说:"不管十几年,几十年,错的就要改,搭了就要拆。"

"拆,叫我们困露天啊?"敏敏讲。

"拆了叫我们吃生米啊?"老二讲。

敏敏白了他一眼。

老主任光是"夫夫夫",没有其他话。

"老主任,你是了解我们的难处的呀!"老许讲。

"老主任,你是晓得我们的苦衷的呀!"老刘讲。

两个人你看了我,我看了你,讲的一样的道理。

老主任"夫夫夫"地讲:"困难是有的,拆还是要拆的,拆了再想办法解决困难。"

"要么你老主任来帮我们想办法。"刘家姆妈讲。

"要么你老主任来帮我们想办法。"许家姆妈讲。

老主任先是"夫夫夫",又没有话讲了。

"你叫我们拆,你让我们到你家去喏!"敏敏讲。

"你叫我们拆,你帮我们去说服我们的小媳妇喏!"许家姆妈讲。

两家人家越讲口径越一致，越讲走得越近。

老主任不再"夫夫夫"了，拿出一张纸头，讲："我也没有办法的，上头的规定，隔几日肯定要来查的，查到，肯定要罚款的，我话已经讲清爽了，讲到底了，你们自己看吧！"

两家人家大家互相看看，瞪瞪白眼。

"你想想看，我们老大的儿子十岁了，照理要同爷娘分房了，老二又要结婚，本来再添两间也不够的，现在还要拆掉一间，这种日脚……"许家姆妈面孔对着刘家姆妈讲。

"是呀，你想想看，我们龙龙敏敏全二十几岁了，龙龙也快要讨女人了，敏敏倒还没有朋友，又不好赶女儿出门，再拆掉，怎么住得落？"刘家姆妈面孔对着许家姆妈讲。

"讲这种废话，有啥用，还是想想办法！"老大的女人讲，不把两个老太婆放在眼里。

两家人家一道商量，到末了，决定先避避风头，拆了宁可麻烦点，过了风头再搭。

老太太主任没有骗人，检查组是带了罚款的信条来的。弄堂里罚了好几家人家，弄得人家哭哭啼啼，查到10号11号，棚棚已经拆掉，许家和刘家受到表扬，心里却恨得不得了。

隔几日，报纸上还登出来，叫有"违章建筑"的人家向他们学习，弄得两家人家蛮尴尬。

又隔了几日，查违章房屋的事体不再提起来了，他们又等了几日，就开始重新搭棚棚了。

许家老二抢在前头，开了夜工，围起了围墙。

刘家第二天早上起来看看，不对头了，过界了，起码过了一米。原本两家的棚棚是一样大的，正好把空当撑足。现在老二扩大了地盘，刘家就要缩退，其他事体好让，这桩事体不好让。房子的事体，性命交关的。性命交关的事体，就顾不上什么态度不态度了。老刘开出口来，声音就高了八度。

"老二，你搭过来了。"

老二装模作样，一副不明不白的样子，对着围墙看了半天。

"看也用不着看的，闭了眼睛也有数目，你扩过来的。"

"你不要瞎说。"

"看印子，墙上的印子么，喏，清清爽爽，原本在这里么。"

老二到底还嫩，一时没有话好回，只好横竖要赖皮了："过来怎样？我就是搭过来了，你怎样，先来先抢到么，你不好早点弄么，晚来吃屁，活该！"

这句无理的话被老刘揪住了。

许家的人都出来了。

老大看看原来墙上的印子，对老二说："说你不对，是你不对，你怎么好去占人家的地方？"

"你懂个屁？"老大女人训斥自己的男人，"你给我走开点，你这种人，吃家饭撒野屎的，少开开口！"

老大矮了一截，缩缩头颈，不响了。

老刘占了理，开始对看热闹的街坊邻居演讲，街坊邻居概不参加意见，这两家人家算得精的，报纸上还表扬。好处得到了，又要重新搭棚棚。

老二唾沫喷得老远："你去告我好了，我是过界的，有意过界的，想多占点地盘,是没有理的,你去告好了,到居委会去,到你们龙龙单位去,到法院去好了,去呀!"

法院是去不得的,什么地方也去不得,本身就是违法的事体。老刘真想给老二一记耳光,然后找个耙子把他的棚棚扒掉,可惜也不行,讲打骂,不是许家的对手。龙龙对这种事体是看见只当不看见,敏敏还要不像样,贼坏。老二对她这种样子,她有辰光还要帮人家。

不过气总归是要出的,不出掉闷在肚皮里要生恶毛病的。

老二赢了,神气活现,连夜开工,棚棚弄好了。比老早大三四个平方。

刘家不响,没有声色。许家倒有点奇怪,也有点吓兮兮,到底是理亏的。

过几日刘家还是不响,许家稍稍有点放心了。大概刘家怕他们了。想想又有点不过意了。平常闲话中又有点搭讪,想和好的样子,刘家还是不响。

等到刘家搭棚棚的时候,许家才晓得刘家又是不肯吃亏。你扩过来,我升上去,弄很高,棚棚里还好搭阁楼,一间棚棚顶两间用。比许家的三四平方还要实惠。棚棚搭得高,挡住了许家窗户。许家又来吵,老刘说:"你去告我好了,到居委会去,到法院去告好了。"

许家也吃了一回瘪。想不落。

到了黄梅天,一直落雨。两家人家房子全漏雨。

龙龙单位里有专门捉漏的人,请来,一歇歇工夫,弄好了。

许家只好看看。老大几次爬到房顶上,越捉越漏,漏得更加厉害,还差一点跌下来。想去求龙龙帮个忙。又是你推我,我推你,全不肯去讲。老二的新房墙上上好的绿粉，印得东一摊西一摊，难看煞了。

想想还是不相骂的好，一家人家总归有求人家的时候的。老大怨老二，老太婆怨老头子，几只面盆等水，叮叮当当。

"龙龙。"敏敏好像有点不好意思，支支吾吾的，"对过，对过……"

"对过个屁！"刘老头子啐了女儿一口。

"对过什么呀。"龙龙倒蛮关心。

敏敏看看大家，不响。

"对过什么，你讲呀？"龙龙追问。

敏敏不响，一直等到老头子走开，才吞吞吐吐地说："对过，老二，屋里，还漏……他们不会捉漏。"

龙龙看看敏敏："嘿嘿，晓得了。"

第二天上午，有人到许家屋上去捉漏，告诉老许屋里是刘龙龙叫他们来的。老许屋里的人一时全有点呆。

下午，刘家姆妈到弄堂里井台上去洗衣服，许家姆妈也跟出来，主动搭搭讪，刘家姆妈不像老头子死僵，也对许家姆妈笑笑。

老许亲自上门谢老刘，送十只鸡蛋糕。

老刘回门谢老许，送五条云片糕。

这场相骂算是结束。两家人家又讲话了。不过不像从前什么话都讲。

老二的婚期越来越近了。

龙龙带回来一个消息：这一带的住户全要拆迁了。前面一条马路要拓宽。

第一个跳起来的是老二。

"你不是讲,这里是'重点保护'?"

龙龙面孔上有点尴尬:"保不牢了,马路不拓宽,一直出交通事故。"

老二说不出话来。两家人家全讲不出话来。

搬家那天,两家人家互相留了新的地址。

最后,讲一声"再会,有空来白相"就分手了。大家心里有点说不出的味道。

你越过那片沼泽

三三醒得很早。有点激动。夜里一直没有睡好。前半夜和后半夜已经醒过好几次。

"再睡一歇。"好婆听见三三有声音,要紧关照他,"早咪。再睡一歇。早开也不会有人来。他们都晓得是七点半开始的。"

三三不响。为啥不好早点开呢。医院里护士差不多五点钟就来吵人了。正好是顶顶想睡,扒不开眼睛的辰光,她们来量热度。把脉。问大小便,问得细细的,一点也不晓得难为情的。顶讨厌。三三是不高兴当护士的,也不高兴当医生的。三三是当不了护士,也当不了医生的。

三三有一条腿是坏的。一条坏腿把三三十四岁以前做过的所有的梦全破掉了,一条坏腿把三三十四岁以后所有的梦都变成了一个色调。十四岁那年,初中生三三和一个班级的同学轧在一辆大卡车上，去春游，正在唱歌的时候，车子翻了，压死三个同学，三三脑壳上摔了一个洞，血汩汩地冒了不少。到医院住了一个月。就是那一个月，三三领教了护士们的讨厌。脑壳上的洞后来长好了，长得好好的，只有一条小小的疤。可是，过了一年，三三的右腿有点发僵，去找医生，医生说那是因为三三偷懒，不肯锻炼身体。三三很听话的，天天早上起来跑步，可是那条腿越跑越僵，后来只好拖拽着走，再后来拖拽也不好拖，要挂棍子走。于是三三听见有人喊他"跷脚""拐脚""阿跷""阿拐"。就像以前他和同学一起喊别的跷脚一样。

　　三三的爸爸妈妈从内地的厂里回来了。白天，领着三三奔到东奔到西求医生，夜里，爸爸看医书，妈妈学针灸，把三三拆了半年，结果是在三三的身上留下了不少针眼，在三三的病历上出现了一句话：脑损伤引起功能障碍。一年半前的"轻度脑震荡"属误诊。

　　三三的爸爸妈妈走了。三三还是同好婆过。可是三三已经是跷脚了，并且要永远地跷下去的。他受到了种种的限制：不许考大学，不许进工厂，不许……

　　福利工厂是可以进去的。托人说个情，不会很难。可是，好婆不肯。路太远，要换两趟车。现在的公共汽车，人家打夯一样地打进去，三三不行的。三三又是人善心软的，要受人家欺负的。

　　好婆把自己做了十几年的事体给三三做了。

　　三三跟好婆住的大院，有个石窟门的门洞，门洞里的门堂间，蛮大蛮畅，像像样样一块地方，雨落不着，风刮不着。院子里家家人家都想轧一只脚进去揩点便宜，摆摆不舍得丢掉的旧家什，养两只鸡，堆几箱煤炭，多亏得房管部门、居委会管得紧，贴出告示违者罚款。

所以门堂间里倒也一直空落落，顶多夜里大家摆摆自行车，日里自行车骑走，门堂里空空荡荡。不晓得从哪一年开始，不晓得是啥人帮居委会出的主意，在石库门的门堂间，生了十来只煤炉。弄堂隔壁有一家医院，小虽小，来看毛病住医院的人蛮多。门堂间里十来只煤炉，就是专门给病人家属提供方便，烧饭热菜，按时间长短收点钞票，多少年下来，倒也蛮受欢迎。三三只记得，一直是好婆坐在那里收钞票的。好婆前头是啥人管的，三三不晓得，好婆自己也讲不清爽了。

好端端一个小伙子，再过几个月，就是堂堂正正一个公民了，不呆不憨，做这样的事体，好婆心里是有点难过的。不过三三不难过，难过、伤心的辰光老早过去了。不管怎样，总算有一份事体做做了。所以三三有点小小的激动。

三三眼睛一亮。

最先进来的是个姑娘，朝三三坐的地方瞟一眼，没有把三三当回事体，自说自话地开开煤炉，加一只煤球，把一只很小很轻的钢精锅子坐到煤炉上。

三三有点不开心，开始看表。好婆特意去帮他买的，电子表，造型很好。三三把手臂往前伸伸长。按用炉子的时间交钱，要讲自觉的。好婆告诉三三，现在讲自觉的人太少，不好不看时间的。有这样一个光彩照人的影子立在那边，三三有点不定心，老是盯牢表看，太憨了，不看表又没有地方好看。三三出汗了，煤炉边是蛮热的。

有人进来了，进来一批，几只煤炉基本上全用起来，声音噪起来。三三有点慌，一歇歇工夫就乱了，弄不清爽先来后到的，只有那个姑娘他记得很牢。

"咦——换人了？"终于有人注意到三三。三三开始有点兴奋。

"哎，那个老太呢？"

三三笑笑，不响。

"是你好婆吧？"

三三笑笑，点点头。

"这个小人倒蛮乖的，不像外头的小赤佬，枪毙鬼样的坏……"

"倒是的，面孔也白白清清，文气得来……"

这种人！像评一块布，评一只小狗。我十八岁了，不是八岁。三三面孔红红地想，很不开心。

"喂，这只煤炉，烧半天也烧不开，怎么弄的？"一个小青年，比三三大不出几岁，盯牢三三看，很凶的样子。

三三有点怕，立起来，走过去。马上响起了一片声音。

"哟，脚坏的……"

"哦，是跷脚……"

"唉，作孽兮兮……"

三三没有理睬那一片声音。走过去看煤炉，差一点笑出来。哪里是要熄灭，炉门根本没有开。三三弯下身体去开炉门，大家都笑。笑那个很凶的又不会用煤炉的小青年。他穿一件很好看的光夫衫，比三三足足高一个头，很神气的。

有人笑着去搭话头："刚来的？"其他人全盯牢他看。

他不理睬他们，面孔还是板板的，三三有点讨厌他。

那姑娘回过身来，对他龇龇牙齿："是工伤？"

"工伤个屁！"他的面孔又凶起来。

姑娘白了他一眼，不理他。大家也不再理他，他们把他当精神病。三三想，快乐了一点。三三蔑视地瞟了他一眼，发现他面孔上也不全是凶，好像也有不少苦样。好婆说，人一生下来就是苦的，人的面孔就像一个苦字。三三蛮相信的。

又有一个进来，穿的西装，有一块红校徽别在左胸。三三坐得远，看不清什么学校，心里痒痒，一直想过去看看。

"哟，董老师，你今朝迟到了。"那个姑娘抿嘴对老师笑笑，"你老婆还没有生？"

董老师皱皱眉头，离姑娘远远的，下巴动一动。大概算是回答吧。三三想。

"嘿嘿，你们读书人，弄起小人来也比我们难。"五十几岁的乡下女人露出几只黄牙齿笑，"我十年当中生了七个，也不晓得医院的门朝南朝北的……"

董老师眉头打结。三三也觉得恶心，乡下人，讲出话来不晓得清爽龌龊的。

"好了，我好了，喂，给钱。"

姑娘递过一打皱巴巴的一角票子。

三三呆了一呆，接过来。难为地说："你要交两角的，你用了……"

"咦，你这个人倒滑稽，我每天全是给你一角的，你想敲竹杠？"

三三面孔通通红，说不出话来。那姑娘得意地笑笑，两只耳朵上挂的耳环，一跳一跳，一荡一荡，闪闪发光。三三不敢看她，不过不想认输，轻轻地说："你是用了二十分钟，我看得清清爽爽。"

"倒看你不出，人样子不像，精刮倒蛮精刮。"姑娘手摊开，"你们大家看看，小赤佬想敲竹杠。"

大家看姑娘，看三三。三三要哭出来，他确确实实是看手表的，不会错的。

面孔凶凶的小青年重重地喷了一下鼻子，恶狠狠地瞪了那姑娘一眼，拿出一角钱，给三三："喏，我来出！"

三三不敢要。姑娘叫起来："你算什么、你算什么，我的事体要你管？"她也恶狠狠地看了他一眼，摸出一角钱朝三三脸上一丢，走了。

三三的眼泪涌上来。他急忙弯下身子，费力地去拣那张一角的票子，他不想叫别人看见他的眼睛。有一只手已经帮他拿了那一角钱，递给他，是那个面孔凶凶的青年。

"小市民！"董老师对着门外鄙夷地说，"金耳环、金戒指倒有钱买的。"

面孔凶凶的青年又恶狠狠地瞪了董老师一眼，张张嘴想说些什么，最后还是没有说。

"不过，也不会有多少钱的。"乡下女人好像全明白，一脸看不上的神气，"这种城里人，这种小丫头，会有多少工资？加上奖金也不会多的。戒指耳环倒戴得起，不晓得怎样抠下来的，嘴里省出来的，也是作孽……"

"住两间破房子，戳一只咸菜碗，自己身上，啧啧……"

"这种抠法，我是不要看的。"

"我也不要看。"

"听说她老头子生的是绝病。"

"哎呀，就是，同我们一间病房的，开过刀，已经不来了，自己还蛮好的，这个女儿……"乡下女人讲，悲天悯人。

"怎么不看见屋里其他人来，老太婆呢？"

"老夫妻不对的，不要好的。"乡下女人挤眉弄眼。

"不要好？人都要死了，还犯什么花头经？讲得出的！"

"啥人晓得，这种人家！这个女儿也算作孽，一个人跳出跳进。"

"还没有男朋友？"

"不晓得，来是来过一个男的，看一看就走了，不晓得是不是，假使是的，肯定是个没良心的……"

三三心里不好过。

有很长一段辰光，三三心里没有这种感觉、这种味道了。

三三吃了两碗泡饭，好像还没有饱，好婆又帮他盛了半碗。三三自己也弄不明白，做这种不吃力的事体，肚皮怎么这般饿法。好婆烧的螺蛳咸津津，甜滋滋。三三一口气好吮一盒子。

三三看见好婆两只手油光光的，三三做了好婆做的事体，好婆托人去批了点核桃回来敲。

"三三，怎么不响？吃力了？"好婆笑眯眯地看三三吮螺蛳。

三三笑笑，吮螺蛳，吮得"哧溜哧溜"响。

"这样做来不来？"好婆不放心。

三三点点头。这种事体有啥不来的？轻轻松松，就是有几个人不入眼，有点惹气。不过也不要紧，人么总归有入眼的，有不入眼的。隔几天，不入眼的人会走的。病人也不会一世躺在医院里，要么好了出院，要么……

隔壁李冬跑进来，来看电视。夜里有香港武打片。自己屋里一只电视，屋里大人要看越剧。做广告的时候，李冬告诉三三，明强招工了，是无线电厂。

三三心里一动，面孔上却是很淡漠的，只当没有听见。

李冬并不识相，继续讲："无线电厂在南门外头的工人一千多，条件……"

三三说："你想去你也去好了，眼热人家有什么用。"

"我是不行的，我考分低。三门只考了一百〇五分，明强考分高，我读书是读不出的……"

考分低，再低也还让你考。三三心里酸溜溜的。

"敲门。"三三说。李冬过去开门。

一个老太，像是跌跟头一样跌进门来，嘴里哇哇啦啦地叫："巧妹，巧妹啊！"

李冬看看三三。

三三说："你寻错了，这里没有巧妹的，你寻错人家了。"

"啥人讲的？我去年还来过的。"老太盯牢三三看了一歇，"你是三三？"

三三不响。好婆走过来一看，也哇哇啦啦地叫："啊呀，阿珍！阿珍！黑灯瞎火，你怎么摸到这里来的？"

老太跌跌撞撞坐下来，眼泪汪汪，声音响得吓人："哎呀，我前世作的孽呀，我前世作的孽呀……"

粤语演唱的主题歌。三三同李冬的神经紧张起来。三三朝两个老太白白眼睛，走过去把音量开到最大。三只喇叭在屋里一道吵，头脑子发胀。

睡觉之前,三三问好婆:

"好婆,你怎么叫巧妹的?"

"我生来就叫巧妹嘛。"

"嘻嘻,嘻嘻……哎,那个老太婆做啥十三点兮兮。"

"哇呀,作孽,她的儿子轧坏道了,同人家打相打,打坏掉了,住医院。就是看好了,作兴还要判,还要吃官司的。"

"她寻你做啥?"

"明朝也要到这里来烧烧弄弄的,你帮帮她,阿晓得,作孽兮兮的。"

三三没有响。心里是答应的,不过他不大欢喜这个老太婆腔调。

"听见说,听见说,你们病房,昨夜里有人寻死路,是真的?"

"是呀是呀,弄得一夜天大家不安逸,就是……"声音低下去,像蚊子叫,歪嘴巴,做眼色。

三三听不见了。表情他也不懂,心里好闷,"就是"。那个"就是",好像就是讲的这门堂里的哪一个。

"啥事体要寻死路?啥事体?生的绝毛病。"声音高了一点。

"也不是的,不是绝毛病,讨厌是蛮讨厌的,作兴要一世瘫在床上的……"

"哦,年纪轻轻,作兴想想活下去也没有劲……"

"放屁!"面孔凶凶的青年凶凶地说。

说话的人互相又丢眼风,三三懂了。那个寻死路的人就是他陪的那个病人。

"怎么回事体？"

原来那凶凶的面孔和凶凶的声音好像并不可怕，并不凶，仍有人问。

"怎么回事体呀？"大家都问，急巴巴想晓得，心里痒煞了。面孔上全是可怕的样子，皱眉头，撇嘴，叹气，又怜那个寻死路人，寻死路的人总归是很可怜的。

凶凶的面孔变得有点白了，凶凶的声变得有点哑了。

救了一个不应该救的人——过去的恋人。在别人的唆使下，她反过来说事故是他造成的，在场只有两个人。

"那他不好去打官司啊，有道理总是讲得清的。"

大家都盯着他看，他的面孔又难看起来："他不去打官司，死也不去。"

"哪有这种事体，哪有这种人，天底下少有。"乡下女人叽叽哇哇地说。

"那你说天底下哪有那种事，救了她，她倒反咬一口，你说叫他怎么想得落。"

大家全不讲话了，眼泪流不下来，骂也骂不出来。

"你是他的兄弟？"

"兄弟个屁！"面孔歪歪，"兄弟姐妹全不要看他，爷娘也不管，我是憨大，情愿自己请事假，扣工资扣奖金来陪他。不是一个爷娘生的，不是一个屋里的兄弟，自己轧出来的小兄弟。"

大家都不响了，三三不晓得他们在想什么，三三立时有些敬仰地看看他。他觉得不能用斜视的眼光看他了。

一股焦毛气。大家用鼻头拼命嗅，看自己的锅子。一个女人叫起来:"啊呀,你看,你的裤子。"

那个只肯出一角钱的姑娘正在弯下身体去端一只小钢精锅子,听见喊,手一抖,连锅子带粥跌倒地上,她也不管,要紧看自己的裤子,一条笔笔挺挺的好裤子,烫出一个大洞。

姑娘熬不牢眼泪涌出来,嘴里开始骂人:"老不死的,还不死,活在那里害人,早死早好。"

"哎呀,不好咒的,生病人最怕人家咒,自己人咒起来更加灵,不好咒的!"

"我就要骂,老不死,害人,拖死我了。我几个月没有上班了,我几个月只拿三十块工资,我日日吃点青菜汤……"

姑娘越讲越气,眼泪没有了。样子变得像只雌老虎。一脚,小锅子滚到门口。正好进来人,踏扁了。

一片惋惜声。

姑娘倒有点呆了。

三三皱皱眉头,想到家里拿一只借给她,想想又不情愿,他看看那个面孔凶凶的青年,他盯牢自己看。三三对那姑娘说:"我借一只给你用。"面孔有点红,昨天她那种态度,他不会忘记。

姑娘像是没有想到,呆了一下。眼睛里好像又有水了。三三要紧走开,去把一只钢精锅子拿来,急急地交给她。

"这个小人真的,面善心善,现在外头少的……"又来了。三三厌烦。

"真的。"

大家都点头,董老师也点头。面孔凶凶的青年好像没有听见他们在讲什么。

一堂屋的人。三三好像都不大喜欢。三三变掉了,以前不是这样的,以前三三……

"喂!昨天晚上看电视的吧?"

三三呆了一呆,面孔凶凶的人在对他讲话。又是讲得极感兴趣的。三三大幅度地点头,眼睛盯牢他看,不肯放松一点点。

他叹了口气:"我没看到。"

可惜的,跳了一段,就没有劲了。现在越看越紧张了。不过三三没有讲昨晚的电视有多好看。

"那个女的,梅臭风,九阴白骨爪练成了什么?"

"梅超风。"三三郑重地纠正,"练是练成了,不过没有用,连欧阳克都打不过,没有花头的!"

他又有点叹息:"今天还有?"

"今天没有,明天还有。"想到明天晚上,三三很兴奋。

他不响,萎萎的样子。

三三想了想,小心地说:"你来看?到我的家来。喏,就是那一间房子。"

他眼睛亮了,有点在笑。面孔并不凶。不光不凶,还有点甜。"今晚呢,看音乐会?你叫我张雷好了。"

座位蛮好的,两排。三三已经老长时间不来看这种歌舞演出了。

一开始是五颜六色的灯光在晃动,打转,弄得三三眼花缭乱,心里怦怦地乱跳。三三只在电影里看见过这样的灯光,电影里看不见,电视机是黑白的。在乱晃乱转的灯光里,随随便便地走出来许多人,穿得都是奇形怪状,很好看的。三三不晓得这算什么意思,弄了半天,说是已经开幕了。不像以前那样,先出来一个长相顶顶漂亮，身段顶顶苗条，衣服顶顶华丽的女的，灯光就集中在身上，她就报幕："下一个节目……"现在不是那样的，许多人乱七八糟地站在台上，一点集体性也没有。当中走出一个人来，是男的，也随随便便地穿一件衣裳，随随便便地倒提话筒，讲了几句不三不四的话，算是报幕。声音倒蛮好听的。三三有点不习惯，皱皱鼻头。下面就是许多人一起跳舞，音乐响得叫人心狂跳，三三差不多要大叫起来，跳了一会儿，只剩下四个一般高一般瘦的姑娘跳，穿着很短的裙子，快要看见屁股了，整个手膀子和肩膀露在外面。五个手指叉开，扭腰耸肩确实好看，那叫霹雳舞。三三是听了那个男的介绍后才知道。真真，三三发现自己太土，太乡气了。他熬不牢用手碰碰同伴，他的面孔上被灯光照得发红发紫，眼睛也是，没有讲话。

　　跳了一歇，所有的灯光熄了，只有一只顶刺眼的，灯在全场上下左右到处转，转到谁的眼睛，都闭了眼，台上的四个姑娘反倒看不分明了。场内先是一歇歇的沉闷，后来便有几个男孩子在大叫，怪叫。后来又有许多人在怪叫，跳的人便愈发地上劲，吹吹打打的人便愈发地用力。三三也想怪叫，可是不好意思，叫不出口。

　　唱歌的时候也是一样的，下面的人比上面的人还要疯。上面的人看见下面的人疯，便更加疯，屁股扭得好像要掉下来，嗓子喊得好像要出血，话筒里便多了一点"呼哧呼哧"的杂音。听上去倒更有劲。

　　又是跳舞，又是唱歌，又是跳舞，又是唱歌，灯一灭，男孩子便大叫，怪叫。女孩子便抿着嘴笑，终于，三三也叫了一声。

　　出来个男的唱歌，唱完两支，竟很少有掌声，便笑问大家，要听什么。于是，便又混乱，有的叫"阿里巴巴"，有的叫"阿西"，有的叫"牛仔裤迪斯科",叫了一阵,静了一点,便听见一个很清爽的声音:"唱东方红!"

大家笑,噪,男演员也笑:"我听错了吧!"

三三看他的同伴,他也看看三三,有点说不出话来。

早就翘首等待的人终于出来了。特约的深圳夜总会歌星梨梨小姐。

果然不凡,一开口便把全场镇住了,歌星小姐不仅嗓音美妙,身段也好,边唱边在台上转,过了一会儿,梨梨小姐竟朝三三他们这一区走过来,越走越近。三三面孔上竟有点烫起来。女歌星笑得顶奶油,一边唱,一边手里握一团亮闪闪的东西。突然,大家眼睛一花,一团亮闪闪的东西飞过来,飞到三三跟前,三三不晓得怎么一伸手,抓牢了,边上不少人在笑,在哄,在闹,在骂。三三心跳得要发神经,过了好一阵,三三才小心地拨开那团东西,里面有红红的一小团,四周金黄,边上立时有人叫:"一只戒指!"

哄得不像腔,歌星小姐的歌也没有人听了。张雷关照三三:"捏紧。"

"假的!"有人说。

"假的?"许多人说。

"假——的?"

一片嚷嚷。三三有点失望,但仍然很兴奋,捏得很紧。

下面的节目,三三全没有看好,手面捏的东西一会儿发烫,一会儿冰凉,一会儿像在跳,一会儿像在抓痒。

终于熬到散场。

"喏,就是那个小赤佬!抢到了金戒指的……"有人指指戳戳。

"喏，那一个！那一个小赤佬！"

"跷脚？那个跷脚？他娘的，跷脚倒有额骨头……"

很多人都朝这边看。

三三紧紧跟着张雷，总算出了门，身上汗津津的。

夜风一吹，适意了不少。三三又看那只戒指，一点不像假的。

"给你吧！"三三真心地说，小心地问，"你有……女朋友吗？"

面孔歪歪，不凶，也不笑，也不要。走了一段，问三三："有劲吧？"

三三眼睛闪闪的，点头，笑，很开心。想唱，想拼命地叫。很长时间没有这么开心了。

张雷却不很开心，脸沉沉的。

三三看看他的脸，问："你的那个——那个朋友，真的要瘫一世吗？"

"真的！"

"不可以坐轮椅吗？张海迪不是也坐轮椅吗？坐了轮椅就可以出来，坐了轮椅就可以……"

"屁！坐轮椅有屁用，她不想出来，她什么也不想看，她什么也不想听，什么也不想知道。"

三三吃了一惊。隐隐看见张雷眼睛里亮闪闪的。停了好一阵，张雷又说，"我来陪她，就是想劝她，可是没有用，我没本事。"

三三又小心地看看他。他是要劝人的人，可是自己也没有劝过来。三三很想告诉他，可又不大敢讲，三三还是有点怕他。

三三醒得很早。

他好像是被自己叫醒的,心怦怦跳。他做了一个梦,走一大片烂泥地,陷得很深,走得很累,一直到吃过早饭,还很累。

董老师不开心,满脸的晦气。他们说他是生了女儿不开心,想要儿子。三三倒觉得董老师是一直不开心的。不知道为什么,年纪轻轻,已经是大学老师。老婆也是大学老师,还不开心,人心真是的。

那个姑娘,来还那只小钢精锅子。两只眼睛红红的。三三不敢去看她。她想说什么,还没有说出口,眼泪就滚下来。耳朵上挂的东西也不像以前那么亮闪。

三三低头接了锅子,她便走了,并不和大家打招呼。

不过没有人说她。

她还是很有良心的,三三想。尽管上次她骂她的父亲。她还是有良心的。

三三盯了她的背看,一直到她在弄堂口转弯过去。

三三有点头疼,仍然是累。

"哟,三三,今朝怎么像只偎灶猫,一点点精神也没有,昨天晚上做啥了……"阿珍好婆倒是开心起来,儿子判下来,不去了。

三三看看她,懒得讲话。

"咦,那个寻死路的人已经走了,你不晓得?陪她的那个人也走了,医生是不许走的。"

"为什么就走了。"

三三心里有一种说不出的味道,张雷走也没有来讲一下。"为什么就走了?"

"昨天讲了点什么,两个人都发火,吵架,今天说是要回去打官司了，天晓得……这种人，看看也不像会救人的，天晓得打什么官司。"

阿珍好婆那张面孔，实在不好看，每一条皱纹里都是幸灾乐祸。

三三不要看这张面孔，闭了眼睛。一闭眼睛，三三又看见梦里的那片沼泽地。

桑葚儿红了桑葚儿紫了

那个学生奔进来,站定了喘息,油黑的脸甚是惶惑。

他恼得很。兀地却想哭,那东西竟那么好吃。他也曾被老先生拧了耳朵骂:你也配姓孔么!

他也该去拧他的耳朵。

油黑的脸愈发地惶惑,腮帮子很红,白衬衣一斑一点的红。兀地又想笑。忒性急的。想告诉他,紫的才甜,红的是很酸的,说话却终是由不得自己。

回头有四十几双眼睛,竟是期待得很,快活得很,拧耳朵或许是极有趣极好看的。

"去!坐下去坐下去坐下。"

蛇似的溜下了座位。油黑的脸仍是惶惑。

后排便生出许多不平来。迟到了原先都是罚站的。

心沉了，生了沮丧。

"改了自习。"他说。

竟是有些欢呼起来。

"——不许出去。"

仍是骚动。

"沈……老……师……说……今……天……讲……蚕……么。"有抖抖的一丝疑义。

"不要听不要听不要听。"粗粗的一片嚷。

他是应允了代生物课的，并且有准备，讲蚕，讲桑叶，讲桑葚儿。生物老师每星期去一次县城，跨一回文教局长的大门。且并不隐瞒手提包里的内容，且煞是顽强而有信心。他是极佩服的。二十五岁的姑娘。

自习却也是无聊。便有小纸团扔了来，橡皮打了去，并让他捉住了一对少男少女的眼色。

他烦得很，命令写三个开头，五个结尾，当堂交。他们终还是有些惧怕的，取了纸笔，做起事来。

他便回办公室坐了。

一条影子怯怯地短，又怯怯地长，再怯怯地短。

"孔……老师。"

油黑的脸仍是惶惑。

"你，有事么？"

油黑的手伸向油黑的书包，抠了一团绿的出来。

一张桑叶裹了一堆红红的桑葚儿。

"早上看见老师也采了吃的。"

脸有些热。红红的一堆,是很酸的。渗了些唾液在嘴里。

"你……作业做了么?"

惶惑地点头。

"再过半个月要大考了,好好地温习,下半年就考高中了。"

手指抠书包带,低了头:"下半年,爹说不上了。"

定定地看那油黑的脸。

"爹说我编的篮好看。"抬了脸,竟是很骄傲的。

很愤然的。提一提衣领。

"既如此,还等下半年做什么,今天便可以回去的。"

怯怯地看老师。

"爹说,爹说学钱是交足了的,不念完是亏的。"

在心里叹了一口气。

下了课的同事回办公室,都乏得很,懒得说什么,咕嘟咕嘟地喝茶,刺溜刺溜地吸烟。

"孔老师,你又找学生谈心么?"

李老师瞥一眼,酸溜溜的。他知道自己又有些罪过了。班主任是李老师当的,学生便是李老师的。

在这里,班主任是轮了个儿来的,两年一个周期。故此这大屋子里终是怨气不散。常有拱手作揖的,宁愿让出那七块钱去。李老师却似已轮了三圈以上,背后便多有议论。他却以为李老师只是爱她的学生罢了。

他明白自己是越俎代庖,犯了忌。

"你……去吧。"

油黑的脸惶惑之中有些笑。

"桑葚儿，交公的么？"

李老师细细地听，甚是紧张。

"孝敬你了？"

"别是行贿的。"

便都笑了。有李老师，也有他。

"吃得么？"伸手来拣，"还很红。"

"洗一洗吃吧。"

"不用的，吃得邋遢，成得菩萨。"

确是很酸的，摇头，吸吸地抽气。

他想小解，到门口看看，长长的两队。回来却是坐不住，忽地急起来，胀得很了，脸有些烫，又到门口看，仍是长长的两队。同事都又笑起来。

算来这厕所有三十出头了。各有一个坑，下了课便是长长的两队，先生们只有憋了，等那队伍散尽。于是大都不怎么敢不适时宜地喝水。

"钱老师，你不是县政协的什么么，政协开会给提提么，看孔老师让屎憋得。"

哄笑起来。

本来局长确是说过要来修厕所，校长说这是真的，让耐心地等便是。

跷脚来了。还不到送信送报的时候，都盯了跷脚看。

"大门口有沈老师的电报，要她签字。"

电报是不常有的，都有些兴趣。

"你给她代签了吧，她上县城去了。"

跷脚折回去，颠颠地去代领。

说是跷脚原先也是这所学校的老师，只是因为后来坏了脚，便改做门卫，倒是十分尽心的。

跷脚领了电报便是打铃，并不差分毫。

他越过窗棂去寻那两支队伍，仍有几个人等着，断是憋急了不怕迟到的。

校长站在他的桌前，笔直的。捏一张报纸，等大家安静。眼睛瞄一瞄桌上那堆红紧的桑葚儿。绿叶衬了，色彩极好，又瞄一瞄，再瞄一瞄。他几乎忍不住要问校长是不是也喜欢这东西。

安静偏是等不来，校长干咳，灌一口茶叶水，便念报。念的是什么好人好事。其实大可不必宣传旁人，这校长通体浑身都是好人好事。

校长又干咳。报纸也不好念。学生一开会就训斥学生"上面开大会，下面开小会，你们想干什么"的政治老师朱同军喉咙顶大，必定是训学生训出来的。朱老师正让王老师猜谜。谜面是"中小学教师加工资"打一电器设备名称。小王老师细眉紧蹙，苦苦思索，另几个老师在一边帮小王出谋划策，煞是认真。

他有些替校长难过。

他到这里来报到，校长就是校长了。来了以后，听年长他一倍的老先生说，他们来的时候，校长也已经是校长了。他心里便总有一种说不清的东西。

校长再作一次努力，提高声音。额上有些汗珠，脸有些涨红，颈项里有青筋在跳，仍然是单喇叭和多喇叭的竞争。

他懒懒地看着校长。声嘶力竭，眼睛却继续周期性地瞥那一堆红红的桑葚儿。他笑了起来,并且不知怎的竟笑出了声来。

"你笑什么?"

对桌的李老师问他。她也有些寂寞或者烦闷?眼巴巴地瞅他。

他愈发地忍不住要笑,并发现校长又一次瞄那堆红红的桑葚儿。

他忽地觉得自己太不恭。便努力地收回思绪,盯了校长的脸看。这样听念,效果会好一些。校长的脸永远给人一种惶惑的感觉。那个吃桑葚儿的学生,也是一张惶惑的脸。

他愈发地为校长不平,就愈发地觉得应该尊重校长,听校长念报纸。

校长并没有信守这一段好人好事,便将藏在报纸背后的一份打印的材料拿出来。

"县文教局的!"校长加重了语气,很虔诚地,"文教局有一个通知,关于教师工改的……"

"哦……"

"嘘嘘"之声四起。

接着小王老师脸煞白地站起来:"我们没有资格听,好事轮不到我们的,走啦!"

呼啦啦又起来了几位民办的。

校长满脸惶惑:"请,请别走,稍等一下,下面还有事……"

小王老师脸煞白,嘴角带着冷笑:"有没有民办转公办的事,有没有民办……"

"念吧念吧,怎么说法么!"公办的有人不耐烦了,工改毕竟是一个非常诱人的字眼。

小王老师脸煞白,还是冷笑。

朱同军涎了脸笑："哎，哎，小王，你还没有猜出来呢，讲好猜不出买糖的！"

"没有钱买糖！"小王老师鼻子里哼出声，"谁加工资谁买糖！"

朱同军眨眨眼："猜不出了吧，我来揭谜底啦，中小学教师加工资，打一电器设备名称——空调。"

一屋子都听见。有人笑了，可笑得不成气候。

校长夹着文件对大家作了一个揖，没有人看见。

公办的对红头文件失去了兴趣，这个谜猜得真不是时候。

校长失去了引力，宣布学习结束的同时又瞄一瞄桌上那堆红红的桑葚儿。

小王老师叉腰站着。

校长想绕道出门，被挡住了。

"不干了不干了，明天真的不来了，正式向你提出辞职，明天的课你安排一下吧。"

校长惶惑地看小王，又看别人，再看小王："这这这这，这……"

小王老师的"明天真的不来了"，大家听过好多回，校长总是"这这这这"，明天小王老师还是来，一股的怒气。

"我知道我知道，民办老师的待遇……要想办法，要想办法……"

又是一片笑，小王绷着脸，手不再叉腰，那毕竟不很雅观。

"唉，都怪我，都怪我，我无能，没有去小工厂弄好，要是能赚点钱，大家的福利……"校长的白脸涨得血红。

"福利？几个小钱，不如摘几个桑子上街去卖卖……"

小王忍不住笑了。

校长缓了一口气，也讪讪地笑，好像所有的不平都是他的罪过。

小王老师家里今年承包了队上的蚕业。说是弄好了，一年能造楼房。家里正缺人手，却放了个大活人卖给学校，为一天一块二的收入吃粉笔灰。

小王老师收敛了笑："真的，明天真的不来了。"

"啪"地扔出课本，不曾用过的杀手锏。

校长的脸复又惶惑：

"王老师王老师王老师……"

小王是校长不知第几代的学生，孔令华来的时候，她正读初一，以后便是从初一读到高中毕业，回去后请公社一位副书记说情又回来教书，为此还有不少匿名信寄到县里省里，骂副书记，骂校长，骂小王本人。幸好小王水平不差，倘若来什么调查组，可以抵挡。可惜什么调查组也没有来。

"明天真的不来了，你安排一下课吧！"

"王老师王老师……"

校长捂着那个课本，惶惑不已："王老师王老师，看，看在学生面上……"

小王愣了一刻，眼睛里有一丝不安，但终于又变成了浮动的笑。

他和校长分手之前，已经看到了桑地里的这两个人儿。不过他没有吱声罢了。

此刻这两个人儿站在他面前，一个几乎要哭，一个铁青了脸，像是正在考虑要不要豁出去拼了。

一张白痴样的脸，另一张亦无姿色，他很烦。优秀班主任李老师说:"初中生初中生才初中啊!"眼睛里都噙了水,完完全全百分之百的泪水。李老师让他看过这两个人的检查,一份颇有文采,情真意切。另一份错处百出,狗屁不通。第一份检查书中引用了一部外国小说中一个主人公关于爱的一段议论,那是很著名很有力量的至理名言,这本书里的故事,他曾经在自习课上给他们讲过。李老师极认真地看了他一眼,再看一眼。

他又看这两张烦人的脸,后悔不应该进桑地来,闭了眼过去才好。

"孔……老师,"她说,几乎真的哭了,"不要告诉李老师好吗?"

那一个脸愈发铁青。

李老师说写过检查再犯,下面便是退学和开除。

他丧气地挥挥手。

"呀呀!毛毛虫!一条毛毛虫。"女学生叫。男学生不怀好意地盯着他的下巴。

下巴那里一阵瘙痒,很快蔓延了全身,他啰啰唆唆地翘起下巴,却不敢用手去捉那毛毛虫。

"捉呀捉呀捉呀!"女学生喊男学生,"你帮孔老师捉呀……"

男学生继续盯着他的下巴,铁青的脸上开始有了一点笑意。

他闪过一个念头。可是一只手也随之伸过来,拂去了那只毛毛虫,肥肥的,碧绿的,滚在地上蠕动,女学生一脚踩了。

下巴很痒,全身也很痒。这毛毛虫,这桑地,这桑葚儿,原来是很烦人的。小王老师要回去养蚕,日子不会好过。生活中的钱总不能像小说里的钱那样招之即来。

两个人儿走的时候,女学生又回头看,那男生复又铁青了脸,很傲。

他浑身痒,一点心绪也没有。

该死的毛毛虫。赶紧逃出那片桑地。

毛毛虫吃桑叶,必定也吃桑葚儿。那红红的桑葚儿上,也有毛毛虫的痕迹,他的内脏也有些瘙痒。

"孔……老师。"

抖抖的一声喊。那女学生又折回来。眼巴巴地瞅他。大约在等他一句话,黏糊得讨厌,他不作声。

"孔……老师。"

"去吧去吧去吧。"

"那……孔老师。"

"不告诉不告诉,行了吧行了吧。"

他发誓再也不吃那桑葚儿了,哪怕是紫的,很紫的,很甜的。

"不是……孔老师。"

"怎么不是孔老师?"

"嗯,那个……我们看过你写的那个小说……"

"哦哦。"他脸红。

"写得真好,是真的么,是您以前工作过的学校里的事么?"

"……"

"那两个学生谈……那个,为什么不受处分,那个学校真好……"

他终是说不出话来。

"孔……老师,他……想向您借一本书,您有的,《欧洲文学史》……"

他？脸铁青了的那位？

"他看？"

脸绯红，声音却不再抖：

"他是要考大学的，要考重点大学，要考就考北大中文系。"

他想笑，但憋住了。这般的人也……"他能考上重点高中么？"

"能！"

但愿"能"。他很可以因势利导，"替"李老师做点工作。可是皮肤和内脏都痒。

"让他明天自己来拿。"

希望毛毛虫的阴影明天会消失。

他心绪紊乱地走回来，现自己时时下意识地翘着下巴。

李老师还在同学生谈话，那个孩子一脸的眼泪鼻涕，看上去更加矮小，更加瘦弱。

朱同军老师桌子上也趴了两个，正在埋头默写什么东西，眼睛却始终没有盯在纸上。朱老师倚在桌上，狠狠地瞪着那两个学生。都知道学生背后说朱老师用眼睛当教鞭的。可是孔令华从来没有这种感觉。朱老师的眼睛很细，相书上说是善相，还有鼻子、耳朵、嘴巴。

李老师的声音提高了一些："你是很有希望的，你知道不知道，你是很用功的。我们对你寄予很大的希望，你是有希望考上重点高中的……"

他觉得很无聊，便出了办公室回宿舍。小沈老师已经回来了，在洗衣服。

"沈老师，跷脚那儿有你的电报，拿了没有？"

沈老师很吃惊的样子，眼睛闪了一下，立即涌上一层迷蒙的不安，急急地去找跷脚。

太阳迟迟地不肯落下去，月亮倒先自出来了，像一团不成方圆的破棉絮悬在头顶。

水泥地坪上满是"壳壳"的磕蛋声。农历的一个什么节气。露了牙齿互相取笑。孔令华却是极喜爱麦芽摊饼那东西，形象是极坏的，黑乎乎，像一团烂泥，却甚是好吃。

这里有一半以上的老师包括校长在内不是本乡人。吃住在学校，食堂由校长的老婆主办。蛋是向农民买的，一毛一个，煮成五香茶叶蛋，卖一毛二。比起大城市倒也算一种优越性。且有为数不少的老师，吃着学生家长的"贡品"。

跷脚也来凑趣，平添了一份笑料。

正热闹，校长夫人走来，"嘘"一声，便压了那一片噪声，都屏息地听，似有"嘤嘤嗡嗡"的哭。很快判断出在小沈老师的屋里。孔令华立时想到那份电报。觉得自己似乎具备了侦察员的敏感，很兴奋。

跷脚神秘莫测："哎咳，沈老师的爱人要来……"

"那是好事，哭什么！"校长夫人一身油腻味，最关心年轻的、单身的，以及夫妻分居两地的教师的生活。俨然一位长嫂，带了头往小沈老师屋里走去。

小沈老师平日寡言，都以为她工于心计，今日却开戒，众人才问得三言两语，那边已流水般泻出缘由来：

"……局长那里我已打通，局长同意放我了，不容易啊，我跑了十八趟。可是他，自说自话，来了……呜呜……"

都有些愣。

"……不是来看看，真的调来了，真的调来了。自己申请的，调令都来了……呜呜呜……"

那是应该哭的，好端端从大城市调到这里来。爱情啊，你姓伟大。小沈老师哭得好叫人伤心。

不知怎么劝才好。说来了好，分明是假的，说来了不好，会更叫人伤心：便都闭了嘴，默哀似的低了头。

小沈老师既开了戒，便也不怕怎的了，呜呜咽咽之后，颇有些凶蛮了："他来，我走！他来他的，我走我的！"

先是校长夫人不乐意，她说过要给小沈老师的婚宴掌大铲子，却全然不知众人背后的嗤笑，她拿手的四喜大块肉，红烧塘鲢鱼，现时是连老农民也不怎么稀罕的了。

"哟哟，小沈啊，你走怎么行，人家高高兴兴来团圆的……"校长夫人先说。

四周有了"是呀是呀"的附和。

"小沈老师，调来其实也好，夫妻可以不再分居……"孔令华觉得老闭着嘴不好，也轻轻地说一句。

小沈愣了泪眼看看他："那怎不叫你老婆也来！"

孔令华吓一跳，纯粹的街妇口吻。小沈老师素来温文尔雅，学校内同事们的伴侣必称爱人，如此的粗俗倒是罕见，孔令华宽容地一笑，其他几位便也知趣地合拢了嘴，收敛了表情，搭讪着，一个跟一个退出来。唯留了校长夫人。

地坪上已没了"壳壳"声，一地的蛋壳，踩出"壳壳"声。都坐下来,别也无处去,有些烦闷。不见了顶热闹的朱同军,似是奉校长之命到小王老师家去的。

既烦闷,便该找些来笑笑。

"孔老师,你不叫你老婆也来!"

学了小沈的哭腔,果真可以笑笑。

孔令华也笑,是很苦的。旁人并不知晓。只道孔老师夫妇在夫妻分居的教师中堪称恩爱模范,每星期一封信,未曾有过失误。其实那信纸更多的却是儿子写的,七岁的儿子维系着一层薄薄的纱罩,他的信也多是写给儿子的,信封却由大人开,对外人便有了障眼法。免得流言四起。事实上,他和妻子亦并无多大嫌隙,未曾吵过闹过,更无第三者,有空她也来,假期他也回,只是来回都有些平淡。妻子也希望他调回去,他也想调回去。可是……他实在缺乏小沈老师那样的韧劲以及那样的财力物力。并且,他亲眼看见老校长一次连一次地打躬作揖,对小王老师打躬作揖,对小沈老师打躬作揖,对李老师打躬作揖,对……他实在不敢也受不了校长这一拜,罪过的。那白白的脸上的惶惑,真叫人心酸。还有那黝黑的脸上的惶惑,那很蠢的样子掩盖着一个挺发达的大脑,尽管他不用功,摘桑葚儿迟到,且有编竹篮的干扰,却是少见的聪灵。作文本上那狗爬式的汉字,组成的文字竟还有板有眼,有滋有味。以及桑地里的一对儿中那个铁青了脸的,竟有那么一份精彩的检查书……

老校长颠过来,兴冲冲,细眼眨巴眨巴:"哎嘿,哎嘿,好消息……"

"好消息个屁!"

校长夫人正从小沈老师屋里出来,看脸色便知道是败下阵来的,且吃了瘪了："弄到现在不回来吃晚饭,人家要走的闹走,乘凉的乘凉,享福的享福,你个老头子,一天到晚瞎忙,给人家卖命!"

老校长嘴里叨叨："妇人之见,妇人之见。"人却矮了一截,见众人盯了他的嘴,等他的下文,才说:

"这回民办转正,县里给我们名额了!"

"哦!"一片欢呼。

"几个?"校长夫人原本是顶关心的。

"……一人。"校长有些迟疑。

"哦……"希望之中略有些失望。当然一个也是好的,比没有好。

"后天就要上报,很急的,马上要讨论推荐,按贡献大小,兼顾家庭困难,教龄长短,以及……"

"按贡献大小,当然该小王啰……"有直性子的抢先说。

是该小王,小王带的那个班,全县统考得第二名,成绩斐然。

没有反对的意见,在场的全是公办,与转正无直接关系,民办的都回去吃回去睡。

慢慢地却有了些议论,又提出老刘,倘若照顾困难户,便该是他。老婆瘫痪卧床不起,五个孩子等着吃饭交学费。又提出老张,倘是讲教龄,张老师三十年了,三十年,民办还不转公办?又提出小洪,又提出老徐,又提出……

老校长不再眨巴眼睛,苦了脸,对孔令华一招手:

"孔老师,来,有事和你商量……"说着径自朝孔令华屋里去。

朱同军领着个老头进来,精神振奋。

"你在这,我好找你呐!"

老校长欠一欠屁股,好像进来的是校长,而他是一个普通教师:"我正找孔老师,关于教导的事……"

孔令华慌忙地摆手,满脸通红。

朱同军两只手一左一右摊一下。介绍说:"这是我们校长,这是孔老师,这是我表娘舅,上海××厂退休工人,七级工……"

"六级。"

表娘舅一本正经地纠正,倒弄得朱同军有点尴尬了。

不知道朱同军从哪里寻来这么一个瞌睡虫般的表娘舅。

"乡里出二百块高薪聘他都没去,看我的面子……"朱同军面有光彩。

校长递烟沏茶,却不知开水并不开,茶叶飘在杯子里,难看得很。

"老师傅帮忙了,老师傅帮忙了,老师傅帮忙了……"

老师傅很有架势,搁搁腿:"嗯哼哼,同军同我讲了,这只产品么,这只行头么,除了抓质量,讲老实话,主要靠信息,靠购销一条龙得力……"表娘舅样子猥琐,眼睛倒是蛮活络,一闪一闪。

购销一条龙,孔令华很想笑,校办厂管购销的是个半聋子,乡里分管工业的副书记介绍来的。

"唉呀呀,唉呀呀……"老校长急巴巴地,"没有人才呀,小地方请不到人呀……"

"到处去找呀,去挖呀,登报招聘,也是上算的呀。"瞌睡虫般的人,倒是满嘴新名词。

"嘿呀呀,嘿呀呀,都是教书的人,忙呀,忙呀,你看看,老教导长期生病,教务上没人管啰,让孔老师代理一下,他还……嘿嘿,又要检查下来了,今年的期终教学检查……"校长毕竟不是厂长,三句不离本行。

朱同军连忙插过来:"你若是同意,我愿意脱出来跑一阶段……"

"那不行那不行那不行,你脱出来,课怎么办,学校总归是学校,教育质量……"

表娘舅终于成了名副其实的瞌睡虫,眼睛不再一闪一闪。朱同军愤然得很,嘴角开始有了一丝笑:"哦嗬,我倒是以为真要谋福利……教育质量,哼哼,抓吧抓吧,抓好了多奖金,加工资么,抓好……"

老校长低了头,很沉痛的样子,心悦诚服接受批评。那几年兴批斗,造反派一定抓不住他态度上的错头。

朱同军带了瞌睡虫表娘舅走了,校长欠了屁股送,大概又觉不妥,便站起身一起走出去。

孔令华出了一口气。校长把教导的事忘了。

看看地坪上已无了人影。月亮照着,有些树影,在晃动,心里乱得很,像有什么要写,却不知是什么,便无从下手。办公室里面还有灯光,他便过去看,却是朱同军和两个学生。

敞开着的窗户里,朱同军又在训学生。

"……上次统考,全班就栽在你们两个手里。这次怎么样?有没有决心。我倒是有决心奉陪你们,宁可夜夜不睡,你们呢,有决心没有?"

"有!"很响地回答。

……

一阵夜风吹来,孔令华抖了一下,心里却异样,竟有些热辣辣他回屋睡了。

天亮的时候他就醒，每天很准，其实早起也没有什么事，他也不念英语，也不背诵什么唐诗宋词，也不跑步打太极拳，也不拉琴吹笛练嗓子，只是早起散散步。有老师说他是创作构思，他也不反对。其实天知道什么叫构思，他自己实在不甚了了。

出校门不远是一片桑林，他走过去。

他看见小沈老师在那儿，来回走，手里好像抓着一串槐树叶子，一片一片地摘下来，扔在地上，一片一片地数着。小时候妹妹玩过，说是可以算命的，他曾不耻下问，可终也没有弄清，那叶子如何算命。

他在侧面，看不清小沈老师的脸和眼睛。便悄悄地绕过去，走进那片桑林。

天已大亮，他的眼前已是一片奇迹，碧绿的桑叶衬着紫紫的桑葚儿。

一夜之间，竟紫了这一大片！

那光滑、闪亮、紫红的桑葚儿，使他很激动，忘记了毛毛虫，伸手摘了一颗——

"孔老师。"怯怯的一丝叫喊，油黑的脸惶惑之中夹了笑。

他脸有些热。

"给你，这个，这个，孔……老师。"一张桑叶裹了紫紫的一堆，"吃吧，甜了，很甜了。"

紫了，是该很甜了。那油黑的脸上有些紫色的道道。

"你——喜欢吃这个？"他问。掩饰了自己。

"喜欢，还有我奶奶也喜欢。孔老师，吃吧，吃吧，甜的……"

他终于吃了一颗，又一颗，是甜了，很甜很甜的。成熟了，桑葚儿。

"你……"他看那油黑的脸，"还是读书罢，能读下去，还是读罢……"

油黑的脸彻底地笑："我是想读的，我是要读的，我要去同我爹讲……"

"你爹？"

"我大哥昨天来信的，今年下半年要退伍回来，爹好开心，我这时候去同爹讲，爹大概会肯的……"

他看着他走出桑地，向东面的村子过去，太阳升起来了，紫了的桑葚儿披上一层金黄。

小巷静悄悄

弄堂又深又窄。不是笔直的,稍微有些歪歪扭扭,一眼看不到底;但不拐弯,拐弯便是另一条弄堂了。站在弄堂口朝里望,弄堂可怜兮兮的;又细又长,瘦骨伶仃,倒像是典型的苏州小伙子的一个夸张的写照。顺理成章,这种弄堂里出来的年轻人,大都又细又窄。什么种子结什么果,什么水土出什么芽嘛。夏天赤了膊,根根肋骨可数。倒不一定是营养不够。现在年轻人当中想着穿的也不少,讲究吃的也多了起来;前阵子,前面大街上食品展销,弄堂里的小赤佬,哪个不去了三五回,吃得嘴巴油光锃亮,被老人骂作"吃煞不壮"。这儿的孩子,从小被唤作"长豇豆""长脚鹭鸶""长脚蚂蚁""长竹竿"的比比皆是,不足为奇。人们尽可以上自由市场去寻那种臀围最小,胯裆最窄的正宗牛仔裤来,套上去,还是空落落的,毫无曲线可言。在这一点上,倒可以使那些以五大三粗男子气自豪的北方小伙子羡慕的。据姑娘们介绍，如今是大连型的青年最"吃"，宽肩、细腰、三角体型。可是，有一日，来了两个打球的大连青年，煞是威武气派，个头都在一米八五以上，也想弄条牛仔裤鲜鲜，跑断了脚筋，也不能如愿以偿，连那些能把死人说活、把红说成绿的摊贩主，也只有苦笑了之，做不成生意。两位"三角体型"百思不解，后来串了几条弄堂，方才有所醒悟，留下一句话，哼，送我穿我还不想穿呢，排骨精般的人，穿衣服一世不会有派头有架势的。闲话是蛮难听的，道理还是有点的。

弄堂的狭窄固然不失为一种地方风味，可以让外地人开开眼界，可以使作家们想入非非。可是，住在弄堂里的居民和那些把弄堂作为必经之路的人眼里，弄堂便不那么可爱了。

石子铺成的路面，走路硌得脚板生痛。自行车过，响声大作，几乎颠散了骨架。多少年来石子被磨得溜光滴滑。摩擦力减少，诸多不便。两辆自行车相交，都得闪着点身子，扭着点腿；不小心便撞疼了膝盖，擦破了手皮。除了那些凭车技满可以进杂技团混口饭吃的毛头小伙子外，进出弄堂的自行车，大都是推行的。漫说骑车，便是徒步，经过弄堂，倘若没有一点缓冲的准备，倘若没有一点控制惯性的力量，倘若没有一点减速的意思，随时可能碰一鼻子灰。弄堂里那些密密麻麻的，紧连紧贴的，一扇又一扇的门洞里，随时可能泼出一盆污水，跌出一个孩子，伸出一根晾着内裤的竹竿，或者变戏法似的"啪"地开出一把自动洋伞。而弄堂里的住户和过客总又少一点耐性和自我批评，难免理论几句。只要不像有大动干戈的样子，不会有人来调解。至多看看热闹。末了，只好双方自认。过客骂一声：走这样的弄堂，倒霉。住户怨一声：住这样的弄堂，作孽。碰屁股不得转弯，螺蛳壳里做道场。连晒太阳的权利也比别人少一点。还亏得两排住宅大都是平房，至多不过二层。

弄堂里很静，因为它很窄很深。因为它很窄很深，就更显得它静。弄堂里没有什么闲人；城市不许养鸡养狗，鸡鸣狗犬之声不闻。碰得巧，张家好婆出来晾衣裳，王家阿爹出来泼水，招呼几声。一讲讲得野豁豁，总归会自动把讲不完的闲话收起来。饭烧不好，媳妇儿子转来面孔不好看。要么哪家媳妇厂休，把新买的洗衣机拖出来，堵在巷子里，汰衣裳为次，鲜鲜隔壁乡邻为主。不过衣裳总归有汰好的辰光。晾好竹竿，声音又消失了。偶尔，收破烂的老头拐进来，喊一声：鸡黄皮，甲鱼壳，鸭毛、鹅毛卖铜钿。或者卖鸭蛋的乡下女人和卖绍兴乳腐的绍兴人进来亮一亮喉咙。邮递员一天倒也要来一两趟，像一道绿色的闪电，一闪而过，悄无声息。巷子里订报纸的人家不多，信来信往的人家更少。倒给送信的挑了块好地段。早些年，传说，三十号李家姆妈的独养儿子军军考上了省里的医科大学。开天辟地，巷子里出了个状元，李家也是几代里独出这么一个出息人，轰动得不得了。可是军军读大学不到一年，就面黄肌瘦地回来了。说是医科大学功课太紧张，住集体宿舍太吵，弄了个神经衰弱，困不着觉。弄堂里的人从来没有得过这种毛病，不晓得困不着是啥滋味。听说要休息半年，只当是什么大毛病，吓人兮兮的，不敢多讲闲话。军军回来休养了几天，又逃回学校了，说是弄堂里冷清得出鬼，实在受不了，毛病更加重了。逃回学校不出几天，写封信回来，说困觉困得着了，毛病好了；天晓得是真是假。

弄堂里确实是没有什么闲人的。大家都要做生活。小人要读书，出去回来也两头擦黑。退了休的要烧饭，汰衣裳。关起门来闷做，省得来不及。弄堂里大白天总归是不见人声的,住在这里的人,都是"劳碌命",没有白相人。白相起来身上要难过的。

七十六号的周家小儿子阿咪,也不是白相人。做裁缝,一天到夜没有人搭腔,一个人闷做,也难过得不得了。裁衣裳辰光要动动脑筋,倒不觉得闲。洋机上踏衣裳,死板板,最好有个人来陪他嚼嚼舌头。阿咪插过队,见过世面,有点水平。前几年上调之后,经一个朋友推荐,到上海一家出版社当临时编辑,弄堂里有人到上海去,还特地去看他。回转来吹一吹:阿咪神气活现,工作服是西装,做文官、批卷子(其实是编辑看稿)。阿咪一家门威风着实不小。阿咪从小有个习惯,是跟阿爸学得来的,看书翻纸头,要舔点唾沫沾一沾,读了大学也没有改掉。当了临时编辑,天天翻纸头,天天沾唾沫,结果沾了个慢性肝炎。其实也没啥大不了,最轻最轻的,肝功能化验刚超过正常线一点点。阿咪老早就想自己写点东西,只苦于进了编辑部实在忙,为他人作嫁衣裳,自己捞不到时间写。再不写脑子里的东西要溢出来,流掉了,不舍得的。正好借这个肝炎,回家来了。困困懒觉,晒晒太阳,写写文章。毛病算工伤,虽说是临时工,单位还有点补贴,实在乐惠。不过,阿咪爹娘看不清儿子肚子里的蛔虫;不像小时候,屁股一撅,娘就晓得儿子撒尿屙屎;眼皮一弹,爹就晓得儿子要骂要笑。补贴不会一生一世补下去,回来养病,富贵病,要营养。又交不出伙食费、营养费。大媳妇面孔不好看,老人家夹在当中作难。阿咪也不争气,牛皮吹得动,字写得动,书看得动,就是不肯屋里做做,要等上班的人下班回来烧饭。弄堂里邻舍隔壁眼皮薄的还要阴损几句:老天公平,好处不会让一家门独吞的,也要作点难受受。阿咪回来,爹娘又开心又不开心,阿嫂阿哥是不大开心的，不过总算没有拉破面皮。阿咪长远弄不到正式工作，一家人总有点萎。阿咪难免不受影响，也有点萎。

太阳懒懒的，人软软的，弄堂里静静的，阿咪坐在门口晒太阳，百般无聊。脑子里那许许多多的材料，怎么也流不出来了。左脚边上有一片枯叶，阿咪奇怪，小巷里没有树，这么狭，根本种不成树，要到弄堂尽头的大街上才有法国梧桐。这片枯叶竟然从大街上一直流落到弄堂深处。他伸出左脚去勾那片叶子，"嗞啦"，叶子碎了，太干了。阿咪不快活。想想自己的前途，想想这片叶子，倒有点伤心起来。回到屋里，手足无措，东翻翻西翻翻，翻出一块布料，是娘偷偷地替他买的裤料，纯涤纶，怕阿嫂讲闲话，一直不敢拿出来请裁缝去做。阿咪看看自己身上请裁缝做的一条中长仿毛裤子，大裤裆，一点点小的裤管，没有花头。他胆子大，寻出阿嫂的裁剪书，依样画葫芦，自己画画剪剪，洋机上踏踏弄弄，半天，倒也弄成一条像像样样的裤子，着上身蛮有样式，阿咪开心得不得了，总算是寻到了自己的位置。想起小学里一个老师说他小脑发达，大脑迟钝，阿咪总算打消了当大作家的念头，做起做小裁缝的梦来。这个梦一做倒做得有滋有味。弄堂里的人想不到，屋里人也想不到，阿咪做裁缝花头经还不少。一年辰光，名气已经出去了；两年工夫，女人也讨到了；三年过去，除掉房子没有造起来，屋里靠他做裁缝做得大发落了。弄堂里的男人总拿阿咪的样子臭女人：看看吧，笨女人，到底男人灵光，手气好。阿咪做裁缝三年工夫，花头经实足了。你们呢，十五岁踏洋机，踏到今天，花头呢？一点没有。弄堂里的小青年，这个过来拍拍阿咪的肩，那个过来摸摸阿咪的头，叫阿咪好好做，替他们做几套有架子的服装。阿咪也有信心。不过，阿咪是个怕老婆。阿咪的瘦女人没有啥花头，唯一的花头就是叫男人怕她。怕老婆的男人，女人不在面前的时候，总归神气活现的。阿咪女人上班了，阿咪就活络了。可惜，阿咪女人上班的时候，别人也上班了。弄得阿咪一个人缩在屋里，厌气得不得了，成天盼天黑，天黑了，弄堂里就热闹一点了。

  弄堂里有热闹的时候的，那是上午七点半以前和下午四点半以后。不过上午七点半以前大多是自己家里的热闹，大人赶着上班，迟到要扣奖金；小人赶着上学，迟到要吃批评，甚至也要罚款。来不及了嘴里就骂人，手里就掼东西。根本来不及同邻居去啰唆。下午四点半以后，大家心情舒畅，尽管有点吃力，兴致却蛮高。只有这时候，弄堂里才有众人的闹猛。开开门，坐到门口。一篮小菜，不急不忙地拣，定定心心地剥。隔开几家搭上话头，阿大告诉阿二，指头长的活鲫鱼，今天下午卖到二块三了；阿三告诉阿四，肥皂要凭票，洋火断货了；阿五咬阿六的耳朵，七十号要买电冰箱；阿七给阿八丢个眼风，八十号的新娘子结婚五个月就生小人了……上不了台面的琐事，鸡零狗碎的消息，不绝于耳。阿咪算是有点知识，有点水平的人，苦苦等了一天，等到这种长舌头女人庸俗无聊的闲话，心厌烦。幸好那些小青年，脱了油斑斑的工作服，穿得笔挺，叼一支海绵头，捧一只保温杯，凑到阿咪屋门口立立。其实立也立不太平，一歇歇自行车过，一歇歇人过，让来让去，话也讲不全。不过，阿咪总算能听到些什么，除了六喇叭四喇叭、大姑娘小丫头之外，有时对一场足球赛的评判，有时对一部新电影的争论，以及对时装表演的夸奖和非议。听得有劲，阿咪不看阿嫂的讪色，把诸位请进小小的堂屋，挤挤轧轧，搭一搭屁股。屋里要贴一点开水，阿嫂小气，阿咪却大方。他钞票赚得多，阿嫂现在不好讲闲话了。

绰号叫"小老鼠"的丁阿四，总归末了一个来，一坐下来，一副又吃力又适意的样子，大家就围攻他。

"小老鼠，猛做猛发了！"

"个屁！喏，大块头喏，季度奖拿到两百多喏……"

"良心！"大块头赶紧声明，"良心！两百多又不是一个季度……"

"硬碰硬的，不要赖……"

阿咪心里有点酸。自己一个人闷做，做得腰酸背痛眼睛发花。近一阶段生意不好，苦透苦透，才拿几个铜钿？便酸溜溜地说："喏，报纸又登了，奖金不封顶，你们做厂的，反正有得了，只好看你们发。"

"不封顶是别人厂，和我们不搭界，我们又捞不着……"

"小老鼠"刺溜了一下鼻子。大块头点头。真是贪心不足。

"良心！"阿咪不知不觉学起了大块头的口吻，"良心！还捞不到呀……三年前你买得起四喇叭？"

"四喇叭……""小老鼠"说，"大块头买彩电了……"

"良心！"大块头又声明，"良心！彩电是我阿叔贴票子的……"

"贴多少？"

"三百。"

"三百？贴六百我也买不起。""小老鼠"说。

"良心！买彩电又不是我一个人。七十号彩电刚买好，又买电冰箱了。敏敏还要买组合音响，好几千的咪！"大块头咽了一口唾沫。

阿咪叹了一口气："就是么，说你们，你们还不承认，真正……"

大块头又是"良心","小老鼠"又是刺溜鼻子。

看看电视,没有球赛和外国电视剧的时候,就早早上床困了。

弄堂里就是这样,一天一天,一个月一个月,一年一年,好像一直死气沉沉,少点新鲜东西。

这天傍晚,阿咪屋里爆了一场空前绝后的大战。虽说是夫妻相骂,倒也给沉闷的弄堂里添了一点生气。大家端了饭碗,趿了拖鞋,去看相骂。没有空看相骂的,在屋里也可以断断续续地听见相骂声。说是相骂,实是单骂,只有阿咪女人一个人在唱独角戏。这个女人的嗓音着实不错,共鸣很好,女中音女高音浑然一体。看相骂的人不听过瘾是不肯走的。看称了心,回到自家饭桌上还要议论一番。

"打翻醋罐头了……"娘说,对阿咪女人看不惯。

"想不到阿咪也有'桃花运',真真,会捉老鼠猫不叫……"爹嘿嘿一笑,有滋有味。

"你又没有看见,听人家瞎说,阿咪女人一张嘴不可靠的……"儿子和阿咪大约蛮合得来。

"关你屁事!"媳妇一开口,就把全家吓矮了一爿,"少搅在里面嚼舌头,当心吃耳光!"

儿子吃瘪,父母也只好吃瘪,不响了。本来么,阿咪的事体,和自家有什么关系。

这个时候阿咪屋里的夫妻仗已经导致了世界混战,爹娘吵,阿哥阿嫂吵,兄弟媳妇也吵,闹成一团。

所有的事,都是因为这天下午,阿咪屋里来了个穿紫红丝绒旗袍的漂亮女人引起来的。那女人和阿咪两个人躲在小屋里一直坐到阿咪女人下班回来才起身。她对阿咪女人打量一番,礼貌地露出一排白牙，优雅地道一声再见。那摩登女人前脚出门，后面阿咪女人已经拉开嗓门骂了，不问青红皂白。

阿咪毫无声息。他只好不响，等女人的"阵头雨"落光了，再作解释。他看样子是怕得不得了，头缩下去，面孔上一副苦相，可怜兮兮。不过，心里想想那个漂亮女人，还是蛮开心的。她是一家服装公司的设计师，最近要参加全国一次服装设计评比，她身上那件紫红的丝绒旗袍，就是自己设计的。做出样品来，就自己穿了上街。到处去寻有点名气的裁缝提意见，寻讲究穿着的姑娘妇女挑毛病。前几日，她在街上转，看到一个小姑娘穿一件中式罩衫，样式实在好。一问，晓得是这条弄堂里的裁缝师傅周晓凡做的，便老远寻得来。进弄堂问了几个人，全不晓得周晓凡是啥人。问到阿咪店里，阿咪待了半天，才想起自己的大名，连忙承认。再仔细一看，认得的，自己高中里的同学，叫李凤珍。两个人又成了同行，热热络络，有说有笑，一拉二扯，不知不觉天已经暗了，阿咪女人回来了。

女人骂得起劲的时候，阿咪根本不在听，一只耳朵进，一只耳朵出。他在想，人家凤珍读了三年服装设计学堂，肚皮里是有货色的。凤珍讲过几天还要来，设计评比结束还要来。要保持长期联系，互相通通信息，领领服装行业的新市面，研究研究新式样。这个办法实在好，对阿咪做生意大有好处。阿咪心里又是怕又是开心，弄得别别扭扭。

女人的"阵头雨"要收梢了，最后攒出一句，特别响："那个婊子要敢再来，我就敢撕豁她！"

阿咪还是不响。他晓得女人是不敢撕豁啥人的，只不过骂骂。

不过弄堂里看好看的人倒有点奇怪起来，阿咪做裁缝三年，寻他做衣裳的大姑娘小媳妇不少，为啥阿咪女人偏偏咬牢这一个，说不定里面真有点啥名堂。到末了，阿咪自己也疑疑惑惑，有点想入非非了。一直在回忆李凤珍讲过的话，想想里面可有句把是有音头的，有意思的。一夜天，翻来覆去，弄得觉也没有困好。

早上起来，天气有点阴沉。夜里没有困好，头有点发胀，出来刷牙的时候，就有人寻开心："阿咪，交桃花运了！"

阿咪嬉皮笑脸，女人上班早，已经走了，尽可以放开胆子寻开心。

"嘻嘻，桃花运，啥人讲的？"

"啥人讲的，大家全看见的，这个女人着实漂亮，你阿咪倒还有点眼功……"

"不要瞎说……"阿咪装不出正经样子，熬不牢笑了起来。

好几日不见李凤珍来，弄堂里的人觉得没劲，不过瘾。阿咪倒也有点想她了。凭良心，阿咪倒不是坏心思。一个人做生活实在闷不过。想收个徒弟或者帮手，又没有胆量，没有把握。万一生意不好，还要付工钿，生意好，倒又要和徒弟分红。假使凤珍常来讲讲，倒也蛮好。两个人讲得拢，凤珍又蛮漂亮。人看见了漂亮的女人，心里总归快活的。做起生活来也起劲。

凤珍不来，阿咪只好闷闷地做生活。总不好去寻她。一来怕自己女人。二来走不开，生活不算顶多，但也不少，一个人有点忙不过来，女人下班也要相帮，蛮吃力的，阿咪倒有点看不下去，自己再出去白相，良心！三来，闷归闷，总归不会闷出相思病来，自己女人下午下班就在身边。瘦是瘦，凶是凶，一夜夫妻百夜恩。女人也有好的地方，就是有点落拓。有了小毛头，好衣裳一件不肯着，落落拓拓，显得更瘦。阿咪究竟是个要点面皮的人，不是那种"着地塌"式的人物——人家一造谣，弄假成真，"横竖横，拆牛棚"。还有——更重要的，你去寻人家，人家不晓得记得不记得你，人家何等样人物，大学毕业，设计师，还长得好。阿咪寻不出一条理由好去找李凤珍，只是一个人做生活时闷闷地想。回忆凤珍的那件紫红丝绒旗袍。凤珍不是叫他提意见么，要是想得出办法，不是好叫凤珍来了么……领圈，哎，那只领头太一般化，没有特色，没有花头。假使，假使改一改，改成——哎，对了，还有纽扣，这种纽扣也太平常，不新鲜，也可以想想办法……

李凤珍真的又来了，着一件咖啡色的羊皮风衣，那件紫红丝绒旗袍夹在手里，还拿了几本时装设计书。一到阿咪屋里，茶也不喝一口，只是和阿咪讲、商量。弄得弄堂里几个在屋里烧饭的老太太老老头走过来走过去，偷看，偷听，互相丢眼风，做鬼脸。阿咪有点不好意思，看看凤珍，凤珍倒没有什么感觉。

第二天，凤珍又来了，第三天，凤珍还是来……不过，阿咪总是在女人下班前半小时左右，借口把李凤珍支走。女人回来，看不出什么名堂，无名火出不来。可是，弄堂里喜欢嚼舌头的人蛮起劲，一有空闲，就立到一起，眼睛盯牢阿咪的家，讲得有声有色，活灵活现。

看见阿咪女人走过来，大家眨眨眼睛，不响了。阿咪女人拎得清。一天下班回到屋里，不吵不骂，轻轻地问阿咪："今朝一日天，做这一点点生活？"

女人改变"阵头雨"的方法，阿咪倒有点吃不透了，心里有点紧张，讲话也有点打顿。

"我，我……打几个新式葡萄扣……"

"啥人家做的衣服上要葡萄扣？拿出来我看看，啊？哪一件……"女人步步紧逼，"大概只有那个女人吧，你倒帮她帮到家了……"

"我……没有……我只不过帮她出出主意……"

"出主意，当心出点什么花头经来，你说，那女人家住什么地方？"

阿咪吓兮兮，哪敢说出李凤珍的地址。

"你，贴她多少铜钿？"

"啥？"阿咪半天才回味过来，火了，人家李凤珍清清白白，自己女人这样不讲道理，越想越气，对准女人面孔上就是一记耳光。

这记耳光一拍，事体弄大了。女人要离婚了。阿咪一家门本来是各人帮各人的腔，现在团结起来，一致对外，全帮儿子了。阿咪女人跑到娘家，娘家兄弟来了一大帮，要掼家什、扒房子。阿咪一家门吓得索索抖。还是阿咪的阿嫂有点道理，立出来说："你们说阿咪跟人家轧姘头，证据拿出来！捉贼捉赃，捉奸捉双，拿不出证据，你们就是诬告罪，要上法院解决的！"

一番话有理有力，讲得对方吓兮兮，不好回答。弄堂里的人乘势出来帮腔。阿咪阿嫂一看有人撑腰，闲话更多了："大家说说，阿咪是老实人，看见女人面孔都要红的，阿会做出这种事体来。要是想做这种事体，来寻他做衣裳的小姑娘要多少有多少，不稀奇……"

阿咪阿嫂话里有音，意思是说，你阿咪女人不要自以为了不起，阿咪荐讨一个便当得很，不费吹灰之力。

阿咪女人听得懂，想想是有点怕，不过嘴上还是蛮凶："你叫他认错，叫他保证不再和那个女人来往，我就不离婚。"

阿咪一家人一听阿咪女人松口了，都松了口气，只等阿咪开口。阿咪偏偏不识相，还要犟一犟："我有啥错，我有啥错，我是正常的，我帮帮人家，人家也帮帮我，好多赚点钞票，有啥要紧，人家好心。人家又不是贱货，人家大学生，人家服装公司设计师，人家……"

一口一个"人家"，肉麻兮兮，还没有啰唆完，阿咪女人"哇哇"地哭了。

阿咪屋里人都怪阿咪不识相，本来蛮好，要和好了，还要犟，现在劝也劝不过来了，让他一个人去守空房吧。阿咪女人娘家兄弟倒也不敢掼家什扒房子了，大概怕吃官司，怕罚铜钿。只是拖了阿咪女人回家去。

阿咪一个人过日脚，开始倒也蛮活得下去。不几天，就有点不好过了，熬不过去，只好上丈母娘屋里认错——两瓶洋河一只后蹄，拍拍马屁。结果碰了一鼻子灰，差一点吃生活。逃回来，阿嫂告诉他，李凤珍来过了，阿嫂把事情全讲给李凤珍听了。

"她怎样？"阿咪急了，有点驼子跌筋斗的味道。

"她笑笑。人家倒是大大方方，说下趟不来了，你的女人……"阿嫂不往下说了。

阿咪连连跺脚，凤珍讲好要帮他弄一种新式样的，这种式样现在市场上还没有行，听说明年要开始行了，抢在前面学会做，好赚不少……有什么办法呢，这里的人！

凤珍倒是不再来了。阿咪女人在娘家日脚也不好过，弟兄里嫌弃惹气，只好回来。阿咪一家门息事宁人，只当呒介事，重新过日脚。

阿咪还是等大块头、"小老鼠"他们下班回来吹吹牛。不过吹了一歇，阿咪就要把他们支开，他有事体做了，买了不少时装设计书；女人也不省几个钱了，也帮他买，大概怕阿咪去找别人学。

这天夜里，不少人拥在阿咪店堂里，吹吹牛，看看电视。倒不是自己屋里没有电视，和自家人一起看没有劲，讲不到一起。小弟兄凑到一起才有劲。放了一歇电视新闻，就放全国服装设计评比结果。阿咪莫名其妙地觉得有点紧张，怕女人看出来，偷偷瞄一眼。女人一本正经在看那些得奖的服装。突然，李凤珍的那件紫红丝绒旗袍显出来了。三等奖。不过不是李凤珍穿出来的，是一个比李凤珍还要漂亮的模特儿。阿咪偷偷吁了口气。不少人在啧嘴，在赞叹。阿咪的女人也啧一啧嘴。一开口，声音顶响："喏，这只领头阿灵光，是我们阿咪设计的，本来的领头一点花头也没有，难看死了……喏，还有纽扣，这种盘扣外国人也不认得的。叫啥？阿咪自己想出来的，叫龙凤戏珠盘扣，我们阿咪自己想出来的……"

大家看阿咪的面孔。阿咪看女人的面孔，女人笑了，阿咪也笑了。不料女人面孔一板："笑，你最好对别人去笑，喏，和人家一起上去，上电视喏，正好一对……"

阿咪仍然笑嘻嘻："人家看不中我的，小老头一个，我么，只有我的老婆看得中……"

女人捶了他一拳，笑了。

阿嫂低低地骂了一声："死腔，大惊小怪。"

阿咪女人没有听见，阿咪听见了，想想不错，弄堂里的人就是喜欢大惊小怪，来一个女人就不得了了，现在啥世纪了，说出去要让人笑煞的。

设计评比的电视放过了。弄堂里还是和老早一样，两头热闹一点，当中冷冷清清。阿咪总算收了一个徒弟。现在阿咪的名气越来越响，两个人做生活也有点累了，他再也不觉得大白天气闷。

阿咪女人居然也打扮打扮了。打扮起来，人家吓一跳，女人蛮漂亮的，好衣服一穿，不比人家差，也不显得怎样瘦。啥人说苏州人穿衣服没有架子，那是衣服不好，有了好衣服，照样有架子。以后，阿咪有了新式样的衣裳，先叫女人穿。人家看见好，都来做了。

临街的窗

　　毛头无聊得很。将一个长长的带海绵头的烟蒂狠狠地扔进门前那一洼绿森森、臭烘烘的阴沟水里。"刺溜"——太轻了,根本就没有听见。街上噪得要命。毛头想象不出噪音弹的噪声波有多么厉害,眼前的这点噪声已经把他弄得苦不堪言了。他悻悻地瞪着那些赤着膊做生活的农临工,乡下人……啧啧,做杀坯,一讲包工,撒尿的辰光也不舍得用。不死活扒,好端端的一条街,掘开来铺好,铺好,再掘开来,做来做去,就没有过停息的日子。第一年是掘掉石子铺柏油,倒蛮快,大家称心。原来这条街狭狭窄窄,坑坑洼洼,常有自行车碰鼻头,小人跌破额骨头。改了路面,看上去宽敞不少,气派不少。不过,没有几天,夜里落了一场大雨,水漫金山。这个地方地势低洼,阴暗潮湿,两排住房矮笃笃,墙上开扇窗也不舍得开大。踏进房间先要下两级台阶,像小人国里的套头。一落雨,一漫水,早上起来看看,书包漂到街上,鞋子氽到煤炉肚皮里,大哭小叫,前世作孽,改路面的时候,根本没有想到,连带下水道排排畅。熬到下半年,只好掘开来重新排下水道。排好下水道,水去得快了,就觉得来得太慢了,自来水管子又嫌太细了,第三年便是掘开来排好粗一点的自来水管子,安逸了刚好一年,前几天又开始作了,再掘开来排煤气管道……

街路上弄得一塌糊涂,沟沟坎坎,滑里滑嗒,作来作去,把毛头老虎灶的生意全作光了。空着身子都不好走,拎热水瓶跌一跤大蚀本,人家不高兴来泡水。

"咣啷当——"一辆自行车滑倒。活该。这种路上还要出把戏。带倒两个步行的人,其中一个跌到沟里。还好,挖得还不深,没有跌痛,滚了一身泥。接下来是激烈的舌战。

毛头笑了,有点幸灾乐祸。人人都在受累,人人都在骂人,不该骂的在听人骂,该骂的却听不到人骂。毛头有时候恨起来,真想写封信去问问那些头头,吃的饭还是吃的屎,阿有一点点眼光?远景规划,花花绿绿的纸大概画了不少,做起来却总是黄泥萝卜吃一段揩一段。不过想想也犯不着。做生意总归有兴有淡,这条街上又不是只有他一家张记老虎灶冷清,剃头的、做衣裳的、卖大饼的、补鞋子的……都在骂人,有难同当,一根绳上吊死,毫无怨言。再说,在这条街上开老虎灶,原本不是理想的地段。一没有机关,二没有学校,三没有像样一点的厂家。少几笔大生意,只有点居民老太婆小来来,呒啥大花头,赚起来不杀念,不过瘾。毛头一开始就不想重新开老虎灶,要改行。可是拗不过老爹。老爹倔得吓人,凶起来胡子一翘,眉毛一弹,生吞得下蛮高蛮大的儿子和蛮白蛮胖的媳妇。

毛头像像样样地叹了一口气，斜依在老虎灶的门框上，双臂环抱在胸前，双腿交叉着，不着力的那一条不住地晃荡，烟不好再抽了，三囡十点半就下班。闻到点什么，又会即兴演说，甚至表演一番。小毛头也是个奸细，摸他胡子的时候，也会闻味道，然后告密。刚刚三岁。茶呒啥喝头。喝茶喝得精精瘦，胃液全刮光。女长二十，男长三十。毛头刚好三十岁。老人讲他越长越像娘。在他的记忆中，娘一直是很瘦的。小时候，塌鼻子、跷脚他们只要谁在他面前喊一声"蝴蝶迷"，他就立即扑上去咬谁。尽管他知道他是娘从一个厕所里抱回来的。

水在锅炉里"嘟嘟"地乱蹿。泡水的人很少。毛头人闲得很，心里却烦得很，像失眠的神经衰弱病人，天花乱坠地想，海阔天空地想。老虎灶重新开张的那一阵，毛头是什么也不想的，只想让两只手膀子有时间歇歇。一把五斤重的大勺子，一把三斤重的大漏斗，左右开弓，一天十几个钟头，从早到晚，牛也会喊膀子疼。毛头作了一年多的骨头，终于把老爹作通了，花了血本，更新了老虎灶的设备，换了一套自动放水锅炉。以后，毛头只要坐在一边长只眼睛看看就行，钱有钱匣子收，水有水龙头放，他享了一个礼拜的福，也许是两个礼拜，反正时间不长，便烦起来了。浑身软绵绵的，心里乱糟糟的，百般地没有味道，嫌日子太好过了。做人真是不容易。后来倒是好了几年。认识了三囡，准备结婚，然后是生小毛头，倒也蛮忙。今年小毛头送托儿所，毛头心里又烦了。这几天，老爹到苏北乡下去了。娘过世的周年。爹给娘上坟去了。十几年前，爹和娘一起下放到那里，后来爹一个人回来了，娘却再也回不来了。那边贫瘠的土地上,有娘的一个土坟。

　　毛头一个人闷闷地坐,闷闷地立,闷闷地看,闷闷地想。三囡的枕边风吹了不是三天两天了,吹得三囡自己也厌烦。毛头一直是哼哼哈哈,支支吾吾。改行不改行,不是三囡一个人撑得了台面的。这条街上,毛头"惧内"也算是头号种子,众所周知的"怕怕"。可是惧内归惧内,怕怕归怕怕,只不过是鸡毛蒜皮的"惧内",细枝末节的"怕怕",诸如每天几支烟,鸡零狗碎的惧怕,在重大事件上,女人是做不了主的。关掉老虎灶,开爿裁缝店,说说容易,讲讲便当,做起来……裁缝店?女人么,只看得见鼻头尖下头一点点大的地方,人家裁缝店生意好,也要做裁缝,一点点没有头脑。问问她啥叫信息,眼睛朝你白翻白翻,一点点不懂"你无我有,你有我好,你好我廉,你廉我转"的生意经。人家斜对过,正宗老师傅牌子挂了十几年,没有大名气,也有小名气,凭三囡这点水平,凭三囡踏踏裤头,裁裁小毛头衣裳这两下子,想别过人家?弄得不好,老本蚀光……三囡骂毛头小家气,没有男人气派。毛头倒也承认。苏州的男子汉倒是有点娘娘腔的。老有外地人寻开心,宁愿和苏州人吵架,不愿听宁波人讲话。吴侬软语,小姑娘嘴里出来,糯笃笃,甜滋滋,软绵绵,听了叫人骨头也会酥。可是男人家讲起来总归有一股娘娘腔。讲话没有气派。做起事体来也缺点豪壮。说出来要气煞苏州人。有一位自命不凡的外地人断言,苏州这块地方,至多出几个小才子,成不了大气候。何以见得,有史实为证,翻翻史书,扳扳指头,正宗苏州籍的人当大官的何尝见了?不过,读者万不可以此种妄言来低估小苏州大男子汉的血性,闹武斗那阵,全国哪一个城市的男子汉们,有"娘娘腔"的苏州小伙子勇敢?就在这条街上,也有那么几个,开火前,慷慨激昂,对已成家立业的"战友"说:"你们下,让我们上,你们有妻儿老小,我们光棍一人……"何等悲壮?毛头那时还稍微小一点点,轮不上,也就无从检验一下自己的血性。于是乎也就缺乏自信,自认小家气了。

"毛头哎!"

对面街上有位老太太在喊,上了年纪,声音还蛮脆,打断了毛头的胡思乱想。是塌鼻子的奶奶,要泡水,走不过来了。毛头跑过去,取过热水瓶,灌满了水,又送回去,塌鼻子的奶奶颠颠的,一摇三摆,抱着热水瓶回去了。毛头看着老太太颤巍巍的背影,心里不由苦滋滋的。老太太一个人过了不少年了。儿子女儿在外面工作,倒是月月有不少钱汇来,儿子加到工资,老太太也有得加工资,一个月一次上邮局,图章、户口簿,听几句羡慕的话,蛮活得落,有得吃,有得穿,又有得花,就是少点人气。塌鼻子一直是跟奶奶在这条街上长大的。那时候,毛头、塌鼻子和阿方是同岁同班,对过的跷脚比他们大两岁,高两级,因为一只脚坏了,比一般人矮点,正好同毛头他们一起玩。吵起相骂来,他们就骂毛头娘是"蝴蝶迷",骂他爹是"老板",骂他"小地主"。毛头恨恨的,让娘不要开老虎灶了,像别人家大人一样,去工作,天天上班下班。爹听见了,凶了一顿,不开老虎灶,有好的吃、有好的穿了?好起来的时候,出去玩,四个人同行,总是吃毛头的。毛头家里有钱,一条街上全晓得。毛头到哪家,哪家大人总要掀开他的外衣,看看里面的羊毛衫、丝棉袄,撇撇嘴,叹口气。那时候,四个人当中,要算塌鼻子最笨,大人都说那是因为他那个鼻子生得不好,连他奶奶也这么讲。夏天领游泳证,先要到门诊所体检,医生桌子上有一本鉴别色盲的书，花花绿绿，各种颜色搭成的图形、字。翻过来一只狗，翻过来一只羊，翻过来一朵花，翻过来几个字。毛头一看就看出来了，塌鼻子却怎么也看不出来。女医生说他色盲，长大了不好考大学的，不好当兵的。到后来下放，塌鼻子又是最苦，不过这种苦是他自己要吃的，虚报一岁年龄跟得去的。六十年风水轮流转，几年一混，塌鼻子已经是什么大画家了，到北京安家，讨了个北京女人。说出来笑煞人，自己起了大名叫什么"雅子"。去年，塌鼻子回家看奶奶，要带老太太到北京，老太太不肯，只好作罢。塌鼻子回来，派头不小，不过连一块糖也没有带给街上的小人吃吃。因为毛头平时照顾老太太，塌鼻子三番两次对毛头讲，要送点礼给毛头。倒弄得毛头和三囡猜了几夜天。结果拆开纸头包包一看，是一幅画。毛头和三囡关上房门细细研究，左看右看，看不出什么名堂。真不晓得塌鼻子什么名堂，一扇窗，半开不开，又像开，又像关，窗前一条街，街上倒蛮闹猛，不少人在走路……什么名堂？就像门前这条街么。什么东西不好画，一扇窗，一条街，不稀奇。窗么家家人家有，街么开出门来就是，这条街上的人家，窗户都是靠街的。窗和街么，日日有得看，再画出来，有啥看头？毛头火冒冒的。塌鼻子，当我毛头阿木林，我毛头不懂不懂么，也懂一点，喏，两条臂膀断掉的那个外国女人，上身不穿衣服，裙子像要掉下来的，叫维纳斯。那个，值大价钱的。石膏像，地摊上摆满，涂一层金粉多卖三角。喏，徐悲鸿的马，齐白石的虾，也是有道理的。塌鼻子，一扇窗，一条街，寻开心。题画的四个字，像四只螃蟹，不识，猜不出。"雅子"两个字是猜出来的。"咻"，扔到新大橱顶上，想想还太优待了它，拿下来，"咻"，扔到老爹房里那个旧大橱顶上。

毛头立得腿发酸了。伸了个懒腰，刚要进屋，街对过来了几个人，在大饼店和阿方家当中那块空地上指指戳戳，跷脚手里捧个保温杯，也挤在里面，伸头望脑的。毛头眼睛一亮，放开喉咙喊跷脚过来坐坐。

跷脚一拐一拐地过来了。

"啥事体？一本正经……"

跷脚喝了一口茶，咕嘟一咽，喉骨耸动。"我家阿大要造房子，寻几个人来看看地皮，还要弄张图纸……"

毛头"哦"了一声。跷脚的大哥阿大这几年大发落，开一爿大饼店，赚得晕乎乎了，造房子理所当然。毛头肚皮好像有点刮嘲，咽了一口唾沫。

"阿大造房子，看地皮，你挤在里面干什么？"

跷脚神气地撇撇嘴："我也懂点的，前两年跟一个风水先生学过几天……"

"宜兴夜壶，突出一张嘴！"毛头啐了跷脚一声。

跷脚讪笑着，又咕嘟咕嘟地喝茶。在福利工场钉皮鞋，算是残疾人，一天定量不多，好好的生活，跷脚总归不肯好好做，不安逸，隔几天不做了，去贩几件时髦衣裳做做小生意，隔几天不高兴了，去贩点鱼虾卖卖，隔几天又想钉皮鞋了，再回去，人家倒也不计较。跷脚翻来翻去，赚点铜钿只讲究吃，讲究实惠，吃光用光，身体健康，一间破屋，邋邋遢遢，霉气冲天，没有人敢进去。阿大一向声明不管跷脚的事，跷脚自己比谁都活得落，过得开心，地地道道一个落拓鬼，没有女人肯跟他。

"我讲我来设计，画图纸，阿大不睬我，哼哼，不相信……哎哎，毛头，要是塌鼻子在就好了，人家画家……"

毛头嗤一嗤鼻子，"嗤，画家，天晓得……上次回来，算是送我一幅画，一点名堂也没有……"

跷脚替塌鼻子不服，表示异议："你不要小看塌鼻子，说不定多少年后，变成什么宝贝，像那种出土文物……"

毛头头动摇了一下，又继续嗤鼻子。

跷脚一定要毛头把画拿出来看看。毛头十分不愿地走进老爹的小屋，长远不开窗，屋里有点潮。那几年，爹娘到苏北乡下去了，他就住这间小屋，店面客堂和大房间都叫人家占了。他住小房间的时候，东西很少，现在被老爹堆得像收购站旧货店的仓库，破破烂烂的东西，大都是爹从乡下带回来的，怎么说，也不肯处理掉，连一对臭烘烘的旧粪桶也还放在床底下。爹对下放可算是刻骨铭心了。毛头也还记忆犹新。那场动乱一开始，街上就有人去报告造反派，说老虎灶里有不少大黄鱼小黄鱼，是新资本家。毛头爹拿不出这些黄鱼，吃了不少苦头。到了要居民下放的时候，工宣队长坐在台子上，居委会主任站在旁边，一问一答，一家一家排队，点名，一号，张三。什么出身？职员。职员？资本家的走狗。下！二号，李四。什么成分？教师。教师？修正主义。下！轮到毛头家，毫无疑义，下！居委会主任想想这家人家有点可怜，斗胆谎说毛头已经安排工作，总算把毛头留了下来，其实那时候毛头才上初一，跟着学校老师同学疏散到远郊农村去了，等到全国不再讲要打仗，毛头回来一看，自己屋里住的是陌生人，爹娘都不在了，"哇哇"地哭了一场。一个人东混混西混混，书也不读了，靠居委会安排点临时工作，在这间小屋里过了几年。

毛头皱了皱眉头，搭个椅子，从大橱顶上取下了那幅画。画上已积了厚厚的一层灰垢，毛头拍拍灰，拿了出来。

跷脚展开画来看，嘴里一边叽叽咕咕："说不定，到塌鼻子作古以后，好算个大价钱呢！人家外国十几万年前的冰，现在也卖大价钱呢……"

毛头心又动了一下，等塌鼻子作古，自己大概也差不多了。留给儿子、孙子么，有啥不好，多多益善。毛头倒有点高兴起来。跷脚这张嘴！

毛头瞥了一眼展开来的画，感觉上好像比上次好看一点了。上次全怪三囡在一边吹冷气。

"啧啧！"跷脚一咂嘴，毛头心里一跳，"怎么没有名堂，这就是名堂！"

毛头伸过头去："哪里？"

跷脚面孔上光闪闪的："有道理，有道理，毛头，你看看，一扇窗，要么开，要么关，他为什么画这种又像开又像关的窗？不是有名堂么？"

毛头心里痒痒的，明知跷脚那张嘴不能听，还是忍不住问："你说说，算什么名堂，又像开又像关，还有一条街……"

跷脚神乎其神："有道理，只可意会，不可言传……"

毛头不甘心，又问："那这几个字，你识识。"

跷脚装模作样，看过来看过去，面孔有点发热："这几个字么，就是'送给毛头'……"

"去去去……"毛头收回那幅画，不想和跷脚胡搅蛮缠了。跷脚却一拍大腿，猛然醒悟似的跳了起来："嘿，我想起来了，毛头，有道理的，这是印象派……"

"什么……派？"毛头没听说过，只好不耻下问。

"印象派！"跷脚已经神气到了顶点。

"什么名堂？"

跷脚搭起架子，狡黠地一笑，不再奉告了，那样子，好像这幅画是他的杰作。

毛头"嘘"跷脚。

跷脚宽宏大量地一挥手："好啦好啦，告诉你印象派，不会错，有道理的……不跟你讲画不画了，要等到百十年后值大价钱，叫我，我可等不起，要捞现捞，要发快发……"跷脚突然对毛头招招手，让他凑过来，神秘地压低了声音，"这几天看见'长脚蚂蚁'了吗？"

毛头摇摇头。

"告诉你，长脚蚂蚁要大发落了！"

毛头心里一惊，他早已听到一点消息，阿方干了一件大事，果真……

跷脚不愿深谈，对毛头眨眨眼，捧着保温杯走了，到对面又去指手画脚了。

毛头心里空荡荡的，像是缺点什么。不知是因为阿方，还是因为这幅画。他卷起那幅画，又打开看看，经跷脚一指点，倒像是有点道理，一扇靠着街的窗，为啥要半开半关？毛头一时想不出来，小心地卷好，又找一张旧报纸包好，放到自己屋里去了。

阿方倒确实是长远不看见了。

阿方很小的时候，就得了个"长脚蚂蚁"的绰号。两条腿又长又细，背有点弓，头一点点小，额骨头低，一副苦相，没福之人。长大了，这个特点更加突出。在他们四个人当中，阿方是最老实最稳当的一个。独子，没有轮到下放，中学里出来就进工厂。现在是什么三级钳工。老婆是同一爿厂的，工人。一家人一向少与别人搭界，关起门来过日脚，在这条街上少见。街上的人也少关注他们。那扇门里实在平淡得很，呒啥稀奇的事体。不过，近几日倒有不少风风雨雨，闲言碎语，惹得街上的人眼睛老是朝那边瞟。

毛头立在老虎灶门口，远远地望过去，一扇门关得铁板，一扇窗也关得铁板。阿方老婆上班是眼睛落地，一溜小跑，悄没声息，迅速过街。

毛头心里总归觉得有点不踏实，空落落的。像是有一块金元宝，明明几个人一起看见的，偏偏叫阿方一个人白白地捡了去。想追进去看看清爽，享享眼福也好。不过，人家门窗关紧，闭得死死的，毛头想不出啥事体作借口上门去。

阿方厂里生活不做了，退职。退出来同一个乡里的电器厂订了合同，试一只新产品，比几只喇叭立体声还要新，由阿方试制，做样机，要是灵，厂里投产，限期到年底。要是阿方弄得出，一次头就是几千，以后还要看利润，还有得加，要是到时间拿不出，要罚款，也不是小罚罚，来真格的，真家伙。这几天阿方急煞人，躲在家里猛攻。

毛头心里忽悠忽悠地荡……"长脚蚂蚁"，来这一手，从小倒是喜欢扒扒弄弄，矿石收音机，微型半导体什么的。电也触过好几回，命大，触不死。不过大家也只晓得"长脚蚂蚁"会修修电视机，装只收音机，搞什么新产品，小子胆子不小，胃口也大，要是真给他弄个名堂出来，倒给他捞了一大笔，不像开老虎灶一分一分小来来。阿方偶尔出门，低头睡眼，也绝不和别人搭讪。万一被人拦住追问，要不是一口否认，就是一副可怜兮兮样子，弄得街上人都痒痒的，恨恨的。小子不上路，闷声发大财，瞒天瞒地不作兴瞒街坊邻居。

毛头反正没有什么事体。加几铲笼糠，烧烧半天，一日到夜立在门口，盯着阿方屋里的门窗。虽说已经秋天，凉风习习，可是十月小阳春，太阳出来，天气还起阳来，热得也蛮厉害的，这家人家，门窗关紧，热不死也要闷死。活作孽。穷人财活受罪。还没有发，就这种样子。想想也真是罪过。毛头心里一阵感叹，爹讲过，人为财死，鸟为食亡，想想真是不错。爹讲话十句有九句不上路，这句倒蛮有道理。

毛头闲得难过，回到屋里，点支香烟解解闷。刚抽上两口，就听见街对过有吵吵闹闹的声音。毛头出来一看，阿方家门口围了一圈人。毛头问一个过路的邻居，说是阿方女人和阿大女人为了造房子的事体相骂了。

毛头"嘿嘿"一笑，蛮快活，把街上一个小人喊过来代看老虎灶，自己跑去看相骂了。

阿大造房子买的一块地皮，正好在阿方屋子边上。这几天，已经请了一批小工在运黄沙石灰，搬砖头搬瓦。大街上不好走，从阿方门前过，吵个不息。这批小工全是农村来的，做生活时嘴里不清不爽，粗话连篇，寻开心没有边的。看见阿方屋里门窗关紧，竟去敲敲窗玻璃，在窗外叽里哇啦，什么大白天，夫妻双双关好门窗，躲在屋里出什么把戏啦,什么当心啃西瓜啃落几颗大门牙啦,什么门缝里看得见……阿方女人终究熬不下去了,开出门来就骂人。谁知这一开出门来,那帮小工更有了寻开心的对象,没等阿方女人骂清爽,小工一拥而上,嬉皮笑脸。哟,面孔倒长得蛮漂亮,哟,肉头倒蛮细蛮嫩,哟,这么凶,啥事体,哟,把男人关在屋里,怕外面大姑娘抢走啊,哈哈哈哈……阿方女人气死了,认定是阿大家的人唆使的,便话中有话,指桑骂槐,打破水缸印(润)过去,把阿大一家门,连老带小都带上骂了。毛头赶到的时候,阿大女人已经出场了,双方接上了火。

阿方女人声音尖,刺耳朵:"财造房子,也不好欺负人呀……"

阿大女人声音嘎,震耳朵:"财是我们发的,不过发得光明正大,大家看见,不像有种人,小头鬼,闷声大发财,只怕让人家也得去……"

毛头高声大笑,开心极了。

阿方女人面孔通通红,说话也当真,也刻毒了:"恶有恶报,当心上梁日脚选错了……"

阿大女人大约想不到阿方女人会这样咒他们,造房子是一家人家最最重大的事体。谁咒人家造房子,那可不得了。阿大女人立即摆出了一副拼命的架势,却被阿大拦住了。阿大女人一看见男人出来,有人撑腰,劲头足了,指着阿方女人说:"你不要嘴凶,前天夜里我看见你偷我家的石灰……"

众人哄笑起来,阿方女人一时语塞了。家里灶屋间有一块石灰剥落了,在工地上捞一点石灰回去搪一搪,这种事体,本来讲起来,不算啥事体,弄一点石灰,对主人讲一声也好,不讲也好,不搭界的。要是公家的建筑工地，顺手牵羊，捞点什么，更是不足为奇的。在这条街上，谁家门前台阶的石头，不是"捡"来的？谁家的过道里，没有几块不花钱的大青石砖？鸡毛蒜皮，根本不算回事。可是吵翻了，就要当回事了。阿方女人理屈词穷，但并不认输，迅速地扭转话题："我偷你们石灰？偷光抢光也不为错，你家发财造房子，造高楼，你们倒适意。贴牢我家窗子，我家的窗怎么开，光线也没有，空气也没有，堵死了……"

阿大不像他女人那样张牙舞爪，油腔滑调，慢声慢气地说："你家的窗什么时候开过？住了这么多年，我好像还没有看见你家开过窗，索性塞塞满好了……"

众人又哄笑起来，毛头笑得最响。

阿方女人急了："你……不讲道理……"

毛头嘴巴痒痒了，熬不牢了："其实么，你家的窗子堵起来反倒好，省得人家偷看，把发财的道路偷了去……"

阿方女人狠狠地瞪了毛头一眼，猛地转身跑回屋里，不一会，连拖带拽把阿方揪了出来。一边扯一边骂："死人！死人！自己女人被别人家欺到这种地步，死在里面不响，气死人了！"

阿方皱皱眉，看看大家，结结巴巴地说："抬，抬高手，路也让我们走走……"

说完，拉了女人就进屋去了。那窗门，又冷冷地关上了。所有在门外的人，面面相觑，讪讪的，没趣。

街面总算是作太平了。煤气管道排下去，不过要等到这条街上的住户家家用上煤气，不晓得等到猴年马月。一条街又兴隆起来了，也变得清爽了。本来有几十只阴沟洞没有盖，这趟一次头全盖上了，几只厕所，垃圾箱也清理了。不过还是有人在骂人，骂该骂的人，骂该骂的事。

到了天冷起来的时候，不少店家生意越来越好。短短的时间里，街上又开了几爿新店，时装，小百货，小吃店，小菜馆……毛头老虎灶的生意也兴旺起来。冷天自己烧水费煤，冲两瓶三分钱，划得来，不过老虎灶总归是小来来，不比人家花头经多，赚头大。三囡还在叽叽咕咕，还是要改行。老爹到苏北乡下去好长时间了，也不回来，倒省心，扔得开的。毛头做不了老爹的主，也做不了自己的主，另开炉灶，谁知道行情怎样，不改不动，又有点不甘心，毛头疑疑惑惑，犹豫不决。

生意好，一家人家就会兴旺。不光有人来泡水，不少街坊邻居，有事无事，捧个茶杯来吃茶，门口头立立，堂屋里坐坐，加杯开水，总不好意思收人家一分钱。人来得多了，屋里没有凳子，只好坐在门槛上，谈山海经，不知不觉，毛头的老虎灶变成了这条街的一个中心，大家大事小事要到这里来交流，证实。毛头蛮开心，又解解闷气，又表现出老虎灶的发落。跷脚花点子多，建议毛头索性在堂屋里开一爿茶馆店，一来好多做点生意，二来大家有个落脚的地方。还可以捎带点瓜子糖果，扩大经营范围，又用不着改行。毛头心里活活络络。去年他就想过这个办法，不过总怕生意不会一直兴隆，最多只有一头一尾人多一点，早上老头子来喝茶，拉拉闲话，怨怨媳妇，夜里小青年来聚会，甩甩老K，谈谈姑娘。大白天是不行的，小青年要上班，老头子要领孙子，看炉子……一拖再拖，开茶馆店的事体又拖过去了。

又过了一个阶段,这条街上的一条没有名气的小弄堂里突然闹猛起来了,出名了。上了年纪的人都晓得弄堂里8号那家人家老早是一家大户人家,有私人花园。毛头这一辈子人就不知道了。毛头养出来,这个私家花园已经关掉了。小时候钻天打洞地玩,也没有玩到那里面去。可见是森严壁垒的。去年以来,不知什么人又想起了这个8号的小花园,先是来了几个人看看,后是来了十几个人修修养养,一下子就这么开放了,供人进去观看游玩,门票一角钱。毛头他们暗笑,那些远道而来的游人,一角钱看一个小花园,憨大,几座假山,一只池塘,池塘里几朵荷花,冷天还没有,两座老古董房子,两顶曲曲桥,还有什么?有啥看头!一角钱,不值得,买包瓜子还可以香香嘴。可是这种"憨大"却越来越多,早早晚晚,络绎不绝。这条街上,摊摊点点也摆了起来,虽然不及虎丘门口那么气派,却也有点样子了。卖旅游纪念品的,卖自产砚台的,卖笔筒的,卖旅游服装鞋帽,卖本地土产,像像样样。正好挑了毛头,大开眼界,立在老虎灶门口,什么样的人都能看见,还有外国人,可是毛头也没有什么更多的空闲时间去看人了。游人们玩了小花园,出来,累了,想吃口茶,歇歇,无奈小花园实在太小,茶室开不下,出弄堂看见有家水灶,便不约而同拥过来,讨口茶吃吃,讨张凳子坐坐,一来二去,倒也蛮闹猛的。毛头天生是个爱热闹的人,兴致蛮高,忙得开心,香烟也甩掉不少,三囡回来总要骂几声。时间一长,毛头也觉得太不合算了,赔了水,还要赔香烟(当然也有香烟刮进),还要赔时间赔精力。一天晚上躺在床上左思右想,又回想起跷脚的建议,开爿茶馆店。三囡当然是赞成的,只要有得赚进,什么不赞成?小夫妻叽叽咕咕商量了大半夜,声音响起来,把小毛头也吵醒了。

毛头的茶馆很快就开张了。请来一个初中毕业生当服务员，毛头在街上人缘好，开张之日，礼收进不少。一间大堂屋宽宽敞敞，撤掉一张吃饭用的旧八仙桌，换上一套新打的茶桌茶椅。都是请街上的小木匠突击打出来的，邻帮邻，工钱要得不高，做工倒不错，墙壁粉刷一新，地面涂上一层漆，晶光照人。茶壶茶杯也都是新买起来的，跷脚出点子帮忙，到瓷器厂开个边门，出厂价，而且古色古香，别有风味。算算账，用的钱不多，比原计划节省百分之二十。堂屋门前贴一副对联，加一条横批。为了这副对联和横批，毛头特地请了几位有点知识有点见地的街坊议了一个黄昏，茶喝了几大壶，争得差一点伤了和气。结果也没有统一意见。跷脚积极，寻来一本专门讲对联的书翻开来看看，不看脑子里空荡荡，一看脑子里乱糟糟，书上佳联妙对着实不少，像一爿酒店门口挂一联：酿成春夏秋冬酒，醉倒东南西北人。是灵光。还有一种旧时候剃头店门前的对子：提起刀人人没，拉下水个个低头。弄得毛头和跷脚不知学哪一种为好。最后苦苦思索，终于想出了一对：碧螺春清香，请四方先生品评；茉莉花浓郁，问天下茶客如何。横批：止渴除疫。

开张的前一天，毛头心满意足，巡视茶室，东看看，西摸摸，像欣赏自己养出来的儿子，有滋有味。看看看看，毛头觉得少了点什么，墙壁雪白，白得有点空了，上面少点色彩，眼睛里不适意，想起人家店堂里总要挂点什么，几张年历片，电影演员，或者运动员，一角几分一张，不行，太小家气，要挂就挂一幅有道理的值铜钿的，急急忙忙上街，转了一大圈又空手回来了。太贵了，一幅连框丝绒画,二十块,看是蛮好看,不过,不值得,一幅外国油画,三十块,不犯着。于是想起了塌鼻子的那幅画。三囡不同意,说挂这种东西,塌台的。毛头拿出画来,展开来看看,是有名堂,到墙上试试,光秃秃的,不好看,缺只玻璃框。毛头灵机一动,去年年底评上先进个体户,得了一个大奖状,有镜框的。取下镜框,配上那幅画,一试,正好,不大不小,讨个巧。毛头高高兴兴地挂了上去,了却了一桩心事。

开始是那个当服务员的初中生小龙发笑,问毛头这幅画什么意思。毛头不屑解释。后来不少游客也来品味,议论。毛头总是不失时机地吹一通,印象派,倒也蒙了一些人,其中还真有几个心服口服,赞叹不已的。

小茶馆很快从经营一角钱一杯茶扩展到兼营品种齐全的食物及日用品,小龙一个人已经有点忙不过来了。来喝茶的人色也越来越杂。

一天,茶馆里来了几个戴金丝眼镜,穿大地牌风雨衣的中年人,一坐下来,先是谈8号的私家花园。毛头在一边听,听听倒蛮有味道。稀奇,一点点的地方,看看实在没有什么稀奇,叫他们一讲一吹,倒也神乎其神,活灵活现。什么一座亭子叫清风亭,出自古时候一位大诗人的一名诗,什么一座桥叫留客桥,主人送客,走到桥上落雨了……

毛头正听得上劲,那边谈话却中止了。毛头一看,那些人都昂起了头,看那幅画。看了一歇歇,其中一个"扑哧"一笑。另外几个也接二连三地笑,有的窃笑,有的放肆地笑。

毛头不知他们笑什么,走了过去。

"喂，老板，"带头笑的那一位喊住毛头，问，"这幅画，谁画的？"

毛头的得意之色顿时显露出来，跷一跷拇指："雅子，我的小朋友……"

那人和他的同伴相互交换了一个眼色，又问："什么意思，这幅画算哪门子……"

看得出，问话的人在憋住笑。毛头有点不开心，说："哪门子？懂吗？印象派！"

那几个人一愣，随即大笑起来。毛头很不高兴地看看他们那种狂妄的样子。

"好小伙子，什么叫印象派？给解释解释……"

毛头有点发窘，还硬撑着："自己看嘛，窗子又像开又像关嘛，只可意会不可言传嘛……"

那些人又笑了一阵。

毛头很生气，回头看看小龙也在笑，便说："小龙，去喊跷脚来……"

小龙得令，拔腿就跑，正好出去散散心。

毛头气闷闷地等了半天，小龙才回来。告诉毛头，跷脚和许多人在阿方家里，说是阿方家里罚钱了，家里哄了不少人。

毛头心里一惊。猜到阿方到期拿不出样机，人家来追究了。心中不免有些快活。也不管什么印象派不印象派了，扔下游客，把店交给小龙，自己小跑步，到阿方屋里去看热闹。

阿方一家哭哭啼啼，声音凄惨。毛头的快活还没有开始，就被这种气氛感染，心中不由酸溜溜的。进得门去，只看见有几个陌生人面孔铁板,坐在那里,一言不发。跷脚看见毛头,走了过来,一只面孔也严肃得吓人。毛头一看这种阵势,看看阿方一家门这么作孽,只觉得一股壮气从胆里生出来,跨上一步,拨开众人,对那几张铁板的脸说:"干什么呀,做生意么,讲点义气嘛,生意不成仁义在嘛,啊,对不对……"

只有跷脚连连点头,阿方一家还在伤心。

毛头自以为得理,继续说:"啊,弟兄道里讲义气嘛,看看人家老老小小这种作孽样子么……"

终于有人站了起来,打断了毛头的话:"你走开点,不要瞎七搭八,好不好?"

跷脚悄悄地告诉毛头:"公证人。"

公证人不容毛头回嘴,又说:"你这一套现在吃不开了,什么生意不成仁义在,仁义能当吃吗?当穿的?当钱用?这件事谁也改变不了的,有公证书……法律面前,人人平等!"

毛头一下被顶了回去,一时竟无对答,他怎么讲得过公证人,什么公证书,什么法律面前。但他还想争一争,因为阿方一家可怜兮兮,更为了自己的面子。他又跨上一步做出一副不屑的样子:"哟哟哟,一本正经,像煞有介事,公证啦,法律啦,啥了不起,不过一爿乡下小厂,乡下人懂点什么……"

另一个面孔铁板却又愁眉苦脸的人站了起来。跷脚又向毛头介绍:"厂长。"

厂长脸有些红:"乡下人是不懂,不过乡下人也想争口好食吃吃。不是有心和阿方过不去。以前我们产品没有销路,他自己吹牛吹豁边,自己讲只要一个月,就有样机。我们已经好几次推迟限期了,厂里下半年的生产都受了影响。我们厂总不能一直捏在他手里。乡下人也要吃饭。发不出工资,不骂我们?他家可怜兮兮,我们厂更可怜。总不能无限制地限期下去呀……"

毛头不响了。人家说得有道理,阿方这次要吃苦头了。

厂长又说:"不管怎样,这次总归要罚点的,公证书上也写清爽的,倒不是有心靠几个钱派用场,这是信用问题,要不然,下次谁能相信……"

阿方一家门已经伤心得差不多了,听了这句话也不好再穷哭了。毛头也有点难为情,想走,又不好意思。一直到阿方和人家讲好分期付清,看热闹的人才慢慢地散开了。

毛头一个人闷闷地回家,想想阿方一家罚钞票,越想越作孽,想想甚至怕了起来,阿方胆子太大,办事体太毛躁。

夜里,上了床,三囡不看讪色,又来吹风,想出点新花样,想入非非。毛头余悸未消,没好气地冲了三囡一下,气得三囡把背朝了他,一夜天没有理他。

春天,阿大家的房子上梁了。上梁那天,阿大请客,轧得要好的街坊邻居全请了去。有菜没菜,总归大家欢聚一场,庆贺庆贺,讨个吉利。正好塌鼻子回来了。塌鼻子的奶奶更老了,有点木了。塌鼻子特地回来,请个保姆,服侍老太太。在阿大的酒席上,塌鼻子又是理所当然的座上宾。

酒兴浓了,大家找出各种各样的话题来谈,酒令震天响。阿大女人几次暗示阿大控制一下,否则这帮人会把十几瓶洋河喝个精光。阿大虽也心疼,但又要面子,瞪了老婆一眼,女人不作声了。

毛头喝得有几分醉意，正是最适意的时候，眼睛迷迷蒙蒙地看着对桌的塌鼻子，越看越觉得塌鼻子的鼻子不成东西。凭这只鼻子，成了大画家，天晓得！毛头摸了摸自己的鼻子，又高又挺，十分俊美。他十分不甘心，夹了一块肥肥的鸭肉塞进嘴里。看到塌鼻子和邻座的交谈已经告一段落，便不失时机地插了进去，顺带问一问塌鼻子的那幅画究竟是怎么回事。塌鼻子含含糊糊地讲了一番，什么妙在有意无意之中，什么巧在半开半关之间，什么色彩构思。毛头似懂非懂，不住地"嗯嗯啊啊"。末了，他终于想到了一个明确的问题："那上面几个什么字，看不清？"

"临街的窗！"

"什么的窗？"

"临街的窗！"跷脚神气活现地解释，"就是靠着街的窗嘛，哎哎，这里，家家人家有扇'临街的窗'么……"

大家笑了起来，塌鼻子也笑了。

毛头不想笑，熬了半天，终于还是憋不住了，轻轻地问塌鼻子："阿值大价钱？"

塌鼻子哈哈大笑："大价钱？不值的，这是我临摹的，就是照人家画的样子重新画了一遍……"

毛头愣大了眼睛，不相信。

"真的，我刚开始学画的时候，特别喜欢这幅画，是一个老画家画的，就临摹了……"

"哦哟……"跷脚首先表示遗憾，斜眼看看毛头。

毛头的酒兴基本上没有了，但为了不扫大家的兴，还是一起喝到散席。

喝阿大上梁酒的第二天，老爹回来了。

一到家老爹就"视察"新开的茶室，很不满意，叽叽咕咕。毛头在一边赔着小心，加了许多好话，并且在"汇报"情况时，降低了成本费，抬高了利润。老爹终于无话可说了，最后看见了墙上的那幅画，很来气。

"拿掉它！什么名堂经？"

毛头本来就在怨塌鼻子不上路，听老爹这么一讲，赶紧找个椅子爬了上去。

"哎，等一等……"老爹突然又变卦了。

毛头回头看看老爹。老爹正色地问他："这是什么东西？"

毛头嗤一嗤鼻子："鬼晓得。"

老爹摸摸脑袋："像，有点像是……太极……"

"什么叫太极？"

"你不懂的，压邪的。不要拿掉了，就挂在上面。红的，太极，压邪的……"

毛头迷迷惑惑地下了椅子。想想也好，省得换掉一幅，还要花钱买。不过从此，毛头不再三头两头爬上去擦灰了。

老爹回来了，毛头又多了个不肯歇的帮手，老人要做得不得了。倒弄得毛头有时候又无聊了。坐在门口看大街，看厌了，就看看那幅画，想想，到底什么名堂。临街的窗，开？关？窗口临街，街上的声音，开了全听见，太吵。关了全听不见，太闷。街上的事体，开了全看见，太烦，不开全看不见，太闲……哦哦，所以要半开半关……毛头像困梦头里突然醒过来，恍然大悟。断了手臂的那个外国女人，人家猜了千把年也猜不准，这扇稀奇古怪的窗，毛头一猜就猜准了。他开心起来,一时兴起,搭张椅子,爬上去,把画框上的灰擦得干干净净。